Anne Bandel

Von oben fällt man tiefer

Noch vier Wochen, dann würde es losgehen mit der Alpenüberquerung, vier Tage solo, dann von Oberstdorf nach Meran, mit einem Wandergrüppchen. Auch das würde eine Herausforderung werden. Irgendein Irrer war ja immer dabei.

Doch Theophil Kornmaier ahnt trotz der ihm angeborenen Skepsis nicht, worauf er sich wirklich eingelassen hat. Und so wird der Wandertrip nicht nur zu einer Geduldsprobe, sondern auch zu einem mörderischen Erlebnis.

Anne Bandel arbeitet seit 27 Jahren als Zahnärztin und sang zehn Jahre konzertant Jazz und Chanson. Doch ein Teil ihres Herzens schlägt für die Berge und ihren eigenwilligen Protagonisten Theophil Kornmaier. ›Von oben fällt man tiefer‹ ist ihr erster Roman.

ANNE BANDEL

Von oben fällt man tiefer

EIN WANDERKRIMI

dtv

MIX
Papier aus verantwortungsvollen Quellen
FSC® C019821

Originalausgabe 2022

Umschlaggestaltung und -illustration: buxdesign | Lisa Höfner
Gesetzt aus der Minion
Satz: Uhl + Massopust, Aalen
Druck und Bindung: Druckerei C.H.Beck, Nördlingen
Printed in Germany · ISBN 978-3-423-21992-1

Die Nebelfresser sind es gewesen.

Sie haben ganz oben gesessen, ganz still und stumm. Haben gewartet, eingehüllt in graue Wolkenkleider, und sie haben Geduld bewiesen.

Und dann ist es so weit. Da kommen welche. Endlich.

Ganz zart und sachte bringen sie die kleinen Kiesel ins Rutschen. Ihre roten Mützen leuchten, aber nur einen Meter weit, weil doch die Wolken da sind, die dunkelgrauen.

Und ihre Mundwinkel, die heben sich ein kleines bisschen, verschmitzt, und ihr Blick geht flink hin und her, zwischen den Augen der anderen und den kleinen Steinchen, und ihr Mutwille macht sie fröhlich.

Im Rutschen ist schon ein kleines Kullern zu hören, und die Nebelfresser müssen aufpassen, sonst prusten sie los und verderben alles, und so beißen sie sich auf die Lippen und schnipsen noch ein Steinchen hinterher.

Da ist das Rutschen schon besser zu hören, und aus dem Rutschen tönt ein Geräusch hervor, immer lauter und mächtiger, ein herrliches Poltern und Krachen. Ein Felsbrocken springt zu Tal, übermütig und befreit aus seinem langen Verharren. Die Sprünge werden weiter und höher, und der Fels dreht sich im Sprung und wird immer wilder in seinen Kapriolen, mit denen er den Berghang hinabbockt.

Und oben die kichernden Geister. Jetzt hört Kornmaier sie, diese Geister, und wie sie kichern, und er sieht den springenden Felsen, und er sieht, wie sein Bruder Matti vor ihm, wie der von dem Felsen mitgerissen wird, fort und hinab in das dichte Grau der tiefhängenden Wolken und hört erst den Schrei seines Bruders und dann den seiner Eltern.

Theophil Kornmaier schreckte aus dem Schlaf hoch.

Er lag auf dem Rücken, blickte zur Decke und kehrte nur langsam aus seinem immer wiederkehrenden Albtraum in die Realität zurück.

Alles hatte sich so zugetragen, damals, als er zehn Jahre alt gewesen war.

Nur die Nebelfresser, die hatte er damals nicht sehen können. Hatte er sie gehört? Er wusste es nicht mehr.

Kornmaier schloss die Augen wieder und rollte sich auf die Seite. Verharrte einen Moment in diesem elenden Gefühl, etwas aus der Traumwelt in den Vormittag mitnehmen zu müssen.

Die ganze Therapie bei Frau Sollenhauer war irgendwie für die Katz. Er war sechsundvierzig und immer noch zog ihn dieser Traum hinunter in den Abgrund seiner Vergangenheit, lag dann wie grauer Morgennebel über seinem Leben und wurde manchmal so dicht, dass ihn dieses Traumgefühl auch tagsüber in einer melancholischen Schwere versinken ließ.

Vor einem Jahr hatte er sich überwunden und war bei Frau Sollenhauer gelandet. Der Neffe des Schwagers seines Freundes Otto war auch bei der. Und da sollte sie Wunder bewirkt haben. Der Knabe hatte seine Medikamente abgesetzt und klaute keine Autos mehr. Das war doch was.

Otto hatte gesagt: »Da gehst du jetzt hin, ist ja nicht mehr mitanzusehen.«

Und Kornmaier war gegangen.

Nun war er seit einem Jahr da, aber irgendwie ging es nicht voran.

Seit einem Jahr wanderte sein Blick über den kleinen Buddha, der schräg hinter Frau Sollenhauer auf einem Regal stand. Seit einem Jahr wunderte er sich über einen Nagel in der Wand, der dort wohl mal etwas gehalten hatte, aber was?

Seit einem Jahr legte er seine Jacke über die Sessellehne und bugsierte seinen Körper, den Körper eines ehemaligen Cruiser-Boxers, in Frau Sollenhauers kleines Sesselchen.

Seit einem Jahr versuchte sie, ihn mit dem Satz »Und das macht Sie jetzt traurig« aus der Reserve zu locken.

Nichts.

Was auch immer es war, es wollte nicht. Bockte. Trotzte.

Also hatte Frau Sollenhauer eines Tages gesagt: »Herr Kornmaier, wir machen jetzt mal, ich meine, Sie machen jetzt mal eine *Exposition in vivo*.«

Und Kornmaier hatte geguckt und gefragt: »Aha, eine *Exposition in vivo*?«

Und die Sollenhauer darauf: »Ja, eine *Exposition in vivo*. Da gehen Sie in die Berge und setzen sich der Situation von damals aus.«

Da hatte es Kornmaier geschüttelt, das war das Letzte, was er wollte, und da wusste er, das musste er jetzt machen.

Am Wochenende darauf hatte er angefangen zu recherchieren.

Wanderungen und die *Alpen*. Und *Oberstdorf* natürlich. Da in der Nähe war es ja passiert. Auf dem Weg zur *Kemptner Hütte.*

Er hatte auf seinem Laptop herumgetippt, auf Bergpanoramen vor knallblauen Himmeln mit fröhlichen Menschen in bunten Hemden geschaut, und schon das konnte er nur mit etwas Whiskey ertragen.

So weit würde es noch kommen. Dass er anfing zu saufen. Mit einem Flachmann über die Alpen, sehr lustig. Er war aufgestanden, hatte die Whiskeyflasche in seiner Bar verstaut und in der Küche seine Ingwerkeksvorräte inspiziert. Gefahr in Verzug. Die letzte Packung war angebrochen.

Für einen Moment hatte er innegehalten. Ein paar Packungen würden doch wohl in den Rucksack passen?

Kornmaier war ans Küchenfenster getreten und hatte in den Hof geblickt. Efeu kroch dort unten über jedes freie Fleckchen und begann ein leichtsinnig abgestelltes Fahrrad zu befühlen.

Er in den Bergen.

Überall würden Felsen sein. Tödliche Waffen, die Leben zerstörten. Diese Gleichgültigkeit, dieses en-passant, dieser eine kleine Moment, der alles verändert hatte.

Und was würde dann sein, wenn er sich gestellt hätte? Wäre er dann ein anderer? Ging das »so einfach«?

Am Nachmittag streunte er durch Sportfachgeschäfte

und drehte Rucksäcke von links nach rechts und von rechts nach links. Probierte Wanderschuhe an, die ihm nicht gefielen, und stolperte in diesen über einen kleinen Indoor-Parcours, um sie zu testen.

Er verfing sich in riesigen Regenponchos und suchte nach dem Loch, durch das man den Kopf stecken sollte. Betastete prüfend die Qualität von Funktionshemden und beschnupperte den merkwürdigen Geruch von wasserfesten Jacken.

Es war eine Katastrophe.

»Die Ästhetik des Bergwanderns ist eine Katastrophe.« Kornmaier blickte auf etwas Atmungsaktives in Neongrün und Lila. Und hatte etwas zu laut gemurmelt.

»Wie bitte?« Eine Funktionswarenfachverkäuferin stand plötzlich neben ihm. Wollte der was klauen oder was kaufen?, fragte sie sich und beäugte ihn misstrauisch. Leinenanzug, wer trug denn heutzutage Leinenanzüge. Bestimmt ein Künstler oder so. Einer ohne Geld, klauen wollen würde der, aufpassen würde sie müssen.

»Gnädige Frau, das Bergwandern, also das kann in Katastrophen enden, da gilt es, sich adäquat auszustatten, was meinen Sie?«

»Ja, allerdings, was brauchen Sie denn?« Keine Sekunde würde sie ihn aus den Augen lassen.

»*Softshell*, was bedeutet das denn?« Kornmaier beschlich das dumme Gefühl, dass er die Dame nicht mehr loswerden würde.

»Für wenn's windig ist.« Der wollte doch weder was wissen noch was kaufen. Sie kannte ihre Pappenheimer, ihr machte keiner ein X für ein U vor.

»Aha.« Noch einen Moment stand Kornmaier da, sah sich selbst in einer Kniebundhose und einem Leinenrucksack und beschloss, dass seines Bleibens hier nicht länger sei.

Mit einer kleinen Verbeugung drehte er ab, verließ das Gebäude und fühlte noch draußen den bohrenden Blick der Verkäuferin im Rücken.

Würde er halt aussehen wie aus einem Fünfzigerjahre-Heimatfilm gefallen, fehlte nur noch ein kariertes Hemd.

Kornmaier hatte es sich in seinem geliebten R4, Baujahr 1974, bequem gemacht, saß da und lauschte auf eine Wortfolge, die sich wie ein dämlicher Schlager in seinem Kopf eingenistet hatte. Manchmal verstand er das Leben so was von überhaupt nicht.

Wennschon, dennschon. Wo der Quatsch jetzt herkam, keine Ahnung. *Wennschon, dennschon.*

Er startete den Motor und fädelte sich Richtung Hofgarten in den Verkehr ein. Er würde irgendwo illegal parken und zum Angermeier gehen. Vielleicht fand er da was Passendes fürs Wandern. Irgendetwas, das nicht zu sehr nach Tracht aussah.

Und später dann ein Abendessen mit Otto, das war genau das Richtige.

Die strenge Gartenanlage des Hofgartens lag im milden Licht der Abendsonne. Boule-Spieler waren da, routiniert zirkelten sie ihre Würfe, vornehm verhalten geriet der Jubel.

Otto wartete schon.

Ein paar Jahre hatte er in Kornmaiers Rechtsanwaltskanzlei gearbeitet. Bis er eine Kneipe für Exzentriker eröffnet hatte, das *Miasanmia.* Und das Ding lief so gut, dass er die Juristerei ganz an den Nagel gehängt hatte. Jetzt gab Kornmaier dort gelegentlich den Türsteher. »Ein bisschen in Übung bleiben«, hatte er befunden, obwohl seine Präsenz meist reichte. Er guckte dann gutmütig freundlich, schlug mit der rechten Faust kräftig in seine linke Hand, so, dass es ein schönes Geräusch gab, und schämte sich ein bisschen, dass er sich dabei so amüsierte.

»Na? Ausgerüstet?« Otto hob sein Glas und Theophil Kornmaier ließ sich neben ihm auf einen Gartenstuhl fallen.

»Ich verweigere die Aussage. Hast du schon was zu essen bestellt? Hunger!«

Und beide vertieften sich in die Speisekarte und wandten sich damit den wirklich wichtigen Dingen des Lebens zu.

Zwei Tage später waren die Würfel gefallen. Kornmaier war durch eine Reisebuchabteilung geschlendert, hier geblättert, dort gestöbert, seine Blicke über Bildbände mit Bergpanoramen wandern lassen und dann war sein Blick auf ein Regal gefallen.

Lauter kleine Bücher mit roten Rücken hatten da gestanden. Er hatte den Kopf schief gelegt und gelesen: *Fernwanderweg E5*. Klang irgendwie nach Lebensmittelvergiftung.

Vorsichtig zog er das Buch heraus. Das war es doch. *Wennschon, dennschon.*

Jetzt würde ihn der Quatsch in Ruhe lassen.

Geh ich eben den E5. Von Bregenz nach Bozen.

Nicht kleckern, klotzen, da würde die Sollenhauer aber gucken. Dreihundert Kilometer in vierzehn Tagen. So ungefähr jedenfalls.

Jetzt saß er in seiner Rechtsanwaltskanzlei *Kornmaier & Partner* mit Blick auf die Isar und biss in einen Ingwerkeks.

Dreihundert Kilometer. Er holte einen Taschenrechner aus seiner Schreibtischschublade. Wie viele Kilometer waren das denn pro Tag? Etwas mehr als zwanzig. Das war er früher lässig gejoggt. Kornmaier verharrte einen Moment, bevor er wieder in den Keks biss. Seit *früher* waren allerdings fünfzehn Jahre vergangen. Wie fit war er eigentlich noch? Ob er wohl etwas trainieren sollte?

Mit einem Seufzen griff er nach einer Akte und ließ Frau Rübli kommen, um seine Termine zu besprechen. Irgendwie musste er jetzt erst mal zwei Wochen freischaufeln.

Johanna K. hatte gerade ihren zweiten Orgasmus gefeiert und guckte zur Uhr, um zu prüfen, ob es noch für einen dritten reichen würde. Leider nein. In einer halben Stunde musste sie zur Uni, und es war auch gar nicht so schlecht, da nur mittelbefriedigt zu erscheinen. Männer rochen das zehn Meilen gegen den Wind, und Johanna hätte jede Menge Gelegenheiten, ihrem Hobby nachzugehen.

Sie genoss den Hass der Frauen und sonnte sich in der dümmlichen Bewunderung ihrer Verehrer. In ihrer Gegenwart wurden Männer zu Amöben. Sie liebte es zu beobachten, wie deren Intellekt im Meer des steigenden Testosteronspiegels absoff.

Einen Moment noch betrachtete sie sich in der Spiegelfolie, die sie an die Decke über ihr Bett geklebt hatte. Perfekte Rundungen, nicht zu viel, nicht zu wenig. Sie warf sich eine Kusshand zu, stand auf und zog sich an.

Carmen-Ausschnitt. Das Kleid tomatenrot. Wenn sie sich vorbeugte, waren ihre Brüste in aller Schönheit zu betrachten. Heute wäre wohl der Alex fällig. Der hatte sie schon viel zu lange ignoriert. Johanna lächelte ihrem Spiegelbild zu.

Sie war jung, sie war schön. Ein Geschenk.

»Johanna, du bist jung, du bist schön. Das ist ein Geschenk, nutze das.« Johannas Großmutter hatte das öfter mal gesagt, so unter vier Augen und irgendwie bedeutungsschwanger. Aber sie hatte das ohne einen expliziten Auftrag gesagt. Sie hätte ja auch sagen können: »Johanna, krall dir den Chefarzt in unserem Kreiskrankenhaus, wenn du mich da mal besuchst.« Oder: »Johanna, den Notar für meine Erbschaftssachen, den nimmste dir, der hat Schotter.« Nein, nichts davon. Vielleicht hatte sie auch nur sagen wollen: »Johanna, hab so viel Sex, wie du willst. Ein jeder wird dankbar sein, dich auf diese Weise kennenlernen zu dürfen.« Ja, so hätte sie es auch meinen können. Johanna blickte versonnen in eine unbestimmte Ferne, wusste, auch ohne in den Spiegel zu schauen, wie schön sich die Strahlen der Morgensonne in den Goldfäden ihrer kastanienfarbenen Haare verfingen.

Die Großmutter war tot. Hatte nichts vererbt. Hatte sie einfach nur großgezogen, nachdem Johannas Eltern sie wortlos mit sieben Jahren auf Nimmerwiedersehen verlassen hatten.

Was war also geblieben? Nur dieser Satz.

Du bist jung, du bist schön, nutze das.

Und Johanna nutzte.

Und jetzt diese Bergwanderung. Dafür wollte ihr der Lukas eintausendfünfhundert Euro geben. Nur, damit Johanna seine Schwester begleitete. Sie sei ihm das schuldig, irgendwie. Immer heißgemacht und dann doch nicht in der Kiste gelandet. Das sei abartig fies und wieso sie das mache, und jeder würde doch, nur er nicht, wieso eigentlich, nein, er wolle es nicht wirklich wissen, aber das könne sie jetzt mal machen, als Wiedergutmachung gewissermaßen. Und nicht mal umsonst. Eintausendfünfhundert Euro für acht Tage. Ein gut bezahlter Job.

Dann könnte er nämlich in Ruhe mit seinen BWL-Jungs

an den Ballermann. Und seine Schwester, die Laura, die würde ihr Ding mit den Alpen machen können, und seine Nicht-Checker-Eltern, die wären auf den Malediven.

Johanna hatte überlegt, sich alles ein wenig ausgemalt. Dünnes Top, Shorts, dicke Bergstiefel, doch, das würde ihr gefallen. Sie würde aussehen wie aus einem Softporno-Alpenkalender gefallen. Oder eine karierte Bluse, so bauchfrei verknotet und: Zöpfe. Zöpfe würde sie sich flechten müssen! Die Aussicht darauf, eine Bergwandergruppe mit verknöcherten Pärchen zu sprengen, fand sie auch ohne eintausendfünfhundert Euro verlockend. Sie sagte zu.

Johanna wandte sich vom Spiegel ab, legte einen Zettel auf ihren Schreibtisch: *YouTube, Gretchenzöpfe, Anleitung.*

Sie war jung, sie war schön, ein Geschenk.

Ein bisschen Kondition konnte nicht schaden.

Noch vier Wochen, dann würde es losgehen, vier Tage solo, dann, von Oberstdorf nach Meran, mit einem Wandergrüppchen. Auch das würde eine Herausforderung werden. Irgendein Irrer war ja immer dabei.

Nervensägen, Besserwisser, Angeber, Heulsusen, da wartete ein weites Feld.

Immerhin, bis dahin war er sicher in Form.

Also saß Kornmaier jetzt nach Feierabend, drei Mal in der Woche, auf einem Fahrrad im Fitnessstudio um die Ecke.

Hatte das mit dem Seilspringen gleich wieder gelassen und sich gewundert, dass er das aus seiner aktiven Boxzeit viel weniger anstrengend in Erinnerung hatte. Am Wochenende machte er lange Spaziergänge und lief seine Bergschuhe ein.

Er kaufte eine braune Kniebundhose aus Kord, zwei braun karierte Hemden, ein Paar kurze und ein Paar lange braune Wollstrümpfe, einen seidenen Hüttenschlafsack, ein paar Filzlatschen für die Hütte und nach langen inneren Kämpfen einen original kanadischen Rangerhut, gegen Sonne und Regen. Blasenpflaster, eine kleine Stirnlampe, ein Kompass, ein Klappmesser mit Holzgriff (das zu kaufen hatte am meisten Spaß gemacht), ein kleiner Regenschirm – auf das Gewurschtel mit dem Regenponcho hatte er keine Lust – und eine Trinkflasche aus Metall kamen dazu.

In den riesigen Leinenrucksack passten dann noch drei Unterhosen, drei schwarze T-Shirts, ein knitterfreies schwarzes Hemd und eine leichte helle Hose, die er platzsparend aufrollte. Seine Wintermütze, Winterhandschuhe und sein Lieblingsrollkragenpullover. Dann hatte er noch eine Windjacke aus den Fünfzigerjahren in Weinrot, und fertig. Ausweis, Krankenkassenkarte, Handy.

Zufrieden hatte er jeden Punkt im Wanderführer abgehakt.

Dann stellt er den Rucksack auf die Waage: sechzehn Kilo.

Acht waren empfohlen. Er würde also insgesamt hundertvier Kilo über die Alpen schleppen. Den Hinweis »so wenig und so leicht wie möglich« ignorierte er, war er doch vor fünfzehn Jahren wirklich fit gewesen.

Die Vorbereitungen waren immer wieder im Wechsel von kleinen Aufwallungen der Vorfreude, einer Beklommenheit, die er aber nicht als Angst bezeichnet hätte, und einer verstärkten Häufigkeit seines Angsttraumes begleitet worden.

Otto hatte den Kopf geschüttelt. »Über die Alpen? Midlife-Crisis, oder was? Leg dir doch lieber ein Motorrad zu. Oder 'ne neue Freundin.«

Und nein, Kornmaier hatte niemandem von seinem Kindheitstrauma erzählt. Auch Otto würde das nie erfahren. Nur die Sollenhauer wusste davon.

»Erstens: neue Freundin, bist du irre? Zweitens: Die Wanderung hat deine Therapiefrau empfohlen, irgendwas mit Horizont und Grenzen erweitern. Also im Grunde ist das deine Schuld.«

»Ach, die Sollenhauer?«

Otto hatte sein Weinglas betrachtet und dann am Bouquet geschnuppert. »Und du fühlst dich fit genug?«

»Nur Zweifel machen schwach.«

Wie recht Kornmaier damit haben sollte, konnte er noch nicht ahnen.

Der Schmerz war tröstlich scharf und kühl, vielleicht weil das Messer so kühl war.

Frisch und unverbraucht quoll das Blut aus dem kleinen Schnitt. Erst wuchs nur eine kleine perfekte Blutperle, die sich dann in einem zarten Gerinnsel verlor. Laura schloss die Augen.

Sie legte das Messer neben sich. Sie musste damit aufhören. Unbedingt. Aber das hatte sie schon oft gedacht. Laura schloss wieder die Augen.

Unten war die Haustür ins Schloss gefallen.

Sie stand auf und trat ans Fenster. Ihre Mutter verstaute gerade eine Sporttasche im Kofferraum ihres Cabrios. Yoga oder Spinning oder Bootcamp, Laura hatte längst den Überblick verloren.

Einmal war sie mitgegangen und war angewidert gewesen. Von ihrer Mutter, wie die da einen auf jung machte mit ihrem Pferdeschwanz. Und von sich. Überall Spiegel, die ihren mageren Körper vervielfältigten. Wie oft hatte sie schon erklären müssen, dass sie nicht magersüchtig war, aber den wirklichen Grund, wie sollte sie den erklären?

Laura hatte nur am Anfang alibihalber ein paar Dips gemacht, sich dann an den Rand gesetzt und auf ihrem Smartphone ein Spiel gespielt.

Enttäuscht und giftig zugleich gucken, ihre Mutter konnte das.

Und jetzt hatte Laura gepennt. War zu spät vom Fenster

zurückgetreten. Konnte nicht weggucken, als ihre Mutter hochblickte, sie direkt anschaute und langsam den Kopf schüttelte. In Zeitlupe, voller Verachtung.

Verachtung. Das Wort hallte in Laura nach, und als sich das Tor der Garagenauffahrt schloss, stieß sie einen langen schrillen Schrei aus, der in dem leeren Haus wie in einer schallgedämmten Kabine erstarb.

Was konnte sie noch retten?

BILDSTEIN

Die Hitze lag schwer und brütend über dem Bodensee, dem Städtchen Bregenz und den Bergen, die hier anfingen die Landschaft zu beherrschen, schon eine Ahnung gaben von ihrer Schönheit, ihrer Wildheit und ihrer Gleichgültigkeit den Wesen gegenüber, die auf ihnen herumstiegen, so wie das Meer gleichgültig Menschen trug oder versinken ließ.

Kornmaier hatte ein Taxi zum Hotel genommen, das in dem Örtchen Bildstein lag. Das erste Haus am Platz, nicht ahnend, dass das erste Haus am Platz keine Garantie für Luxus sein würde. Kornmaier hatte ein Faible für Fünf-Sterne-Hotels. Bei dem Wort »Hütte« dachte er an ein Chalet. Auch so ein Irrtum, wie er später noch würde feststellen müssen.

Im Hotel hatte er sich auf den Balkon gestellt und überlegt, was er hier eigentlich gerade machte und wie sehr er nun diesen Spruch »Jede Reise zum Ziel beginnt mit dem ersten Schritt« zum Leben erwecken würde. So banal, so wahr. Ohne den Fuß zum ersten Schritt anzuheben, würde er die dreihundert Kilometer nicht hinter sich bringen können.

Unter ihm lag Bregenz. Die Berge in der Ferne waren nur noch eine in Dunst gehüllte, blassblaue Fläche, und auf dem lichten Himmelsgrund lagerten zerrissene Wolkenformationen. Das Wetter würde doch halten?

Er raffte sich auf und machte einen Spaziergang durchs Dorf. Freute sich über die mit kleinen Holzschindeln bedeckten Hausfassaden und folgte schmalen Bergstraßen, die anstiegen und ihm das Gefühl gaben, dass er topfit sei. Leicht ging das, kein Ding.

Auf dem Rückweg mäanderte er an einer kleinen Wallfahrtskapelle vorbei und blieb stehen. Zwei Jungs hatten da 1629 eine Marienerscheinung gehabt, und nun stand dort dieses kleine Häuschen, das wie ein Bahnwärterhäuschen aussah und ihn anzog mit seiner tröstlichen Biederkeit.

Man konnte eine Kerze anzünden, und Kornmaier nahm eine und zündete sie an, für Matti, und da kam sie, ganz unvermittelt, die Trauer.

In einen Abgrund von Trauer blickte er, kein Boden war zu sehen, so tief ging es hinab.

Nein, nicht jetzt, jetzt war es zu viel, zu früh, zu unerwartet. Er hatte nicht damit gerechnet, nicht hier. Menschen näherten sich, lachten und machten Fotos von sich. Er umrundete die Kapelle, lehnte sich an die Rückwand und wartete, dass die Leute wieder verschwanden.

Tränen waren da, unaufhaltbar, und er hatte das Gefühl, nicht auf sicherem Boden zu stehen. Ein Schwanken kam. Seine Stirn schmerzte vor Verspannung und Unglück.

Das kann ja heiter werden. Das war der einzige Gedanke, den er fassen konnte, und: *Matti, mein kleiner Matti.*

Das war ein Gedanke, den musste er verbannen, seine Stirn schmerzte unerträglich. Er fuhr sich mit beiden Händen über das Gesicht, blieb einen Moment so, spürte die

Wärme seiner Hände und atmete tief ein. *Was für ein verdammter Scheiß.*

Ganz dünn war die Schicht des Alltags über diesem Unglück. Ganz leicht war sie fort, diese Schicht, so leicht wie ein Seidentuch über einer offenen Wunde, das von einer leichten Brise davongetragen wurde.

Die Leute waren verschwunden, hatten fertig fotografiert, und er musste seine ganze Kraft aufbringen, um nicht in eine Endlosschleife zu geraten: *Matti, mein kleiner Matti.*

GERLINDE UND GERALD

Fünfhundert Kilometer entfernt nahm Gerlinde Graske gerade den Nudelauflauf aus dem Ofen.

»Schatz! Abendessen!«

Sie rückte das Besteck zurecht. Hob den Kopf, lauschte. Er hatte sie nicht gehört.

Sie ging den Flur entlang, klopfte, öffnete die Tür des Arbeitszimmers.

»Essen ist fertig.«

Gerald Luscher hatte es inzwischen drauf. In Sekundenbruchteilen konnte er ein anderes Browser-Fenster öffnen. Immer dann, wenn Gerlinde störte. Und Gerlinde störte oft. Gerlinde war wie seine Mutter.

»Schön, was gibt es denn?«

»Nudelauflauf.«

»Ach toll, ich komm gleich!«

Gerald schloss den Browser, deaktivierte das WLAN und fuhr den Computer in den Ruhemodus. Es war besser, Gerlinde sah nicht, womit er sich so beschäftigte. Sie würde ausrasten.

Nun saßen Gerlinde und Gerald am Tisch und aßen.

Seit sieben Jahren waren sie ein Paar. Kurz nach dem Abi hatten sie sich kennengelernt. Seit drei Jahren wollte

Gerlinde heiraten, seit zwei Jahren wollte sie Kinder. Und Gerald mauerte, schob hinaus, vertröstete.

Konnte die Kerzen nicht mehr sehen, die regelmäßig auf dem Abendbrottisch standen, hasste die Spieleabende mit Freunden, die Grillfeste am Baggersee. Beobachtete mit ungerechtem Groll, wie Gerlinde die Küche putzte mit diesem selbstzufriedenen Gesichtsausdruck, und hatte Phantasien, wie er seinen vollen Teller an die Wand warf und zusehen würde, wie die Nudeln langsam die Wand herunterrutschten.

»Und? Kommst du voran?« Gerlinde sprach mit vollem Mund.

»Ganz gut. Musst du mit vollem Mund sprechen?«

Er hatte keine Lust, über seine Diplomarbeit zu reden. Gerlinde fieberte diesem Abschluss entgegen. Dann würden sie heiraten, dann würden sie Kinder bekommen, dann würde Gerlinde endlich eine richtige Familie haben.

Für einen Moment schwieg sie. In der Küche dudelte das Radio.

»Freust du dich auch schon so?« Gerlinde sah ihn fragend an.

»Freuen? Worauf denn?«

»Na, auf unsere Wanderung über die Alpen!«

Freuen war das falsche Wort, so wie das Leben falsch war, in dem er täglich erwachte. Er fand den Ausgang nicht, hatte ihn noch nicht gefunden, musste ihn finden, sonst würde etwas passieren, irgendetwas Schreckliches, irgendetwas, das er bereuen würde.

Wenn er bei seinem Computerspiel ins nächste Level käme, das würde ihn freuen.

»Ach so. Doch, doch.« Kurz war er irritiert. Er hatte das schon wieder vergessen, das mit der Wanderung. Öde Forstwege wurden von Gerlinde zu *die Alpen* hochstilisiert, typisch.

Gut, dass sie nicht wusste, dass seine Diplomarbeit schon seit einem Jahr fertig war.

BILDSTEIN – HITTISAU

29. Juni

Am nächsten Morgen bahnte sich ein Geräusch sanft und stetig in Kornmaiers, aus den Tiefen des Schlafes aufdämmerndes, Bewusstsein. Regen. Trostvoll rauschend.

Er war ans Fenster getreten und hatte auf tiefhängende Wolken geblickt, die die Sicht auf die Berge verschleierten.

Nach dem Frühstück regnete es immer noch. Das Geräusch war nun irgendwie weniger gemütlich, aber Kornmaier hatte auch damit zu tun, sich auf den feierlichen Moment zu konzentrieren: den ersten Schritt zu machen, um vierzehn Tage später ankommen zu können.

Er trat auf die Straße und spannte den Regenschirm auf. Dann hob er den Fuß besonders hoch, dachte *Achtung, Achtung, hier kommt der erste Schritt* und lief los.

Hinter ihm, in der Dämmerung des Hotelfoyers, stand der Wirt und schüttelte den Kopf.

In den nächsten neun Stunden würde Kornmaier gefühlten 3,8 Menschen begegnen, bei dem Wetter ging niemand aus dem Haus.

Er folgte menschenleeren nassgrauen Sträßchen, ging an Bauernhöfen und Wiesen vorbei, auf denen stoisch Kühe dem Regen standhielten.

Nach dreihundert Metern waren seine Hosenbeine nass, nach fünfhundert Metern seine Schuhe. Zwei Stunden später hatte sich eine klamme Feuchtigkeit durch seine gesamte Kleidung gearbeitet.

Aha. Er würde einen Ratgeber schreiben können nach der Wanderung: *Halten Sie durch. Kein Gejammer, so ist das Leben, das ist kein Kindergeburtstag. Es wird auch mal unbequem.*

Noch amüsierte ihn der Gedanke, noch.

Nach einer Weile, er war jetzt schon sechs Stunden unterwegs, überlegte er, ob man das auch anders sehen konnte, das mit dem *unbequem*. Zum Beispiel könnte man ja einen regenfesten Poncho kaufen. Die Vorstellung, den Weg in gemütlicher Trockenheit zurückzulegen, hatte ohne Zweifel etwas für sich.

Als er dann in einem Dorfgasthof mit feuchten Geldscheinen bezahlte, war klar: Er würde das Gewurschtel mit dem Regenponcho in Kauf nehmen müssen.

Gleich morgen.

Noch eine Stunde, dann würde er an einem trockenen Ort den ersten Tag beenden können.

Was für eine tröstliche Aussicht.

BRUNI UND DETTI

Es war Brunis Idee gewesen. Fast.

Sie hatte auf der Hollywoodschaukel gelegen und Detti beobachtet. Wie er da so saß und in seiner Fotozeitung blätterte und nicht hochguckte.

Nicht in den Garten guckte, den sie jetzt drei Stunden lang von Unkraut befreit und gewässert hatte. In dem, zwischen den Buchen hindurch, warm und golden die letzten Sonnenstrahlen des Tages das Sattgrün des Rasens leuchten ließen.

Nicht hochguckte, wenn sie mit ihm sprach und er ihr antwortete. Nein, einfach die Seiten umblätterte, eine um die andere. An den Füßen immer noch die Fahrradschuhe, obwohl er mit denen kaum laufen konnte.

»Detti, ich wünsch mir was von dir.«

»Ja?« Detti blätterte.

»Ich möchte dies Jahr mit dir wandern.«

Schweigen.

»Das wäre auch für dich mal eine Herausforderung. Also, ich meine: was anderes.«

Jetzt blickte Detti auf.

»Herausforderung? Bruni: für dich, für mich sicher nicht.«

Zufrieden blickte Detti, der eigentlich Detlev hieß, wieder in seine Fachliteratur.

»Ach, Detti, mir zuliebe. Unser fünfundzwanzigster Hochzeitstag.«

Und wieder blickte Detti hoch, vernachlässigte für ein paar Sekunden sein eigenes Leben, sah für ein paar Momente auf eine Frau, die er nie wirklich geliebt hatte, es aber nie geschafft hatte, sich das einzugestehen. Der von Bruni mitgerissen worden war, wie ein Blatt im Herbststurm.

Von Bruni, die jetzt ein wenig dicklich um die Taille und mit rot gefärbten Haaren auf der Hollywoodschaukel lag und wie gewohnt sein Leben dirigierte.

»Gut, Bruni. Dir zuliebe. Ich suche aber die Wanderung raus. Eine Überraschung.«

In stiller Genugtuung schabte Detti mit den Fahrradschuhen ein paarmal über den Waschbeton der Terrasse.

Er wollte schon immer mal zu Fuß über die Alpen.

HITTISAU – STAUFNER HAUS

30. Juni

Das Hotel hatte Kornmaier entschädigt. Ein altes Haus mit altem Holz überall, eine richtige Gaststube mit gescheuertem Dielenfußboden, aus den Rückenlehnen der einfachen Holzstühle war vor langer Zeit ein Herz ausgeschnitten worden.

Simple Brettertische, feines weißes Geschirr, Silberbesteck, Leinenservietten und unfassbar gutes Essen.

Er hatte ein heißes Bad genommen, darum gebeten, seine Klamotten einmal durch den Wäschetrockner zu jagen, und erschöpft und zufrieden gegessen.

Neun Stunden war er unterwegs gewesen, und er hatte sich gut gefühlt, also kräftemäßig. Mal abgesehen von der Schnapsidee, mit einem kleinen Taschenregenschirm über die Alpen wandern zu wollen, lief es doch.

Kornmaier war unternehmungslustig und gut gestimmt. Wäre da nur nicht die Sache mit dem Regen. Kein Laden mit Ponchos weit und breit. Es würde noch mal so gehen müssen.

Es gab für die Strecke von Hittisau hoch zur Hütte Staufner Haus zwei Varianten. Er wählte die längere. Was sollte er ewig in einer Hütte rumsitzen.

Im Wanderführer las er etwas von *luftigen Passagen,*

Drahtseilsicherungen, Kammwanderung und: *bei Nässe mit Vorsicht zu genießen.*

Na ja, musste er eben etwas aufpassen.

Und es regnete immer noch. In der Hütte würde es sicher einen Kamin geben, da konnte er dann in aller Gemütlichkeit wieder trocknen.

Nach einem Umweg von vier Kilometern – er hatte den richtigen Abzweig verpasst – begann der erste ernsthafte Anstieg.

Aha.

Schon jetzt konnte er verbindlich der verblüfften Weltöffentlichkeit mitteilen, dass die Vorbereitung auf das Bergsteigen mithilfe eines Fahrrades im Fitnessstudio nicht die richtige war. Erkenntnisgewinn des Tages. Dachte er.

Zu seiner Überraschung hatten sich die schmalen Waldwege hoch zur Lochalpe in kleine, tückisch von Wurzeln durchzogene Bäche verwandelt. Jeder Schritt wollte wohlüberlegt sein. Rutschiges Wurzelwerk lauerte darauf, ihn zu Fall zu bringen.

Er sah auf die Uhr. Er war jetzt schon fast zwei Stunden in Verzug.

Oben auf der Lochalpe angekommen, tappte er durch dichten Nebel, vielleicht drei Meter weit konnte er gucken.

So wie damals. Da war auch so eine Wolkenwand gewesen. Damals. Nein, jetzt nicht, nicht jetzt an Matti denken. Den Weg finden, ankommen, Schluss, aus, mehr nicht.

Kornmaier blieb stehen. Da begann sie, die *luftige Passage*, die Nagelfluhkette. Auf dem schmalen Grat Pfützen, links und rechts ein Abgrund.

Okay.

Man musste auch umkehren können, abbrechen. Wissen, wann es unvernünftig war, weiterzugehen. *Auch mal was sein lassen können.*

Jetzt nur irgendwie ins Tal kommen, runter auf den anderen Weg, den, der auch zur Hütte führen sollte.

Abkürzen also.

Dritte Erkenntnis: *Kürze besser nicht ab, es sei denn, es steht im Wanderführer.*

Eine Stunde, hatte auf dem Schild gestanden und: *Vorsicht, besonders steiler Weg.* Es wurden zwei.

Vierte Erkenntnis: *Schilder ernst nehmen.* Zumindest wenn es geregnet hat und der Weg zur Rutschpartie verkommen ist.

Graue Wolkenfetzen zogen unter ihm durchs Tal, es hatte aufgehört zu regnen.

Ich radebreche hier den Berg herunter.

Konzentriert bleiben, nicht abrutschen, dann, ganz wichtig: nicht abrutschen, und so als Quintessenz: nicht abrutschen.

Er hatte sich einen knorrigen Ast gegriffen und hoffte, dass der unter seiner Last nicht im entscheidenden Moment wegbrechen würde. Der Weg war nur noch tiefer Morast, steil, ab und zu mit Seilsicherung versehen, weiter unten konnte er Kühe erkennen.

Kühe, dachte Kornmaier, *sehr hübsche Tiere*. Freundlich schnaubende Geschöpfe, die am Wegesrand standen und die Landschaft noch idyllischer machten. Also, wenn die Sonne schien.

Er hatte nicht geahnt, dass das junge Almrind als solches ein Leben in Langeweile führte, Menschen kaum kannte und sich gern mit der Verfolgung von Wanderern die Zeit vertrieb. Kühe waren als harmlose Haustiere getarnte, trittsichere Terroristen.

So war das.

Als er endlich unten auf der schmalen Talstraße stand, waren seine Hosen bis zu den Knien verschlammt, die Schuhe kaum noch als solche zu erkennen.

Aber: Die Sonne war plötzlich da. Und ein Schild. *Staufner Haus: 2,5 Stunden.* Irgendetwas war so richtig falschgelaufen, nein, er war so richtig falsch gelaufen, statt der insgesamt fünf war er jetzt schon mehr als sechs Stunden unterwegs. Ohne Proviant.

Kommt vor, gehört dazu. Das Leben ist kein gerader Weg, und Abkürzungen halten Herausforderungen bereit, denen du sonst nicht begegnet wärst.

Kornmaier ächzte. Sein altkluges inneres Kind nervte zunehmend. Freundlich lag das Tal vor ihm, eben ging der Weg dahin, in frisch gewaschenen Farben, Hellgrün, Dunkelgrün, und hinter sommerweißen Wolken dehnte sich ein sommerblauer Himmel. Weiden, Wiesen und ordentliche Kühe hinter Weidezäunen. Versöhnung.

Kornmaier hatte seinen treuen Helfer, den Ast, fortgeworfen und, ohne es gleich so recht zu registrieren, damit begonnen, seine Hände auf dem Rücken und unter dem Rucksack zu verschränken.

Da bahnte sich etwas an. Konnte es wohl sein, zu schwer irgendwie, der Rucksack? Das Ganze?

Er hatte keine Lust, sich damit zu befassen. So ging es ja auch, verschränkte er eben die Hände unter dem Rucksack, fertig.

Etwas anderes beschäftigte ihn mehr. Matti. Das mit der Gruppe war keine gute Idee. Was, wenn er zusammenbrach, wie sollte das gehen so unter Fremden. Peinlich berührt würden die sein und weggucken, oder gut zureden. Katastrophe. Indiskutabel.

Exposition in vivo. Noch so eine Schnapsidee. Erst der Schirm, jetzt überhaupt die ganze Wanderung.

Im Grunde hatte er gerade keine Lust mehr. Kornmaier blieb stehen. Der Rücken schmerzte, die Schultern schmerzten, die Füße schmerzten, und die Erinnerungen, die schmerzten auch. Er steuerte eine Bank an und setzte sich.

Wie spät war es eigentlich. Zur Hütte war es von der Zeit her kürzer, als jetzt noch umzukehren.

Und war das nicht so ein Moment? Wo man aufgeben wollte und es doch nicht tun würde?

Er fand, er war zu alt für solchen Sich-was-beweisen-Kram. Es ging ja auch um Matti, nicht darum, sich was zu beweisen. Oder doch? Ein kleines bisschen?

Noch zwei Stunden vielleicht, dann müsste er doch da sein.

Der letzte Anstieg lag vor ihm. Durch ein Wäldchen, runter zu einem Bach, wieder hinauf, hinauf, hinauf …

Jeden Moment musste doch die Hütte auftauchen.

Immer öfter blieb er stehen, immer öfter tat er so, als wolle er nur die Landschaft genießen.

Den lieblichen von Tannen bestandenen Bergrücken auf der anderen Seite des Tales. Die feine blaue Kontur der hohen Bergketten dahinter. Die Wolkenschiffe, die in langen Reihen grau und weiß und hoch aufgetürmt gemächlich über den Abendhimmel zogen. Die Sonne, die schon sank und einen Teil des Tales bereits in blauer Dämmerung versinken ließ.

Er hatte sich überschätzt. Gründlich. Fundamental. Epochal.

Nur weil er jedes Marmeladenglas aufkriegte und jeden unliebsamen Gast aus Ottos *Miasanmia* befördern konnte, bedeutete das nicht, dass er fit war. Seine Kondition war unter aller Kanone.

Kornmaier blickte in das erbarmungslose Auge der Erkenntnis. Da hatte er sich ja schön was vorgemacht. Schon länger. Schon einige Jahre.

Wo war die verdammte Hütte.

Zehn Schritte, Pause. Zehn Schritte, Pause. Zehn Schritte, Pause. Der Rucksack fünf Zentner schwer.

Die Sonne sank und er war immer noch nicht da. Ein Stall, Kühe, Matsch, noch ein paar Meter, zehn Schritte, Pause, zehn Schritte, Pause, dann war er oben auf dem Kamm.

Die Erleichterung, unter sich die Hütte zu sehen, konnte nicht über seinen Zustand hinwegtäuschen. Ernüchterung nannte man das wohl. Und Sorge. Wie sollte er das schaffen mit dem E5. Der zweite Tag und er ein Wrack.

Zehn Stunden war er unterwegs gewesen, hatte nichts gegessen seit dem Frühstück. Proviant, wozu! Waren ja nur fünf Stunden vorgesehen. Er war wirklich das grünste Greenhorn, das die Bergwelt je gesehen hatte. Ein Flachlandtiroler par excellence. Ein Analphabet des Bergwanderns in Reinkultur.

Im schlecht beleuchteten Gastraum der Hütte saßen ein paar Wanderer, beachteten ihn kaum, und er mobilisierte die letzten Kräfte, um nicht wankend Aufmerksamkeit zu erregen. Kornmaier setzte sich, kippte einen Liter Apfelsaftschorle auf ex und aß eine Suppe. Elektrolyte, Flüssigkeit. War zu erschöpft, um zu bemängeln, dass es keinen Kamin gab, kein Einzelzimmer, kein Badezimmer en suite, keinen Fernseher, kein Radio, keine Leselampe, keine Bettwäsche.

Immerhin, er hatte ein Sechs-Bett-Zimmer für sich allein, das war alles, was jetzt zählte.

Eine halbe Stunde später kotzte er Schorle und Suppe wieder ins Klo, legte sich in eines der Doppelstockbetten und breitete die fünf weiteren Wolldecken der übrigen Betten über seinen eiskalten Körper.

Was für ein Desaster.

STAUFNER HAUS – GUNZESRIED

1. Juli

Kornmaier schlief zehn Stunden, erwachte, als die wenigen Übernachtungsgäste schon lange fort waren, und stand auf.

Im unerquicklichen Sanitärraum warf er die Glasflasche Rasierwasser, die 1000-ml-Flasche Shampoo und die 1000-ml-Flasche Sonnenschutzmilch in den Müll. Sein Rucksack musste leichter werden. Was hatte er sich nur gedacht, nichts hatte er sich gedacht. Mann, Mann, Mann …

Und jetzt, jetzt mal nachdenken, mal alles im Morgenlicht betrachten. Im Wanderführer blättern und planen. Pragmatisch angehen die Sache.

Heute würde er keine Leistung bringen können. Seine Reserven waren so was von nicht vorhanden und das bisschen Müsli zum Frühstück konnte es nicht rausreißen.

Es gab Möglichkeiten, die heutige Etappe mit endlosem Rauf und Runter zu umgehen, im wahrsten Sinne des Wortes. Man konnte an einigen Punkten ins Tal absteigen und dann relativ eben nach Gunzesried laufen. So würde er es machen.

Gestern war ihm nur ein Wanderer begegnet, heute war Remmidemmi auf dem Berg.

Die Sonne schien, das Staufner Haus lud zu Speis und Trank und ein Gipfelkreuz gab es auch. Ein Sessellift schaffte die Aussicht Suchenden herauf, Kornmaier rümpfte die Nase.

Und während er auf zwei Zündkerzen zum Gipfelkreuz hochkroch, wurde er links und rechts von wohlgenährten munteren Greisen und Kindern mit vollen Glykogenspeichern überholt. Es war deprimierend.

Die Landschaft war sensationell und im Wanderführer auch so angekündigt worden. *Höhepunkt des gesamten E5, umfassende Aussicht.*

Na toll, und er würde sich durchs Tal schleppen.

Gesteinsplatten waren hier zur Entstehungszeit der Alpen von Süden aus gegen die nördlich liegende Kontinentalplatte geschoben worden. Der Grat der Nagelfluhkette war geboren worden. Und bei aller Schroffheit und Wildheit hatte die Landschaft etwas Liebliches, weil sie von grünen Matten überzogen war, Blumen in schönster Blüte ihre feinen Köpfe in der sommerlichen Brise wippen ließen, die Sonne schien und die Wanderwege von Gänseblümchen gesäumt waren.

Nichts mahnte an Geröll und Nebel. Nichts an die Katastrophe in seinem Leben.

Kornmaier müsste es nur zum Hochgrat schaffen und dann ging's runter ins Tal.

Doch etwas nagte an ihm. Nagte von Stunde zu Stunde mehr, und als er dann beim Abstieg von einem älteren Herrn locker überholt wurde, zweifelte er vollkommen an sich. Er war unfassbar langsam.

Nee, kommt näher der Alte, kann nich sein, was, wenn ich

schneller, aber geht nicht, die Schritte näher, das Knirschen der Schritte, immer näher, ich bleib gleich mal stehen, tu so, als ob die Landschaft, oder der Schuh, da, jetzt, vorbei …

»Grüß Gott«, »Grüß Gott«, … *der ist mindestens siebzig, wie macht der das? Jetzt schon unten, ich hier oben, was ist los? Und wenn ich schneller, der hat bestimmt sein Auto unten, ich muss ja die ganzen Alpen, und trotzdem, trotzdem.*

So ging es den ganzen Abstieg. So ging es den Asphaltweg durchs endlose Tal. Fünfzehn Kilometer oder so.

Kornmaier haderte. Sah nichts von der Almhütte, die zur Rast lud, sah nicht den stillen Tannenwald, sah nicht die saftigen Weiden, war beschäftigt.

Mit Hadern.

Und dann die Füße. Davon hatte er schon gehört und es nicht so richtig geglaubt. Jeder Schritt: Schmerz.

Eine Bank, irgendwann muss doch eine Bank, wo ist eigentlich der alte Herr hin, weg, schon lange. Eine Bank wäre schön, wie lange geht es hier eigentlich noch, eine Bank wäre schön …

Endlich tauchte sie auf, die Bank. Er ließ den Rucksack zu Boden und sich selbst auf die Bank fallen. Dann schnürte er seine Bergschuhe enger, das half.

Nach zwei weiteren Stunden Teerstraße war er beim Hotel. Das erste Haus am Platz. Diesmal drei Sterne.

Kornmaier war heute immerhin so präsent, dass er den blauen Filzteppichboden, die kränkelnde Pflanze im Gang und die Strohenten auf dem Fensterbrett nicht ignorieren konnte. Aber heute würde er alles richtig machen. Nudeln ohne Ende.

Das Essen war hervorragend, das Personal entzückend.

Kurz schöpfte Kornmaier Hoffnung.

JOSEF

Josef Oberhuber fluchte.

Er stand vor dem Badezimmerspiegel und trimmte seinen Bart, der wirklich schön war. Dicht, von sattem Braun, gab selbiger ihm zusammen mit seiner geraden Nase ein kühnes und stolzes Aussehen.

Aber jetzt gerade ärgerte der Oberhuber Josef sich.

Er hatte die Führung einer Gruppe über den Königsjodler übernehmen sollen. Darauf hatte er sich gefreut.

Und dann hatten sich zu wenige angemeldet.

Und jetzt musste er den E5 laufen.

Mit sieben Flachlandtirolern.

Langeweile und Generve waren vorprogrammiert. Übergewichtige und untrainierte Mimosen mit Höhenangst und Blasen an den Füßen würde er über den Weg tragen müssen, die gute Laune nicht verlieren dürfen und abends in den Hütten noch den lustigen, urigen Sepp geben müssen.

Ihm grauste.

GUNZESRIED – OBERSTDORF

2. Juli

Regenerationstag. Ganz klar. Siebzehn Kilometer in der Ebene immer an der Iller entlang.

Dauerregen, was sonst. In Oberstdorf würde er einen Poncho finden. Remmidemmi bestimmt auch.

Und dann heute Abend die Gruppe kennenlernen. Wahrscheinlich ein fröhlicher Haufen zwanzigjähriger Hochleistungssportler.

Kornmaier stellte sich schon mal darauf ein, den Weg doch allein zu laufen.

Fünfzehn Kilometer Forstweg zogen sich grau und nass und öde neben dem Fluss entlang, und er hatte nur ein Thema: *Da, die beiden Alten. Schon weg, schon außer Sicht. Flink wie die Wiesel.*

Nach zwei Stunden sickerte in sein Bewusstsein, dass alle, die ihn überholten, ein bestimmtes Merkmal aufwiesen.

Nach drei Stunden hegte er einen Verdacht. Waren die alle so schnell, weil sie diese Wanderstöcke dabeihatten? Diese Dinger, die er bisher mit abschätziger Arroganz gemustert hatte? Die er bisher im Englischen Garten als wie ein totes Eichhörnchen hinterhergeschleiftes Anhängsel eines sich sportlich gebenden Spaziergängers eingeschätzt hatte? *Konnte das etwa sein?*

Und Kornmaier sah zu, wie sich ein weiteres Prinzip aufzulösen begann, während seine Füße ihn schon wieder seit vier Stunden in regenfeuchten Klamotten Richtung Oberstdorf trugen. Aus »auf gar keinen Fall diese Stöcke« war »unbedingt diese Stöcke kaufen« geworden. Man musste auch mal ein Einsehen haben.

»Kennenlernen bei zünftiger Brotzeit um 19 Uhr« hatte auf seiner Anmeldebestätigung gestanden.

Vorher also ins erste Haus am Platz (vier Sterne, recht nett), sich über mit Kuhfell bezogene Hocker wundern und dann: wappnen. Wappnen gegen einen Haufen Fremder in bunten Klamotten.

Mit der Einstellung wird das nichts, mein Lieber.

Offen. »Seien Sie offen und erwarten Sie das Gute. Die Gruppe wird Ihnen helfen.« Das hatte die Sollenhauer gesagt. Wie kam die eigentlich da drauf?

Kornmaier war durch das Dorf flaniert, hatte registriert, dass es mindestens vierhundert Wanderbedarfsgeschäfte gab, und hatte mit dem unangenehmen Gefühl, gegen seine eigenen Prinzipien zu verstoßen, einen sehr solide wirkenden Regenponcho und zwei sehr solide wirkende Wanderstöcke erstanden. Er wunderte sich, dass sich keiner über ihn wunderte.

Zehn Minuten vor dem ersten Treffen saß Kornmaier an dem für die Alpenüberquerer reservierten Tisch. Geweihe an den Wänden, rot-weiß karierte Tischdecken. Gaudikulisse.

Gleich würden sie kommen, die Hochleistungswanderer. Und er war schon mal da, beanspruchte Platz, das hatte er schon immer so gehalten, mit dem Tageslicht im Rücken. War er denn irre?

Das hier war kein Meeting mit Kontrahenten, die in die Sonne blinzeln sollten. Das hier war und sollte sein ... Kornmaiers Gedankendurcheinander wurde gestoppt.

Ein uriger Typ mit Bart und Lederhose war aufgetaucht.

»Ja, grriaß di', der erste Gast is scho da. Sauba.«

Josef Oberhuber begrüßte Theophil Kornmaier euphorisch, setzte sich. »Ich bin der Josef, der, der weiß, wo's langgeht. Und du?«

»Kornmaier, Theophil.«

Einen Moment war Josef irritiert. Dann: »Theo also. Resi, a Bier!«

»Nein, nein, Kornmaier. Mein Nachname.«

»Wir duzen uns hier alle. Des woaßt scho.«

»Ich nicht. Ich duze mich nicht.«

Zwei, drei Sekunden zu lange sahen sich die Männer an.

Alles klar. Der Kornmaier hatte nicht alle Tassen im Schrank und bestand darauf.

»Okay, Kornmaier. Wie Sie meinen.«

Und dann kamen die anderen.

Bruni und Detti, Gerlinde, Gerald und Laura.

Man fand sich ein, platzierte sich der ersten Sympathie nach, musterte sich heimlich, lächelte ein wenig übertrieben, die üblichen Floskeln waren zu hören. »Das ist Bruni, meine bessere Hälfte«, »Alter vor Schönheit«, »... noch mal gemütlich machen, bevor es losgeht«, »... man weiß ja nicht, ob es noch mal Bier gibt«. Dann saßen alle, die Speisekarte wurde herumgereicht, eine Vorstellungsrunde gab es, aha, der Herr Kornmaier wollte also gesiezt werden, und Josef Oberhuber hielt eine kleine Ansprache, während alle auf das erste Bier warteten.

Es fielen Sätze wie: »Bisher hat es noch jeder geschafft«, »immer an mich halten«, »keine Alleingänge«, »keine Abkürzungen«, »auf dem Weg bleiben«, »Ausrüstung checken«, »ordentlich essen«.

Innerlich hatte Kornmaier genickt, der Oberhuber Josef war vom Fach, das beruhigte ihn.

Mit dem ersten Bier tauchte auch Johanna auf. Und aus irgendeinem Grund musste Kornmaier da an ein Lied denken, warum, wusste er auch nicht: *These boots are made for walking ... some day they gonna walk all over you.*

Johannas Gretelzopf legte sich vorschriftsmäßig um ihren Kopf, ihre rosa-weiß karierte Bluse spannte leicht über den Brüsten, ihre Shorts waren eine Idee zu verwegen umgekrempelt und präsentierten die braungebrannten Beine eines Fohlens. Die Bergstiefel ließen sie zart und unternehmungslustig wirken, und für einen Moment geriet die ganze Gesellschaft aus dem Takt.

Lange genug, um von Johanna mit Genugtuung registriert zu werden, und lange genug, um im Unterbewusstsein des Josef Oberhuber eine kleine Alarmglocke tönen zu lassen.

»Ja, da samma jetzt wohl vollzählig. Griaß di.«

Und Johanna setzte sich an das freigebliebene Kopfende, stützte sich mit den Unterarmen auf den Tisch, legte den Kopf schief und lächelte ein wenig. Sie sah ein bisschen aus wie eine interessierte Katze, die eine Schar Mäuse betrachtet. Das dachte aber nur der Kornmaier bei sich, wunderte sich kurz und vergaß es gleich wieder.

Eine halbe Stunde später, nach der obligatorischen Vorstellungsrunde, war Kornmaier vom Glauben abgefallen. Nämlich dem, mit einer Gruppe Hochleistungssportler unterwegs sein zu müssen.

Bruni war sicher die Untrainierteste von allen, Gerlinde und Gerald hatten bis dato keinen Sport gemacht, Laura wirkte wie ein Streichholz im Sturm, nur Detti war so ein Sportinski.

Und Johanna? Hatte nur die Augen niedergeschlagen, gelächelt und mit einem »Ach, ich bewege mich gern und oft und sehr zufriedenstellend« geantwortet und bei den letzten Worten mit einem Mal den Josef angeguckt, so dass dem plötzlich ganz merkwürdig geworden war.

Und beim Kornmaier tauchte, anstatt Erleichterung zu fühlen, noch etwas anderes auf. Er hatte es nicht gleich bemerkt. Schwach und stetig stieg da etwas auf in ihm, etwas wie das ferne Glimmen eines Schreckens, den er nicht benennen konnte. Eine sonderbare Hellsichtigkeit, die ihn an einen Abgrund führte, in den er nicht schauen wollte.

Eine feine Folie der Zivilisation lag über dieser Gruppe, die in vermeintlicher Heiterkeit und Vorfreude ihr Bier kippte und Pasta spachtelte.

Da hatte die Bruni einmal zu schrill gelacht, als Detti sie *meine kleine Sportskanone* nannte. Und Gerlindes Lippen waren ganz schmal geworden, als Gerald Detti zugeraunt hatte, dass ja Gott sei Dank keine Kinder dabei seien.

Und Laura, die hatte der Johanna einen hasserfüllten Blick zugeworfen, kaum dass diese aufgetaucht war. Hatte sich dann hinter ihrem Handy und ihrem Haar verschanzt, das dünn und lang herabsträhnte.

Und Detti, der war von sportlichem Ehrgeiz zerfressen, der kaum bezähmbare Wunsch nach Bewunderung für seine Leistungen entströmte unablässig seinen nagelneuen Funktionsklamotten, die eng seinen drahtigen Leib umschlossen.

Und mittendrin Kornmaier mit seinen Schrullen und Eigenheiten und seinem *Exposition in vivo*-Auftrag. Wie sollte er so viele bemackte Leute aushalten, wo er doch selbst … Seine Gedanken wurden durch eine weitere klare Ansage vom Oberhuber unterbrochen.

»Leute, eure Handys nur fürs Fotografieren, Kommunikation in der Realität, mit der Natur und mit den anderen. Punkt.«

Und Kornmaier hatte ihm still Abbitte geleistet, so ganz verkehrt war der doch nicht, der Oberhuber Josef.

OBERSTDORF – KEMPTNER HÜTTE

3. Juli

Am nächsten Morgen war Kornmaier zwei Stunden vor den anderen aufgebrochen, weil er es ablehnte, mit dem Taxi nach Spielmannsau gekarrt zu werden. Zu Fuß über die Alpen. Da sollte man doch bitte wirklich auch alle Strecken zu Fuß gehen. Schon war er angeeckt, wollte nicht duzen, wollte keine Abkürzungen, war schon *der mit der Macke* und hatte so die anderen auf Distanz gebracht. Was ihm eigentlich ganz recht war.

Dass auch das Prinzip des *Nur-zu-Fuß-wo-sind-wir-denn-Hier* mal fallen würde, konnte er noch nicht ahnen. Wie überhaupt diese Wanderung bisher von einer Aneinanderreihung gekippter Erwartungen und Prinzipien begleitet wurde.

Das zumindest hatte er schon bemerkt, und er stellte sich darauf ein, dass das möglicherweise auch ein schönes Ergebnis sein würde, falls das mit dieser elenden *Exposition* nicht klappen sollte.

Im Wanderführer stand etwas von *Sperrbachtobel, gilt als die wildeste Lawinenschlucht des Allgäus.*

Da wo Matti … aber er verbot sich weitere Gedanken dazu.

Auf morgenfrischen Waldwegen ging es sanft bergauf, die Trettach floss klar und ruhig neben ihm zu Tal, und in der Ferne war hin und wieder schon ein Berggipfel zu sehen, pittoresk mit Schnee verziert und vor tiefblauem Himmel hoch aufragend. Wie schön.

Nach zwei Stunden hatte er Spielmannsau und damit den Rest der Truppe erreicht.

Da standen sie schon alle und scharrten mit den Füßen. Man blickte ihm aufgeräumt entgegen, ganz Unternehmungslust und Frohsinn, und Kornmaier wollte schon an ein aus Fremdheit und Angst geborenes Gespenst glauben, das er da gestern Abend gesehen hatte.

Dieses bedrohliche Gespenst des Hasses.

Jetzt war da nur die hochgezogene Augenbraue vom Josef Oberhuber, als dieser die Ausrüstung Kornmaiers registrierte, und auch das war vielleicht nur eine Einbildung, wer weiß.

Josef versammelte seine Schäflein im Halbkreis um sich, blinzelte in die Sonne und wies auf die grünblaue Postkartenkulisse hinter sich.

»So. Jetzat. Jeder läuft hier sein Tempo, das ist kein Wettbewerb, hier wird jeder am Schluss ein Sieger sein.« Sein Seitenblick hatte Detti gestreift. »Pack' ma's.«

Kaum ausgesprochen schoss Detti als Erster los. Einige Meter hatte Bruni versucht mitzuhalten, dann war sie schon zurückgefallen.

»Jeder läuft hier sein Tempo, Bruni, haste doch gehört.« Detti hatte ihr das über die Schulter hinweg zugeraunt, und das war dann auch das letzte Mal, dass er sich nach Bruni umgedreht hatte.

Bruni wollte und konnte nicht gleich glauben, was da gerade passierte. Detti hatte gar nicht vor, mit ihr über die Alpen zu laufen. Er würde sein Ding machen, wie immer. Nichts mit fünfundzwanzigstem Hochzeitstag und sich näherkommen und gemeinsam etwas schaffen.

Stumm blieb sie stehen, nahm ihren Rucksack ab, fummelte an den Verschlüssen herum, scheinbar, um den Sitz zu verbessern. Die kleine Schar vor ihr, die sich im leichten Anstieg dem Fuß des Berges näherte, hatte nichts mitgekriegt. Bruni sah sie nur durch einen Tränenschleier und war ihrer Sonnenbrille dankbar. Musste ja keiner was merken. Was für ein mieses Schwein. Sie hievte ihren Rucksack hoch, zog die Gurte fest und ging los. Sie war allein auf der Welt, die Gruppe ein Strohhalm, an dem sie sich die nächsten Tage festklammern würde. Und den Detti, den würde sie leiden lassen, sie wusste nur noch nicht wie.

Kornmaier hatte sich etwas zurückfallen lassen. Vor ihm liefen in einer kleinen Traube Gerald, Gerlinde, Josef und Johanna. Schon hundertfünfzig Meter voraus: Detti.

Vor Kornmaier schlurfte Laura und hielt ihr Handy in die Luft: kein Empfang.

Wieder konnte er nur denken: *Schnapsidee,* und: Hätte er wenigstens einen getrunken, einen Schnaps, aber nein, die Sollenhauer hatte ihm das ohne jedweden Stimmungsaufheller angedreht, und er hatte zugestimmt.

Und jetzt war er mit diesen Loser-Stöcken unterwegs. Und um ihn herum lauter Irre, wie befürchtet. Tack, tack. Tack, tack klackerten die Neuerwerbungen. Ein Geräusch, das ihn nun begleiten würde. Schön war anders.

Vorn lauerte der erste Anstieg, Detti war schon hinter einer Kurve verschwunden. Der lief ja auch nicht rund, der Detti, das war Kornmaier sonnenklar. Aber wer lief schon rund, wenn man's genau nahm.

Tack, tack, tack, tack.

Die anderen hatten angehalten und schienen auf Kornmaier und Bruni zu warten.

»Schaut's noch amal, ob eure Schuhe gut geschnürt sind, grad am Anfang ist es recht steinig.«

Josef stieg voran, leichtfüßig, die anderen folgten, und jetzt war Kornmaier nur noch mit sich und dem Weg beschäftigt, und schon nach zehn Minuten war er beseelt, er konnte mithalten, den Loser-Stöcken sang er ein heimliches Hosianna, und er schämte sich für seine Überheblichkeit, der er in den letzten Jahren lustvoll gefrönt hatte, wenn die toten Eichhörnchen durch den Englischen Garten geschleift worden waren.

Vor ihm stieg man den steinigen Pfad palavernd bergan, er bekam nichts davon mit. Hinter ihm schnaufte Bruni mit diesem gewissen Unterton, der nach Kontakt suchte. »Puh« und »Uff« erklang es von hinten, auch davon bekam Kornmaier nichts mit. Er war beim Hosianna-Singen, davon wiederum konnte Bruni nichts wissen, und so wurde Kornmaier zum Stoffel mit Macke ernannt.

Wenn auch ein irgendwie attraktiver Stoffel, genau konnte Bruni gar nicht sagen, warum das so war.

Die breiten Schultern, das in sich Ruhende, eine Unabhängigkeit Konformitäten gegenüber, ach, sie hatte ja noch genug Zeit, es herauszufinden.

Bei einem Kapellchen versammelte man sich zur ersten Rast, Fotos wurden gemacht, die Trinkflaschen rausgezogen, und Johanna? Johanna holte zum ersten Schlag aus.

Nach der ersten Aufregung am Abend zuvor hatte man zur Normalität zurückgefunden, ja, Seitenblicke hatten sie immer wieder gestreift, aber das war ja nicht das, wonach sie strebte, Seitenblicke!

So stellte sie sich vorn hin, mitten ins Bergpanorama, dorthin, wo alle hinguckten, hob die Arme, verschränkte die Hände, streckte sich, schwang ihre Hüften ein wenig von links nach rechts und wieder zurück, hübsch langsam und mit perfektem Timing, dass das Ganze gerade eben noch so als gymnastische Übung durchgehen konnte. Dann drehte sie sich aufseufzend um und ließ die Arme sinken.

»Ganz schön schwer, der Rucksack.«

Lasziv, dachte Kornmaier, war irritiert und fühlte sich von sich selbst ertappt. Er würde doch nicht etwa, irgendein Interesse an der … er doch nicht! Oder doch?

Und da war es wieder, das Gefühl von gestern Abend. Er hatte sich nicht geirrt. Er brauchte doch nur die anderen zu beobachten. Der Blick von Laura und wie sie sich schnaubend abwand und mit unnötiger Energie ihre Trinkflasche im Rucksack verstaute. Gerlinde und wie sie versuchte, Gerald wieder in ihre Welt zu ziehen.

Sie war ja nicht doof, die Gerlinde. Wie der Gerald plötzlich so präsent geworden war, schon gestern Abend. Und dann wieder beim Loslaufen heute früh. Und gerade eben, wie er da so unkonzentriert gewesen war, gar nicht bei der Sache, dabei hatte Gerlinde ihn gerade gefragt, ob er ein Käse- oder ein Wurstbrot haben wolle, und Gerald hatte gar nicht reagiert, sondern Johanna angestarrt und sich dann besonnen und so getan, als würde er nur die Landschaft betrachten. Trottel.

Aber was konnte sie schon tun?

Gerade hob Gerald den Rucksack auf Johannas Rücken, die dankbar zu ihm aufschaute und ein klein wenig zur Seite schwankte, gegen ihn schwankte, wie unter einer wirklichen Last, sich ein wenig gegen ihn lehnte, zwei Sekunden zu lang. Zwei Sekunden, in denen Gerald den sanften Druck Johannas spürte, ihre Brust an seinem Arm fühlte wie eine Aufforderung, aber das war sicher ein Irrtum.

Kornmaier beobachtete das still und merkte erst jetzt, dass Bruni neben ihm saß und irgendetwas gesagt hatte.

»Entschuldigung, Sie haben etwas gesagt?«

»Ach nur, dass es schon ganz schön warm geworden ist.« Und tatsächlich rann Bruni der Schweiß in Rinnsalen am Hals hinab, und auf ihrem Gesicht lag ein sonderbarer Glanz, der nicht nur der körperlichen Anstrengung geschuldet war.

»Ja, in der Tat, warm ist es geworden.« Kornmaier stand auf und überlegte, wie er es hinkriegen könnte, ganz am Ende der Gruppe zu laufen. Auf Smalltalk hatte er gar keine Lust. Er wollte in Ruhe Hosianna singen und sich über das üppige Grün entlang des steilen Pfades freuen, das hier so verschwenderisch den Berg überwucherte, und auf keinen Fall an Matti denken.

Josef Oberhuber hatte Johannas Auftritt verpasst, tauchte aus den Büschen auf, zwischen denen er mehr Zeit als notwendig verbracht hatte, um sich ein wenig von der Gruppe zu erholen. *Jetzt schon*, hatte er bei sich gedacht. *Jetzt schon gehen die mir alle so was von auf den Sack …*

Also weiter, den Verein wieder in Tritt bringen.

Hinter Josef ging Laura, dann Gerlinde, Johanna, Gerald, Bruni und am Schluss Kornmaier.

Wie ein Aal hatte sich Johanna zwischen Gerlinde und Gerald geschoben, blieb hin und wieder stehen, vergrößerte den Abstand zu den vor ihr Laufenden. Und hinter ihnen, schon zurückgefallen: Bruni und Kornmaier.

Bruni, weil sie nicht schneller konnte, Kornmaier, weil er nicht schneller wollte.

Diese Frau in ihrem pinkfarbenen Funktionsshirt, eine Nummer zu klein, und ihren blauen Funktionsleggings, eine Nummer zu klein, nervte Kornmaier zunehmend. Nein, er wollte sich nicht unterhalten, er wollte nicht mit ihr über die Landschaft sprechen, er wollte auch nicht dabei sein, wenn ihr Deo seinen Geist aufgab. Wie weit sollte er noch sein Tempo drosseln.

»Ich komm gleich nach, gehen Sie ruhig schon weiter.«

Ja, so würde es doch gehen müssen.

Kornmaier blieb stehen, wartete vor einer Serpentine, lauschte, bis das Tack-tack ihrer Wanderstöcke verklungen war.

Noch ein Kilometer, dann würde er den Ort passieren. Da, wo Matti … Er fühlte sich seltsam fern, gar nicht so recht anwesend, alles war so lange her, so weit weg.

Heute schien die Sonne, die Landschaft hatte keine Ähnlichkeit mit der von damals, war heute lieblich und sanft, nichts erinnerte an dieses *Damals*.

Nur ein Haufen irritierender Menschen lief da herum, in ihren Leben herumhängend, wie ein Schluck Wasser in der Kurve.

Und da war es wieder, das Sich-über-andere-Erheben, er würde sich damit auch mal befassen müssen, heute nicht, heute erst mal nur an *der Stelle* vorbeigehen. Das sollte doch erst mal genügen. *Matti* … Kornmaier seufzte, nahm die Stöcke und setzte sich in Bewegung.

Gerlinde hatte nicht zurückgeblickt. Gerald sollte nicht denken, dass sie denken könnte, und überhaupt. Außerdem war es ihr nämlich schnuppe. Gerald machte sich höchstens lächerlich, so war das.

Gerade hatte sie einen kleinen Wasserfall passiert, der erfrischend die steile Felswand neben ihr herabströmte, dann über den Felsenweg floss, um sich schließlich in der Tiefe einer kleinen Schlucht mit einem reißenden Bach zu vereinen. Es hatte ihr Spaß gemacht, sich an dem Drahtseil entlangzuhangeln, das den Wanderer vor einem Absturz bewahren sollte, das kühlende Nass hatte sie erfrischt, und am Ende dieses kleinen Abenteuers warteten Josef und Laura.

Gerlinde drehte sich zu den anderen um. Keiner war zu sehen.

Auf nur dreihundert Höhenmetern war Gerald kurzzeitig zum Helden aufgestiegen, aber jetzt gerade war er im Begriff, wieder abzustürzen. Er musste das verhindern, aber es würde schwer werden, sehr schwer.

Er hatte Johannas Rucksack übernommen, trug ihn jetzt wie einen Säugling an seiner Vorderseite und konnte nicht mehr wirklich sehen, wohin er trat. Kichernd hatten sie das gemeinsam hingekriegt mit den beiden Rucksäcken, die er jetzt trug, Johannas Körper umgab ihn verwirrend wie in einem Schleiertanz, und er hätte auch noch einen mit Wasser gefüllten Tontopf auf dem Kopf balanciert, wenn sie es nur gewollt hätte.

Gerade küsste sie ihn auf die Wange und lachte, ihre weißen Zähne leuchteten vor dem Grün und Blau dieses perfekten Tages, und sie dankte ihm, er sei ihr Retter und Held und er dürfe sich später etwas wünschen. Ihre Samtaugen trafen die seinen eine Sekunde zu lang, dann hatte sie sich umgedreht und war munter den Berg hinauf und er hinterher, desorientiert in jeder Beziehung, den Weg mit den Wanderstöcken befühlend, schwerfällig wie ein Elefant in einer Antilopenherde.

Und jetzt das noch. Erst war ihm gar nicht klar, was da los war.

Johanna war auf dem Felsenweg angelangt, hielt sich gerade mit beiden Händen am Stahlseil fest, den Rücken zum Abgrund, hatte sich zurückgelehnt, die Beine weit gespreizt, den Kopf im Nacken, und genoss die Abkühlung des herabspringenden Wassers. Ihre Fohlenbeine glänzten vom Quellwasser dieses jungen Tages, ihre Bluse war schon ganz und gar nass und nach einer gefühlten Ewigkeit wandte sie sich lachend Josef zu, zog sich an das Drahtseil heran, löste ihre rechte Hand und ging die letzten Meter des Weges mit der verwirrenden Aura einer verwundbaren Kriegerin. Beschützenswert und unbesiegbar zugleich.

Oha, war alles, was Josef denken konnte. Was für eine Aktion.

Oha, und ein wenig später dann doch: *Die Knöpfe an dieser Bluse sind echt solide angenäht.*

Johanna war dicht an ihm vorbeigelaufen, hatte ihn gestreift mit ihrer Schulter und ihrer Aura, und doch war dem Josef etwas aufgefallen.

Wo hatte sie denn ihren Rucksack gelassen?

Jetzt war Josef aufgewacht. Und wo war eigentlich der Rest der Truppe? Sein Blick ging in die Ferne. Gerald stand da hinten herum und wie sah der eigentlich aus? Irgendwie wie ein ungelenker Weihnachtsmann.

Und jetzt dämmerte Josef, was los war. Gerald trug zwei Rucksäcke. Und, noch schlimmer, versuchte, mit seiner Höhenangst fertigzuwerden. Na prima, schon ging es los, immer das Gleiche.

Konnte man das nicht vorher wissen? Fiel einem das mitten auf einem Wanderweg im Gebirge auf? Waren diese Leute denn nie vorher auf einem Turm gewesen? Hatten nie vorher diesen Sog in den Abgrund gefühlt? Dieses angstvolle Ziehen von den Füßen herauf bis in den Magen? Herrgottsakrament. Josef setzte seinen Rucksack ab und begann, den Weg zurückzugehen.

»Gerald, was ist los?«

Nein, nicht jetzt schon, ein wenig Aufschub, noch ein wenig der Held mit den zwei Rucksäcken sein dürfen. Geralds Schultern fielen nach vorn.

»Ich, mir geht's nicht so gut …«

»Aha. Und was soll der Rucksack da vorn?«

»Ich, eine kleine, nun, Johanna ging es auch nicht so gut.«

Bleich schwebte Geralds Kopf über Johannas Gepäck.

»Du siehst nichts, Gerald.« Josef begann, Gerald den Rucksack abzunehmen. »So was kann tödlich enden im Gebirge.«

Jetzt schwang er Johannas Rucksack auf seinen Rücken und blickte Gerald an.

»Höhenangst?«

Geralds Blick ging zu Boden, aber er sah nichts, fühlte nur die Präsenz des Abgrunds wie ein Damoklesschwert, er nickte.

Josef seufzte. Was für eine bedauernswerte Gestalt. Ließ sich von einer Frau zum Hanswurst machen und musste jetzt auch noch zugeben, dass er eigentlich nicht bergtauglich war.

»Zwei Blickoptionen, Gerald: das Drahtseil und mein Rücken. Mehr nicht, klar?«

»Klar.«

Gerald befand sich in einem Auflösungsprozess, dem er nie hatte begegnen wollen. Er wollte nicht sterben, nicht jetzt, von Gerlinde hatte er noch gar nicht Abschied genommen, er liebte sie doch, vielleicht hätte er doch Kinder mit ihr kriegen sollen, dann würden sie jetzt zu Hause sitzen, im Garten, und grillen, das fröhliche Kinderlachen würde ihn erinnern, Teil des Lebens zu sein, sie würden an den Baggersee fahren und Spieleabende machen, alles zu spät, zu spät.

»So, Gerald, jetzt wird's wieder gemütlicher.«

Langsam tauchte Gerald wieder auf, er war tatsächlich am Ende des Drahtseils angelangt, Gerlinde stand da und Josef, Johanna saß auf einem Stein, Laura hielt ihr Handy in die Luft. Das Leben hatte ihn wieder.

Mit ein paar Worten hatte Josef Johanna ihren Rucksack überreicht, was er zu ihr sagte, war nicht zu hören, fehlten also nur noch zwei Mitwanderer.

Und wie auf ein Signal hin tauchte Bruni auf, tastete sich mit steten Schritten vorwärts, am Drahtseil entlang, die Erfrischung genießend, wenn auch nur an der Fassade, denn drinnen, da sah es anders aus, da war ein Groll gegen Detti, von dem sie bis heute nicht wirklich gewusst hatte, dem sie jetzt aber mit jedem Tritt und voller Ingrimm Ausdruck verleihen wollte. Das tat ihr gut.

Sie erreichte die anderen, die ein wenig merkwürdig auf sie wirkten, irgendwie angestrengt, aber das war wohl normal bei dem Weg.

»Ihr müsst aber nicht auf mich warten, ich bin halt langsam.«

Bruni fühlte sich wie eine, die einen Raum betritt, in dem eine Gruppe von Menschen plötzlich verstummt. Hatten die etwa über sie geredet?

»Tut mir leid, ich kann wirklich nicht schneller.«

Nein, man hatte nicht über sie geredet, da war gar kein Interesse an ihr, irgendwas anderes lag in der Luft.

Bitte, dann eben nicht. Bruni setzte sich ins Gras. Diese Laura, das arme Mädchen, der musste sie mal unter die Arme greifen, die war ja in einer postpubertär katastrophalen Verfassung. Hatte die jemand zu dieser Wanderung gezwungen? Sah so aus. Mit der Johanna zusammen, irgendwie. Aber Freundinnen waren das ja auch nicht, merkwürdig. Die Johanna, du meine Güte, na ja, so war man eben in dem Alter, also ein paar zumindest. Wenige, wenn man es genau nahm, aber vielleicht war sie, Bruni, auch schon hoffnungslos hinter dem Zeitgeist zurückgefallen. Abgehängt, um genau zu sein. So, wie Detti sie abgehängt hatte.

Erst mal überlegen, wie sie Detti eine reinwürgen könnte. Und tatsächlich keimte da schon eine Idee, die Bruni aufs Schönste belebte.

Fehlte nur noch Kornmaier.

Der war so vor sich hin gewandert. Wollte nicht an die Wegstrecke denken, die vor ihm lag, die mit dem Felsen und Matti.

Das kam alles zu früh, aber wann würde es denn nicht zu früh sein. Und jetzt lagerte die Gruppe dahinten am Ende dieses Weges und wartete offensichtlich auf ihn. Wartete am Ende des felsigen Weges, dort, wo Matti aus dem Leben gerissen worden war.

Wie sein kleiner Körper unten am Bach gelegen hatte, das hatten sie damals im Nebel gar nicht sehen können, das hatte man später erzählt, Matti war einfach fort gewesen, für immer.

Kornmaier hielt sich an dem sonnigen Tag fest wie an einem Haltegriff in einer Achterbahn. *Alles ganz anders als früher.* Das flüsterte er sich zu, und er machte es wie Gerald, starrte auf das Stahlseil, fokussierte sich nur darauf, die Welt ein Stahlseil, mehr nicht.

Kein Name, keine Erinnerung, jetzt nicht.

Auf den Weg starrend ging Kornmaier an den anderen vorbei, ignorierte sie, entfernte sich von der Gruppe, und Josef schüttelte den Kopf: noch einer mit Höhenangst. Aber da lag der Oberhuber Josef zur Abwechslung mal falsch.

Lauras Laune hatte sich etwas gehoben.

»Ich hasse sie.« Das war Lauras erster Gedanke gewesen, als sie sich gestern kennengelernt hatten. Sie teilten sich ein Doppelzimmer, und ihr kurzes erstes Treffen auf dem Zimmer hatte in Laura ein tiefes Gefühl des Ungenügens, des Mauerblümchendaseins hinterlassen, und die Konfrontation mit diesem Gefühl war von deprimierender Intensität gewesen.

Johanna war schön.

Und später, wie sie da die Männer um sich geschart hatte beim ersten Treffen, widerlich. Warum merkten die das nicht? Wieso waren die so blöd? Sie hätte aufstehen mögen und laut schreien: »Ihr Hirnis, was mögt ihr an dieser Schlampe?« Aber natürlich hatte sie das nicht gemacht, man hätte ihr Neid und beginnenden Wahnsinn unterstellt, wobei das mit dem Neid stimmte. Laura wand sich bei diesem Gedanken, es stimmte einfach, sie war von Neid zerfressen. Das Ganze war niederschmetternd in seiner Aussichtslosigkeit.

Im Grunde war ihr Leben schon verwirkt. Sie war hässlich, langweilig, fad. Nie, nie, nie würde sie schön sein. Nie würde sie angeschmachtet werden, sie war ein Nichts, ein Niemand. Und dann diese komischen Posing-Arien, was sollte der Scheiß! Brauchte die so viel Bestätigung, diese Assibraut? Zum Kotzen.

Laura hatte sich weggedreht, als Johanna begonnen hatte, ihre Nummer am Stahlseil abzuziehen, Josef hatte natürlich geglotzt.

Sie hatte sich abgewandt und in die andere Richtung geguckt, dorthin, wo sich das Tal zu einem weiten Kessel öffnete, sonnengeflutet und majestätisch von Bergen umstanden. Im frühen Nachmittagslicht leuchteten die Grasmatten freundlich, und auch hier wippten zarte Blütenköpfe in einer sanften Brise.

Aber jetzt war alles von Johanna verdorben. Schlimmer, Johanna würde ihr die ganze Wanderung verderben. Irgendwie musste sie sie wieder loswerden. Vielleicht mit Geld. Und Bruni, die guckte doch mitleidig? Das war jetzt echt das Letzte, als wäre Laura krank oder so.

Das ganze Tal verdorben von der ganzen Gruppe.

Und dann, zu allem Überfluss, kein Empfang.

Eine kleine Freude hatte es gegeben, wie der Josef der Johanna ihren Rucksack gegeben hatte und wie Johanna erst erstaunt und dann ungläubig geguckt hatte. Wie der das Lächeln gefror, der Schlampe, und wie die nicht hatte glauben können, dass es anscheinend nicht so lief, wie sie wollte. Doch, das war wirklich schön gewesen. Und Laura war aufgestanden, losgewandert und hatte vorübergehend Hoffnung geschöpft.

Gerald hatte versucht, sich zu fassen, fühlte, er konnte jetzt weder Johanna noch Gerlinde in die Augen sehen. Gesichtsverlust nannte man das wohl. Verdammt noch mal.

Wo war Gerlinde eigentlich? Die war aufgestanden und zu Bruni gelaufen, ignorierte ihn, kümmerte sich nicht. Und Johanna? Fummelte an ihren Schuhen rum und würdigte ihn keines Blickes. In Japan hätte man sich jetzt konsequent in die Tiefe gestürzt, nicht mal dazu war er fähig. Er, der Computerheld, der virtuelle Draufgänger, in der Realität ein Hasenfuß. Toll. Aber vielleicht hatte es außer Josef keiner bemerkt. Auf der Hütte würde er erst mal ordentlich ein Bier kippen, und morgen war bestimmt alles vergessen. Vielleicht war er morgen schon ein anderer! Konnte doch sein. Er beobachtet Gerlinde und wie sie zu Bruni ging und so ordentlich aussah, wie aus dem Ei gepellt. Und da war er wieder, der Hass auf Gerlindes wohlanständige Betulichkeit. Mit der Frau Kinder kriegen? Ausgeschlossen.

Er musste jetzt erst mal rauskriegen, ob sie auch Höhenangst hatte. Das würde ihn retten, das fühlte er.

Allmählich kehrte Kornmaier in die Welt zurück. Auch, weil es wieder so weit war. Er wurde überholt. Erst von der Dünnen, dann von Johanna. Ihr schaute Kornmaier etwas länger hinterher, also ungefähr zehn Sekunden länger, denn dann war er schon wieder mit seinem Unvermögen beschäftigt. Aber das war irgendwie auch tröstlich in seiner Alltäglichkeit. Verdrängte diese fast surreale Passage der Absturzstelle.

Dann kam Josef, lief zwei, drei Schritte neben ihm. »Gut gemacht, Kornmaier«, und war schon wieder vorbei. Was meinte der damit, der Oberhuber Josef? Rätselhaft.

Wenig später stieg stetig Gerlinde an ihm vorbei, *ich überhol mal kurz,* und nach weiteren zehn Minuten: Gerald. Stumm.

Nur Bruni war nicht schneller.

Er sah sich um. Mit ausholenden Armbewegungen, als wolle sie mit den Wanderstöcken ein Krokodil erledigen, wanderte Bruni fünfzig Meter hinter ihm her.

Kornmaier blickte nach oben, da lag schon die Kemptner Hütte, nur noch ein langgezogener Anstieg, dann würde er da sein.

Und er merkte, das mit den Zündkerzen ging wieder los. Zu wenige vorhanden, er musste öfter stehenbleiben und würde sich in vorgetäuschter Bewunderung der Landschaft nach oben mogeln müssen. Da würden nämlich die anderen auf der Terrasse sitzen und runtergucken.

Er blieb stehen, jetzt erst mal ausgiebig die Berge bestaunen, bis Bruni endlich vorübergezogen war. Vor den Unsäglichkeiten des gemeinsamen Matratzenlagers konnte ihn heute nur der Tiefschlaf retten.

Detti war bereits im Erholungsmodus.

Demonstrativ frisch gewaschen, Hüttenschuhe an den Füßen und scheinbar entspannt sah er den ersten Ankömmlingen entgegen.

Zwischen Blumenkästen mit Geranien hindurch konnte er von der Terrasse aus auf den Wanderweg linsen. Vor ihm stand ein Bier, neben ihm, über dem Geländer, hing sein Funktionsshirt zum Trocknen.

Noch rang er mit sich, sollte er die Ankunft des jungen Gemüses mit einem »Na, auch schon da?« kommentieren oder, ach, nein, den Spruch hob er sich für Bruni auf.

Mit zunehmender Ungeduld hatte er nun schon eine Stunde auf die Gruppe gewartet. Hoffte er doch auf einige bewundernde Bemerkungen, und er ging davon aus, sich von der Sonne der Anerkennung wärmen lassen zu können.

Laura traf ein, Johanna folgte, kurz dahinter: Josef.

Die Frauen sagten nichts, von Josef kam ein »Schmeckt's, dehs Bier?«. Das war alles. Nun ja, vier Leute fehlten noch, spätestens Bruni würde doch, oder?

Und wennschon, er zumindest wusste, dass er hier in dieser traurigen Truppe zwar der Älteste, aber der Fitteste war. Also außer dem Josef jetzt. Der zählte nicht.

Detti beugte sich ein wenig über das Geländer. Im Grün der Wiesen führte ein schmaler Trampelpfad hinauf, still standen rundum die Berggipfel, und noch lag das Tal im hellen Sonnenlicht.

Gerald und Gerlinde kamen in Sicht. So jung und schon so bieder und kleinmiefig. Detti freute sich über seine treffsichere Einschätzung und dass er so anders war. Und während er auf Bruni wartete, die sich weiter unten wie eine bunte Raupe den Berg hocharbeitete, befühlte er heimlich unter dem Biergartentisch seine Oberschenkelmuskulatur. Großartig. Er grinste.

Diese Alpenüberquerung würde eine unausgesetzte Abfolge von Triumphen für ihn werden.

Gerald hatte Gerlinde fast eingeholt. Er wusste gar nicht warum, irgendwie wollte er keinen Stress, das war's wohl.

»Wieso rast du denn so?«

»Ich rase nicht.«

»Du rast. Du könntest ruhig mal auf mich warten.«

»Wieso? Bis vorhin war es dir doch auch egal?«

»Jetzt sei doch nicht so kompliziert, Gerlinde.«

Das Gespräch lief in die falsche Richtung.

»Ach, ich bin kompliziert!«

»Meine Güte, dann geh doch allein.«

Und Gerald ließ sich zurückfallen. Das würde schwer werden. Er hatte sich nicht im Griff. Johanna hatte da was in Gang gebracht. Er musste aufpassen.

Andererseits, vielleicht gab es endlich den Streit, der es ihm möglich machen würde, sich von Gerlinde zu trennen.

Oben tauchte die Hütte auf.

Aha, da saß schon dieser Detti und grinste blöde herunter. Der hatte doch auch nicht alle Latten am Zaun. So ein verbissener Hochleistungs-Opa.

Gerald hatte es nicht so mit dem Sich-selbst-Hinterfragen. Er hatte lediglich die Hoffnung aufgegeben, dass dieser Tag noch ein gutes Ende nehmen würde.

Mit ihrer Dolchstoß-Energie hatte Bruni zu ihrer Überraschung Kornmaier eingeholt. Der stand gerade neben dem Weg und betrachtete versunken die Bergkette, die sich um den Talkessel herum erhob. Aha, ein richtiger Naturliebhaber, der Kornmaier, wie sympathisch! Der hatte doch noch Augen für seine Umwelt, während ihr Mann beim Aufstieg wahrscheinlich nur auf Höhen- und Pulsmesser und den Weg gestarrt hatte. Je mehr sie in ihrer Planung, Detti so richtig eine zu verpassen, vorankam, umso mehr besserte sich ihre Laune.

»Herr Kornmaier, das ist doch richtig schön hier, oder?«

Der Mann sah aber nicht gut aus. Irgendwie überanstrengt. »Ist alles in Ordnung?« Bruni war stehengeblieben.

»Alles prima, danke.« Jetzt schnell die Frau loswerden. Egal wie. Doch schon in dem Moment, als er sich sagen hörte: »Ich mache gerade ein Gedicht«, wusste er, dass er gerade einen Fehler gemacht hatte. Verdammt.

»Ach, Sie dichten!«

Meine Güte, wieso hatte er das gerade gesagt. Kornmaier

schloss die Augen, sich in dieses selbstfabrizierte Schicksal fügend. Dann öffnete er sie wieder.

»Ja, wenn ich Ruhe habe, so wie hier, dann dichte ich.«

Einen größeren Zaunpfahl hatte er gerade nicht zur Hand.

Bruni war nur kurz begriffsstutzig.

»Ach so, ja, natürlich. Ich geh dann mal, wir sehen uns oben.«

Bruni wanderte los und blickte nach zwanzig Metern noch mal zurück. Da stand er immer noch, der Kornmaier und dichtete. Ein toller Mann.

Gerlinde und Gerald wurden von Josef in die Hüttenvorschriften eingewiesen, das Matratzenlager wurde gezeigt, der Trockenraum für die Bergstiefel, die kargen Waschräume, und Josef fragte sich, wie man sich bei so einer verkorksten Beziehung auf so einen Weg machen konnte.

Allerdings war ja auch nicht mit dem Sprengstoffpaket Johanna zu rechnen gewesen. Wahrscheinlich sollte die Wanderung dazu dienen, die Beziehung zu verbessern. Na dann mal viel Glück. Hauptsache, sie würden sich nicht gegenseitig abmurksen.

Als Bruni auftauchte, schweißnass, saßen schon einige auf der Terrasse und immer noch schien die Sonne. Kälber lagerten in einer heilen Welt aus grünen Blättern unterhalb der Hütte und ließen sich das Fell wärmen.

Die Zufriedenheit, den ersten Tag geschafft zu haben, ein paar Bier und eine gewisse Erschöpfung hatten die Wogen an der Oberfläche geglättet.

»Na, Bruni, auch schon da?«

Endlich hatte Detti seinen Spruch anbringen können. Feixend sah er in die Runde.

Keiner lachte.

»Du, Detti, jeder macht das, was er besonders gut kann. Manche können gut denken, andere können gut laufen.« Sprach's und verschwand in der Hütte.

»Meine Frau, immer für einen Spruch gut.« Wieder sah Detti in die Runde, keiner nahm Notiz von ihm.

Ganz fern an seinem Horizont glomm die Erkenntnis auf, dass er auch nur einen Spruch gemacht hatte, aber das war irgendwie was anderes.

Um sich besser zu fühlen, tastete er wieder unter dem Tisch nach seinen Muskeln. Alle noch da, darauf konnte er sich verlassen.

Der Josef hatte sie wohl nicht alle. Den hatte sie jetzt auf dem Kieker, und das war nichts, was man wirklich brauchte, also wenn Johanna einen auf dem Kieker hatte. Aber das wusste Josef noch nicht.

Johanna hatte Zeit gehabt, sich zu erholen.

»Noch mal so eine Aktion, und du gehst bei der nächsten Gelegenheit nach Hause, klar?«

Das hatte er zu ihr gesagt. Zu ihr! Hatte ihr den Rucksack gegeben und null nett geguckt. *Wenn einer seine Füße nicht sehen könne, das könne tödlich enden*, ach Gottchen, man konnte auch übertreiben, wirklich. Und doch rauschte eine schwarzblaue Woge der Einsamkeit über sie hinweg, ließ sie frösteln, zog sie hinab auf einen Meeresgrund, der ihr vertraut war. Und dass sie jetzt hier unten saß, das war

Josefs Schuld. Der sollte sie mal kennenlernen. Büßen würde er dafür.

Johanna stand vor dem Spiegel im Waschraum. Hatte unter der Dusche einen Kälteschock bekommen, der ihr gut getan hatte. Sorgsam hatte sie ihren Gretelzopf gelöst. Jetzt stand sie da in Bewunderung ihres Haares, in sanften Wellen floss es über ihren Rücken. Es tat ihr gut, sich anzuschauen, sie war makellos, vollkommen, ein Geschenk. Und das Geschenk hatte sich Josef gründlich versaut. Johanna lächelte sich an.

Plötzlich nahm sie im Spiegel hinter sich eine Bewegung wahr. Laura ging da gerade vorbei, ein bisschen wie ein grauer Geist.

Der graue Geist hatte eine rote Birne, einen halben Blick auf Johanna geworfen und gleich wieder weggeguckt. Ja, es tat weh, Johanna anzuschauen, wenn man so eine dürre, hässliche Schnepfe war.

Laura hatte ein Handtuch um sich gewickelt.

Wieso ging die so krumm, die Laura?

»Ich bin ja gern nackt, du nicht? Bist du prüde, oder so?« Johanna beugte sich zum Spiegel, strich mit einem Finger sorgfältig über ihre Augenbrauen und beobachtete Laura.

»Nö, mir ist nur kalt.« Was sollte sie sagen.

»Ach so, kalt … mach dich doch mal frei, Laura, du bist doch sonst so für Öko und so.«

Keine Antwort.

Johanna konnte nicht anders: »Arbeite mal an dir.«

Keine Antwort, nur ein kurzer Schrei war zu hören, lag sicher daran, dass Laura gerade merkte, dass das warme Wasser verbraucht war.

Jetzt würde Johanna erst mal den Josef scharfmachen und nach allen Regeln der Kunst leiden lassen. Liebevoll strich sie sich mit beiden Händen über ihre Brüste, es war ganz offensichtlich: Sie war ein Geschenk.

Unterhalb der Terrasse, da, wo er nicht zu sehen war, hatte Kornmaier noch mal Rast gemacht, vor allem, um nicht völlig am Ende vor den anderen aufzukreuzen. Sein Name war gefallen. Irgendjemand sprach gerade über ihn und dann ganz deutlich Bruni: »Er dichtet.«

Sein Mut, der ohnehin nur knapp über die Tischplatte des Lebens reichte, sank. Was, wenn er jetzt ein Gedicht vortragen sollte.

Er mobilisierte seine letzten Kräfte und trat scheinbar munter auf die Terrasse.

Josef stand auf, um ihn einzuweisen, hier der Trockenraum, hier das Matratzenlager, hier der Waschraum. Konnte diese Trostlosigkeit noch eine Steigerung erfahren? Durchaus. Man würde jetzt gemeinsam essen, er möge sich beeilen.

Eiskalte Dusche, frische Klamotten, immerhin.

Matti, ob du wohl gerade von oben zuguckst und dich wunderst, was ich hier deinetwegen veranstalte? Zeigst du mir einen Vogel? Drehst ernst den kleinen Kopf hin und her und sagst, dass du das nicht brauchst? Aber ich, Matti, ich vielleicht …

Kornmaier fuhr sich wieder mit beiden Händen über das Gesicht, blieb einen Moment so und war froh, allein zu sein.

»Sie dichten?« Schon war es passiert.

Gerlinde hatte das gefragt. Man hatte das Essen bestellt, sah zu, wie die Schatten der Berggipfel immer länger wurden, durch das Tal krochen und Richtung Osten den Berg wieder hinaufwanderten. Nur noch der Gipfel des Großen Krottenkopfs lag in der Sonne. Der gellende Ruf eines Steinadlers war zu hören, der in dem weiten Rund des Tales widerhallte. Sonst herrschte Stille.

Es hätte wirklich schön sein können.

»Ja, gelegentlich.«

»Was denn so?« Gerlinde ließ nicht locker.

»Ach, das möchte ich jetzt gar nicht ...« Kornmaier brach ab, das Essen kam und das mit dem Dichten ging im allgemeinen Chaos unter. Er konnte sich innerlich zurücklehnen und einen Blick in die Runde werfen.

Da saßen sie nun alle, die ganze bemackte Versammlung. Gerlinde breitete gerade akribisch die Serviette über ihre Beine, strich sie immer aufs Neue glatt und hatte wieder diese schmalen Lippen. Bruni wirkte irgendwie aufgekratzt. Ihre roten Haare standen wild in der Gegend herum, und Kornmaier vermutete, dass sie vergessen hatte, sich zu kämmen.

Laura starrte unter dem Tisch auf ihr Handy, das wohl mit den Worten »kein Netz« für anhaltende Verstörung sorgte. Oder gab es noch einen anderen Grund? Sie wirkte jedenfalls blass unter ihrem Sonnenbrand. Blass, unglücklich und wie eine Maus in der Falle.

Am Geländer saß Gerald. Irgendwie trotzig sah der aus, als wollte er was beweisen, hätte aber gerade keine Gelegenheit dazu. Er wollte dazugehören, nur nicht zu seiner Freundin, das war offensichtlich. Ganz ans andere Ende hatte er sich gesetzt und versuchte, mit Detti ins Gespräch zu kommen. Das war ja auch so eine Gestalt. Was machte der eigentlich die ganze Zeit mit seinen Händen unterm Tisch? Sollte Kornmaier ihm den Gefallen tun? Endlich, endlich sagen: »Sie sind ja unglaublich fit.« Sollte er das machen? Ach, morgen vielleicht.

Dritter Auftritt Johannas.

Josef hatte gerade zu Laura gesagt, sie möge doch bitte Sonnenschutz verwenden. Und Laura hatte geantwortet, sie wolle sich nicht vergiften mit so einer Pampe, als sich eine gewisse Stille am Tisch ausbreitete. So eine laute Stille, wie man sie vom Fahrstuhl kannte. Oder vom Zugabteil nach der Begrüßung.

Was sollte man auch dazu sagen? Es war ja möglich, einfach wegzusehen. Dazu entschlossen sich auch die Frauen nach der ersten Schrecksekunde. Und in die laute Stille hinein begannen sie, sich wiederum ein bisschen zu laut über die Schönheit der Berge zu unterhalten. Sogar Laura sagte etwas. »Das Wandern lässt einen ja zum Selbst finden.« Das hatte sie irgendwo mal gelesen. Aber all das, all diese Gesprächsfetzen versandeten schnell wieder in dieser lauten Stille.

Die Männer konnten nicht wegsehen, nicht mal der Kornmaier, und so hatten sie reichlich Platz, die Stille und die Johanna.

Johanna war weich und warm, der Ausschnitt ihres T-Shirts war über eine braungebrannte Schulter gerutscht, sie lächelte ein winzig kleines bisschen, und die Goldfäden in ihren Haaren verhießen, dass sie ein echtes Naturkind war, nicht mal die Haare waren gefärbt.

Johanna achtete auf niemanden, was natürlich nicht stimmte, aber das wusste ja keiner. Ihr Mittelfinger fuhr einmal durch das Kartoffelpüree, sie hob ihre Hand, führte sie zum Mund, und sanft begannen ihre Lippen das Essen aufzunehmen, innig versunken, die Augen geschlossen haltend, knabbernd und lutschend. Ganz selbstverständlich aß sie so und leerte ihren Teller. Leckte am Schluss gründlich ihre Finger ab, ohne das zu machen, worauf die Männer nun doch warteten. Warteten, dass Johanna ihren Finger in den Mund schieben würde, irgendwie als krönenden Abschluss. In diesen Mund, der weich und voll war und ein bisschen an den von Brigitte Bardot erinnerte. Das konnte ja noch passieren, vielleicht, das mit dem Finger, wer wusste das schon?

Also schielten sie weiter, grinsend der Josef, irritiert der Kornmaier, auf merkwürdige Weise eifersüchtig Gerald und störrisch, doch wie unter Zwang, Detti.

Johanna öffnete ihre Augen, diese von dichten dunklen Wimpern umkränzten Augen, und blickte Josef an.

»Essen ist so etwas Sinnliches, es wäre doch schade, sich das mit Besteck zu verderben. Was meinst du?«

Ganz plötzlich hatte sie den Josef angesehen, wieder ein bisschen zu lange geguckt, und Josef, der konnte gegenhalten.

Der guckte nicht weg, der grinste nur weiter und sagte: »Ja, schoh.«

Schon kurz nachdem das Johanna-Spektakel begonnen und Laura ihren altklugen Beitrag geleistet hatte, war Letztere abrupt aufgestanden, und es klang, als würde sie ausspucken, dabei hatte sie nur das Wort *Tischmanieren* ausgestoßen.

Ihren Teller hatte sie mitgenommen und war hinter der Hausecke verschwunden. Da saß sie nun auf einem Stein, und ungefiltert brach das Elend ihres Lebens über sie herein. Warum hatte ihr Bruder diesen Scheiß eingefädelt, er musste doch wissen … aber nein, er wusste nichts, nicht mal ihr Bruder merkte irgendwas, merkte nicht, dass er eine todunglückliche Schwester hatte, die versuchte, sich durch Unterschriftenlisten gegen Massentierhaltung und Bienensterben eine Daseinsberechtigung zu geben. Sie hatte noch keinen Jungen geküsst, noch kein Junge hatte sich für sie interessiert, und diese Johanna …

Laura kippte ihr restliches Essen auf die Wiese, sie war es nicht wert, etwas zu essen. Ihr Seelenschmerz war körperlich zu fühlen, und Laura ritzte mit den Fingernägeln in ihr Sonnenbrandgesicht, um diesen Seelenschmerz wenigstens ein bisschen überlagern zu können. Das Salz ihrer Tränen brannte wie Feuer, und sie stand auf, um ihr Gesicht in einem Wassertrog zu kühlen.

Unter Wasser öffnete sie ihre Augen. Das hier war ein guter Ort. Sehr kalt, sehr klar. Sie versuchte einzuatmen, die kühle Klarheit zu ihrer zu machen. Ging nicht.

Schade, dass man sich hier drin nicht gleich ertränken konnte.

Wie ein einziges Lächeln alles zerstören konnte.

Inzwischen war die Nacht hereingebrochen.

Vor der Hütte funzelte eine Lampe. Um 22 Uhr würde das Licht gelöscht werden, dann hatte man im Schlafsack zu liegen.

Kornmaier saß noch draußen. Er hatte sich ein Bett erkaufen können, abseits vom Matratzenlager und den ganzen Irren.

Es war kühl geworden. Er hatte sich von den anderen weggesetzt, hörte ihr Stimmengemurmel und blickte in das dunkle Samtblau, das den Himmel überspannte, übersät von kleinen Lichtpunkten. Es waren erschütternd viele, sie ließen das eigene Leben zu einem Nichts schrumpfen. Matti konnte nicht in diesem Himmel sitzen, zu groß war das alles und Matti ja so winzig. Kornmaier wollte nicht, dass sein kleiner Bruder in dieser kühlen Unendlichkeit saß, er wäre dort doch sicher sehr einsam. Was für ein Gedanke. Und doch. Ein Gedanke, der Kornmaier schon wieder aus der Fassung zu bringen drohte.

Er ließ seinen Blick über den Scherenschnitt der Gipfelkette gen Western wandern, und dann blickte er auf den Boden, über den gerade ein Ohrenkneifer eilte. Der machte das richtig, der Ohrenkneifer, der beschäftigte sich nicht mit Dingen, die in der Ferne lagen, der sah nur zu, dass er unter einem Brett Zuflucht fand.

Dieses Lächeln. Jetzt fiel es Kornmaier wieder ein. Das hatte die Anziehungskraft zerstört. Johanna hatte gelächelt.

Die ganze Aktion mit dem Kartoffelpüree und dann hatte sie gelächelt, gerade als Laura aufgestanden war und irgendetwas von Tischmanieren gesagt hatte. Maliziös, das Wort war ihm als Erstes eingefallen: maliziös. Und da war es wieder aufgetaucht, dieses Gefühl vom Beginn der Wanderung: *Hier stimmt was nicht.*

Daran musste er jetzt wieder denken, wie er da so in die Dunkelheit blickte und alles so wundervoll ruhig schien: *Hier stimmt was nicht.*

Und dass da eine Gefahr war. Aber wer in Gefahr war und von wem die ausging, das war nicht ganz klar. Vielleicht war Johanna in Gefahr, oder Johanna war die Gefahr selbst. Ja, vielleicht so.

Kornmaier stand auf, Zeit, ins Bett zu gehen. Die Terrasse hatte sich schon geleert, er war der Letzte. Die Gute-Nacht-Wünsche hatte er überhört, was nicht zu seinem Ansehen beigetragen hatte.

Leise ging er durch den Flur.

Im Trockenraum war noch Licht. Ein schabendes Geräusch war von dort zu hören. Kornmaier blieb stehen und lauschte. Das Haus lag sonst still, die Lichter würden in fünf Minuten ausgeschaltet werden. Das Geräusch verstummte. Wer immer da war, dieser Jemand würde gleich entdecken, dass Kornmaier ihn belauscht hatte.

Er wandte sich um und stieg sachte die Stufen zu seinem Zimmer hinauf, holte seine Zahnbürste und ging in den Waschraum.

Er ließ die Tür angelehnt und spähte in den Flur. Bruni kam die Treppe hoch, ging den Flur entlang und öffnete vorsichtig die Tür zum Matratzenlager. Aha, Bruni.

Energisch begann er, seine Zähne zu putzen. Klack. Das Licht war ausgegangen. Im Dunkeln tastete er nach dem Waschbecken. Was wohl Bruni im Trockenraum gemacht hatte? Na, konnte ihm egal sein. Diese Tratschtante, aber das hatte er sich selbst eingebrockt, er und Gedichte machen. Und doch musste Kornmaier in diesem dunklen Waschraum einer Berghütte, die einsam in dunkler Nacht lag, umrundet von stillen Bergriesen, auf die das dunkle Weltall dunkel herabblickte, ein wenig kichern.

Johanna war enttäuscht.

Josef würde einen eigenen Schlafraum haben. »Ich brauch auch amal a Ruh vor euch«, hatte er wie im Scherz gesagt, es aber genau so gemeint.

Für heute reichte es auch ihr. Dettis und Geralds Aufmerksamkeit hatte sie, nur beim Kornmaier war das irgendwie unklar, aber der war eh komisch.

Bis auf Laura waren alle sofort eingeschlafen. Man hatte sie irritiert angeguckt, was denn da in ihrem Gesicht passiert sei, sie hatte was von Stacheldraht und Stolpern erzählt und sich gewundert, dass überhaupt jemand etwas bemerkt hatte. Jetzt lag sie auf dem Rücken, ihr Gesicht, ihre Arme brannten, und sie starrte in die Dunkelheit und fühlte, wie die Nachtschwärze, die vor der Hütte lauerte, in sie hineinkroch, und keiner merkte was und keiner half, nein, alle schliefen, und die Ersten begannen zu schnarchen.

Leise stand sie auf, verließ den Raum und setzte sich in ihre Decke gehüllt auf die Treppenstufen.

Hier zu sitzen, passte besser, hier würde sie die Nacht verbringen.

KEMPTNER HÜTTE – MEMMINGER HÜTTE

4. Juli

Detti drehte ein bisschen durch. Man konnte auch sagen: Detti machte eine Welle, was, bitte, regte der sich so auf?

Man hatte sich am Frühstückstisch versammelt. Es gab lappiges Brot mit Käse und Wurst. Detti hatte das ganze Matratzenlager auf links gedreht, jeden angesprochen und jetzt beim Frühstück noch mal.

»Ich suche meine dünnen Socken, hat die jemand gesehen, die sind wichtig!«

Man zuckte mit den Schultern, strich sich ein Brot und trank Kaffee, und so ziemlich alle waren im Stillen ein bisschen schadenfroh. Der Hochleistungs-Opa kriegte sich wegen ein paar Socken nicht mehr ein. Was sollte das Getue?

Der Morgen war kühl, noch lagen Tau und Tal im Schatten der Berggipfel, aber die aufgehende Sonne verhieß einen weiteren endlosen Sommertag, und auch die Wegstrecke heute schien ein wenig endlos, so vom Gefühl her.

Abstieg nach Holzgau, Taxifahrt zur Materialseilbahn Memminger Hütte und Aufstieg zur Memminger Hütte. Mit der Materialseilbahn konnte man sein Gepäck schon mal vorausschicken, eigentlich doch schöne Aussichten.

Die Langsamen unter ihnen würden mindestens sieben Stunden unterwegs sein.

Dann brauch ich acht Stunden, dachte sich Kornmaier, hatte nicht gegen die Taxifahrt protestiert, sondern beobachtete nur, wie Josef der Laura den Brotkorb hinüberschob und sie auffordernd anguckte. Der war wirklich nicht verkehrt, der Oberhuber Josef. Der hatte ja doch ein Auge auf seine Schäfchen.

Detti brütete vor sich hin. Man sah es ihm an.

Es würde ja wohl auch so gehen. Würde er ja dann merken. Aber wo waren sie, die dünnen Socken. Musste ja jemand … Bruni doch nicht? Die hatte doch keine Ahnung, wirklich, wenn jemand keine Ahnung hatte, dann hieß dieser Jemand Bruni. Aber wer dann?

Misstrauisch hatte Detti in die Runde geblickt und seine Mitwanderer gemustert. Harmlos sahen sie aus, diese ganzen Nieten, wie sie da saßen und in ihre Brote bissen. Bei Johanna guckte er länger. Er konnte nicht anders. So eine …, irgendwie brachte er es nicht fertig, etwas Abfälliges zu denken. Das verstimmte ihn, und er guckte wieder weg. Wieso … nein, lieber dachte er jetzt noch ein bisschen an seine Socken und dass er für die reine Gehzeit auf keinen Fall länger als fünf Stunden brauchen wollte.

Zwischen Gerlinde und Gerald herrschte Burgfrieden, konnte man jedenfalls denken.

Das hatte sich hoffentlich erledigt, was immer da gestern gewesen war, das dachte Gerlinde.

Und Gerald: Wird schon noch der richtige Moment kommen, um sich zu trennen, heute, das fühlte er, war einfach nicht der richtige Moment. Heute musste er nur irgendwie Boden gutmachen.

Gestern, alles in allem, das war eine Demütigung für ihn gewesen. Und Schuld hatte der Josef. Wie der ihn da rumkommandiert hatte, und Johanna hatte das bestimmt mitgekriegt. Mann, Mann, Mann, ab heute würde da aber mal ein anderer Wind wehen. Er war doch kein dummer Junge.

Wie das mit dem anderen Wind aussehen sollte, das wusste er noch nicht, würde sich schon noch was ergeben. Geduld war auch eine Stärke, nichts überhasten, abwarten und dann zuschlagen. Genau so.

Schwindelfrei sollte man sein. Sonst würde das keinen Spaß machen, oder man überwand sich, ging an seine Grenzen. Würde sich selbst besiegen, einen neuen Blick auf sich erhalten, eine neue Einstellung bekommen, wer wusste das schon.

Eine Seilhängebrücke, hundert Meter Abgrund unter den Füßen, ein schwankendes Ding. Zweihundert Meter lang, der Schrecken. *Nur wer will,* hatte Josef gesagt.

Kurz vor Holzgau war das Monster, na toll.

»Ach, schön«, hatte Gerlinde gesagt. Gerald dachte erst, er habe sich verhört.

»Ach schön?«

»Klar, ach schön. Ist doch spannend! Aber Gerald, tu mir den Gefallen und schaukel nicht auf der Brücke.«

Ach, du Scheiße. Jetzt wurde es aber eng, jetzt musste er sich was einfallen lassen. Vielleicht geschah ja auch noch ein Wunder. Nein, heute war kein Tag für Wunder, er fühlte schon bei der reinen Vorstellung, nur einen Gitterrost zwischen sich und dem Abgrund zu haben, das Ziehen in den Füßen hinauf bis zum Magen. Ausgeschlossen. Nein.

Er hatte jetzt drei Stunden Zeit, nach einem Ausweg zu suchen.

Die Frisur saß. Bruni hatte noch mal im Waschraum in den Spiegel geguckt. Ihre roten Haare standen jung und frech in alle Himmelsrichtungen. Sie gefiel sich. Womit konnte sie denn den Kornmaier mal in ein Gespräch verwickeln? Ein toller Mann irgendwie. Sie musste rauskriegen, wofür er sich interessierte. Männer mochten das doch. Einmal anstoßen, einmal fragen, und schon erzählten sie stundenlang. War ja ganz einfach. Bruni war zuversichtlich, schulterte den Rucksack und machte sich auf den Weg nach draußen. Da standen schon alle und warteten auf den Startschuss.

»Wir treffen uns in Holzgau im *Gasthaus Bären*. Von da geht's im Taxi weiter. Auf geht's.«

Detti stürmte los.

Ihm folgend, Brunis versonnener Blick.

Ruhig sah sie ihm nach, fuhr mit den Händen durch die Schlaufen ihrer Wanderstöcke, eine bunte Bergraupe mit einer Frisur, die vor dreißig Jahren mal modern gewesen war, eine ungeliebte Frau mit dem Bauchspeck der Wechseljahre, eine, die das Fünfundzwanzigjährige mit ihrem Mann hatte begehen wollen, einem Mann, den sie wohl lange, lange, lange überschätzt hatte, Bruni also, deren Lippen sich jetzt bewegten und unhörbar flüsterten: *Fahr zur Hölle, du Arsch.*

Konnte man denn noch langsamer laufen? Ging das?

Kornmaier blieb wieder stehen. Er fühlte sich gut heute,

ausgeruht, kräftig, und es lockte ihn, schneller zu gehen. Da war etwas Zuversichtliches in ihm, vielleicht weil er *die Stelle* schon hinter sich hatte?

Die Sonne war inzwischen über den Bergkamm gestiegen und goss Morgenlicht über die grünen Matten, Gräser waren von funkelndem Tau überperlt, und während vom Boden noch die Kühle der Nacht aufstieg, wärmte die Sonne schon.

Bruni kam nicht voran. Lauerte sie ihm auf, oder so? Kornmaier reichte es, dann würde er jetzt eben überholen und das mit dem Gedicht anbringen.

Gerade jetzt mache er so eine wundervolle Ode an die Morgensonne. Ja, so würde er das machen. Kornmaier schloss auf.

Bruni war stehengeblieben. Wandte sich ihm zu, heute ganz in Türkis und Meerblau. »Ein schöner Morgen, nicht wahr?«

Und Kornmaier, ohne stehenzubleiben: »Ja, ich mache gerad ein Gedicht.« Vorbei war er.

Warum kämmte sich die Frau eigentlich nie?

Irgendwie hatte er Gerlinde unterschätzt.

Wie ruhig die da diesen steinigen Weg runterstieg. Selbstverständlich, stetig. Gerald war einigermaßen irritiert. Vor seinem geistigen Auge sah er, wie er mit gebrochenem Knöchel von einem Rettungshubschrauber abtransportiert wurde. Schon wieder lief da was falsch. Schon wieder fühlte sich das nicht gut an.

Gerald sehnte sich nach einem Befreiungsschlag. Aber da war nichts.

Gerlinde ging ihm dermaßen auf die Nerven mit ihrer Entspanntheit. Gerade stieg sie eine große Felsstufe herunter. Die rechte Hand am Felsen, die Linke tastete mit dem Stock weiter unten nach Halt.

»Elegant geht aber anders, Gerlinde.«

Mehr war nicht drin, so eine kleine Spitze, jedenfalls für den Moment.

Das heute Morgen hatte Johanna verstimmt.

Hatte doch Josef mit Laura dagestanden und ihr die Sonnenmilch aufgedrängt. Er wolle nichts hören, sie würde sich jetzt mal damit einreiben. Basta.

Wieso kümmerte der sich um die Kuh? Hallooo! Hier spielte die Musik!

Im Grunde hatte sie heute keine Lust auf diese Wanderei und überhaupt auf diese ganzen Nullnummern. Und die Pärchen, so eine richtige Herausforderung waren die ja auch nicht. Die Alten hatten ja schon Zoff und der Gerald, leichtes Spiel. Noch einmal anpusten und der kippte um. Josef, okay, der war nicht ganz so einfach, ein bisschen undurchschaubar, der Typ. Wie der immer zurückgrinste, der jedenfalls kippte nicht so leicht um. Was, wenn der gar nicht umkippte? Das konnte nicht passieren, das war ihr noch nie passiert, das war ausgeschlossen. Aber wenn doch?

Ein bisschen fühlte Johanna sich belebt, da war sie doch, die Herausforderung. Kurz dachte sie an Kornmaier. Nee, der war ja nun echt seltsam und wo war denn da der Mehrwert.

Josef also, und dann ihn vor Lauras Augen küssen. Die

ging ihr mit ihrem Weltverbesserungsscheiß so richtig auf die Nerven.

Ein schönes Tagesziel.

Ganz ähnlich hatte er das befürchtet. Diese Gruppe allerdings schoss schon den Vogel ab. Gleichmäßig stieg Josef den steinigen Pfad bergab. Wählte routiniert den besten Weg, hatte Zeit zum Nachdenken. Blickte über das stille kleine Tal, das heute von wohlgesonnenen Bergriesen umstanden war. Schön.

Und doch kam er sich vor wie ein Rennpferd auf einem öden Parkweg zwischen lauter struppigen Ponys.

Völlig unterfordert, ja, im Grunde degradiert. Er ächzte. Hinter ihm klackerten Gerlindes Wanderstöcke. Er sah sich um. Dieser Gerald hinter Gerlinde war echt ein Bewegungsdepp. Josef drehte sachte den Kopf von links nach rechts und wieder zurück. »Gerald, immer drei stabile Haltepunkte beim Klettern, das ist am sichersten, erinnerst' dich?«

Der Angesprochene antwortete nicht. Das würde noch was werden mit dem Gerald, Herrschaftszeiten. Dahinter Laura, die stellte sich ganz gut an, dann Johanna, die sowieso, ein Naturtalent, offensichtlich in vielerlei Hinsicht.

Und die baggerte schon, kannte er bereits. Trotz der Ansage gestern, aber mit der war was, nichts Gutes.

So, und wo waren die üblichen Schlusslichter? Aha, der Kornmaier war heute ganz gut unterwegs und zu Josefs Überraschung recht behände beim Klettern. Guck an.

Bruni, na ja, mehr konnte man nicht erwarten. Wenigstens gut gelaunt sah die aus.

Josef hätte am liebsten »brav liebe Kinder, sehr brav« gesagt, ließ es dann aber doch und wandte sich gottergeben wieder dem Weg zu.

Alles, was er wollte, war eine eigene Bergschule. Nur für Fortgeschrittene, nur nach einem Check auf Schwindelfreiheit.

Und diese Vorstellung ließ kurz ein Lächeln auf seinem kühnen, schönen und herrlich männlichen Antlitz aufscheinen.

Die Sonne war inzwischen gestiegen, stand gleißend über dem Tal, und an einem kleinen Bach spritzte man sich Wasser in Gesicht und Nacken und ließ das eiskalte Nass über die Handgelenke laufen.

Gerald sah zu, wie Gerlinde ein kleines Handtuch auseinanderfaltete, es nass machte, sich erfrischte und dann das Handtuch zum Trocknen an einer Schnalle ihres Rucksacks befestigte. Diese Akkuratesse, dieses Ehrpusselige, er hätte sie gern geschubst.

»Du bist so 'ne richtige Hausfrau, Gerlinde.«

Gerlinde hörte das da zwischen den Zeilen und wunderte sich. Was sollte das jetzt werden? Das war's wohl mit dem Burgfrieden.

»Was möchtest du damit sagen, Gerald, was?«

»Nichts, gar nichts, nur dass du ordentlich bist.«

»Und das stört dich plötzlich, oder wie?«

Jetzt fürchtete Gerald doch so etwas wie ein öffentliches Aufsehen.

»Nö, ist nur 'ne Feststellung, krieg dich mal wieder ein.«

Er stand auf und ging ein paar Meter weg. Und begriff,

das war seine Chance, natürlich, so würde er es machen. Lieber ein Eklat als die Brücke. Also wieder zurück.

Einen Meter vor ihr blieb er stehen: »Kannst du mir mal sagen, wieso du dich immer gleich angegriffen fühlst?«

»Was mach ich?«

»Du hast mich schon verstanden, Gerlinde.«

»Ich hab jetzt wirklich keine Lust, mich mit dir zu streiten.« Und vor allem hatte sie keine Lust, sich vor der Gruppe zu streiten, die bereits anfing, betreten auseinanderzustreben. Sie hockte sich hin und begann, an ihrem Rucksack herumzufummeln. Warum musste er die Wanderung verderben? Was hatte sie ihm getan?

Gerald hob die Stimme. Alle sollten es mitkriegen.

»Doch, Gerlinde, irgendwann sollte man mal der Wahrheit ins Auge blicken.« Was für eine Chance für Gerald. »Und nicht immer wegrennen, Gerlinde, nicht immer wegrennen.«

Gerlinde war perplex. Was sollte das jetzt?

Gerald war vom ersten Abend an neben der Spur gewesen und jetzt noch das hier. Und sie hatte schon gehofft, alles würde sich wieder fügen und gut werden, und Gerald würde endlich einfach mal Abstand bekommen zu seiner Diplomarbeit, dieser ständigen Schreibtisch-Sitzerei.

»Welche Wahrheit denn, Gerald?« Gerlinde war aufgestanden.

Meine Güte, die ganze Harmlosigkeit dieser Frau machte ihn so richtig wütend. Dieses Aufgeräumte in ihrem Gesicht und ihrem Rucksack, alles immer tipp topp. Nichtssagend, langweilig, irgendwie keine Persönlichkeit und null erotische Ausstrahlung, das kam ja noch dazu. Null!

Irre, wieso hatte er so lange in dieser Beziehung verharrt. Jetzt, jetzt konnte er es sagen, das mit der Wahrheit, jetzt war der Moment da. Jetzt. Gerald spürte seinen Herzschlag. Jetzt. Machen, einfach machen. Sie hatte ja gefragt, selbst schuld, er hätte sie ja noch verschont, hätte ihr noch eine unbeschwerte Wanderung gegönnt. Er starrte sie an, aber im Grunde sah er sie nicht. Ihr Gesicht, ein heller Fleck vor grüner Wiese. Gerald spürte die Sonne auf seinem Gesicht. Jetzt also. Die entscheidenden Worte.

»Tut mir leid, Gerlinde, geh du mal über die Brücke, da hast du dich ja drauf gefreut, ich gönn dir das, ich geh unten lang. Wir beruhigen uns ein bisschen, und dann reden wir noch mal.«

Einen Moment lang hasste Gerald sich selbst für seine Feigheit. Er hätte es ihr jetzt sagen können, das mit der Diplomarbeit, alles.

Stattdessen warf er sich den Rucksack auf den Rücken und wanderte los. Musste Energie abbauen.

Lief mit großen Schritten davon. Er wünschte sich eine Kuh auf den Weg, die hätte er mit bloßen Händen umgekippt. Das mit dem Selbsthass dauerte zum Glück nicht lange, es würde sich schon der richtige Moment ergeben, und er war die Hängebrücke los, das war das Wichtigste. Und Johanna hatte er bestimmt ein bisschen beeindrucken können. Da war er sich sicher.

Gerlinde hatte nichts mehr gesagt, ihm nicht hinterhergeguckt. Hatte noch mal geprüft, ob ihr Waschlappen auch gut befestigt war. Sie prüfte länger als notwendig. Wo waren die anderen, was hatten die mitbekommen?

Sie drehte sich um. Nur Johanna stand da und guckte zufrieden. Freute die sich etwa? Worüber?

Wortlos lief Gerlinde an Johanna vorbei, vielleicht etwas dichter als notwendig.

In einer halben Stunde würden sie an der Brücke sein, das war jetzt alles, was zählte, darauf hatte sie sich gefreut, und Gerald hatte versöhnlich geklungen, daran wollte sie sich jetzt erst mal festhalten.

Inzwischen war Kornmaier eine Idee gekommen. Die würde er jetzt ausbauen.

Immer wenn Bruni auftauchte, würde er seine Lippen bewegen, stumm, so als würde er gerade dichten, dann musste er es nicht mal sagen, dass er gerade dichtete, und am besten dabei die Augen zumachen.

Der Abstieg über den felsigen Weg war Balsam für sein ramponiertes Ich. Es galt, im Fluss zu bleiben, kein Stocken, kein Verharren, stetig in der Bewegung zu sein, ohne zu zögern. Dieser Abstieg war die reine Freude, nahm ihm die Sorge, zwischen die anderen zu geraten, ließ ihn überholen, und Bruni konnte er so nebenbei auch abhängen. *Schauen Sie, Herr Kornmaier,* würde die Sollenhauer sagen, *schauen Sie, wie leicht das ist, unter lauter bunten Irren herumzulaufen, wenn man ganz bei sich bleibt.*

Oh, nicht an die Sollenhauer denken, da würde er gleich bei Matti landen.

Die schrundigen Felsen waren von Flechten und Moos bedeckt und all das lebte so vor sich hin, so wie er vor sich hin lebte, in einer eigenen Welt. Was Otto wohl sagen würde.

Er musste an das *Miasanmia* denken, sein zweites Zuhause. Das war schön, eigentlich konnte er ganz zufrieden sein mit seinem Leben.

Wenn da nur nicht das *eigentlich* gewesen wäre.

Weiter unten wartete ein kühlendes Bächlein.

Gerald und Gerlinde, was war eigentlich mit denen los? Komisches Pärchen. Der Haussegen hing schief, und das ziemlich öffentlich. Peinlich berührt hatte Kornmaier das Weite gesucht. Wollte er eigentlich über die Brücke? Oder die Abkürzung nehmen? Ach, es würde noch genug Abgrund geben, lieber etwas Kraft sparen und gemütlich im *Bären* auf die anderen warten.

»Na, Kornmaier, heut geht's ganz gut, gell?« Josef schloss gerade auf. Am liebsten hätte Kornmaier mit *Ja, schoh* geantwortet, weil er tatsächlich so gut drauf war. Aber irgendwie war es zu früh für Verbrüderungen. So blieb es bei einem »Ich kann nicht klagen«. Schweigend gingen sie ein Stück nebeneinanderher.

Kornmaier warf einen Seitenblick auf Josef, der trotz der unleugbaren Gruppendynamik in sich zu ruhen schien.

»Eine etwas unhandliche Gruppe, ist das immer so?«

»Da sag ich jetzt mal besser nix dazua.« Alles klar. Die Gruppe war speziell, und klar, dass er, Kornmaier, genau mit so einer unterwegs sein musste.

Breite Wege führten hinunter nach Holzgau, und Kornmaier war ganz mit dem Tack-tack beschäftigt, er fühlte sich gut und ein vorsichtiger Blick zurück machte klar: Bruni war außer Sichtweite. Das musste er sich auch noch abgewöhnen, dieses Sich-hetzen-lassen.

Stunde für Stunde sammelte sich mehr Staub auf seinen

Schuhen, und Stunde für Stunde kehrte mehr Stille in seinem Kopf ein.

Donnernd stürzte der *Simswasserfall* durch seine schmale Schlucht und hatte Kornmaier mit feiner Kühle erfrischt.

Er hatte den Kopf in den Nacken gelegt und hoch oben die Brücke gesehen. Da rannten jetzt also alle drüber. Und er? Hatte also keine Lust, ja? War das so? Oder hatte er die Höhe meiden wollen? Konnte ja wohl sein? *Kornmaier, Kornmaier, Ihre inneren Abgründe sind erschütternd, das möchte ich mal angemerkt wissen.* Okay, ja, gut, beim nächsten Höhentest würde er mitmachen. Keine Ausreden.

Seine Laune war zu gut, um sich irgendetwas übel zu nehmen.

Gerald, die Pfeife, kam in Sicht. War stehengeblieben und guckte nach oben. Das war doch so ein richtiger…, Kornmaier suchte nach dem Wort, so ein richtiger …, Otto hätte gleich das passende Wort parat gehabt, so 'ne richtige *Nullnummer*.

Leider stand die Nullnummer immer noch da. Was jetzt? Überholen? Warten?

»Unangenehm hoch, die Brücke, was?« Ein wenig Konversation. Komisch sah der aus, der Gerald. Blass und wütend.

»Das ist doch so eine blöde Scheiße da. Idioten, einer wie der andere. Steck sie in einen Sack, schlag drauf, triffste immer den Richtigen.« Gerald hatte das mehr zu sich selbst gesagt und wunderte sich, dass da einer stand.

Auch das noch. Wo kam der denn plötzlich her.

»Hoppla, laut gedacht!« Geralds Mundwinkel zuckten

kurz zu seinen Ohren. »Haha, Sie verstehen das, Herr Kornmaier, denk ich mal.«

»Nee? Was denn verstehen? Dass es Ihnen nicht unlieb wäre, wenn die Brücke ihrer Funktion verlustig ginge?«

Verlustig ginge … einen Moment brauchte Gerald, um zu verstehen, was Kornmaier meinte. Warum redete der so gestelzt? Glaubte der, er sei was Besseres?

»Und wieso sind Sie eigentlich nicht oben auf der Brücke, Herr Kornstroh?«

Gerald dehnte das Wort Kornstroh ein wenig zu lang und schaute weiter in die Höhe.

Oben war jetzt winzig klein ein Mensch zu erkennen.

»Einer muss ja gucken, dass Sie die Brücke nicht mit einem Seitenschneider bearbeiten, Herr Luscher.« Jetzt drehte sich Gerald langsam zu Kornmaier um. Als Scherz abtun? Kornmaier blickte so wie immer. In sich ruhend.

»Einen Clown gefrühstückt, ja?« Gerald versuchte, Kornmaiers Blick standzuhalten.

»Sagen Sie es mir, Herr Luscher.«

Wie Kornmaier den Namen *Luscher* aussprach, warf Gerald in einen Fluss unangenehmer Erinnerungen an seine Schulzeit.

»Na, das hat man doch gesehen! Wie ein Geist sind Sie da am Abgrund lang gestern.« Geralds Blick hatte sich verfinstert, wollte die kleine Unterhaltung zu seinen Gunsten ausgehen sehen. Er legte nach.

»Jetzt stehen Sie mal dazu, Herr Kornspeicher, ist doch nicht schlimm. Oder wollen Sie vor unserer Alpen-Sexbombe nicht blöd dastehen? Hmm?«

Kornspeicher, fast hätte Gerald gekichert.

»Herr Luscher«, Kornmaier verschluckte wieder das *R*, »in Abwandlung einer Lebensweisheit möchte ich anmerken: *Was Paul über Peter denkt, sagt mehr über Paul als über Peter.*«

Erwartungsvoll legte Kornmaier den Kopf schief. Guckte, wartete. Aber da kam nichts. Nur oben auf der Brücke kreischte eine Frau, sicher Johanna.

Gut, Gerald brauchte ein bisschen, die Zeit würde Kornmaier ihm gönnen.

»Ich darf mich empfehlen.« Kornmaier drehte sich um, ließ Gerald stehen und steuerte auf das *Gasthaus Bären* zu. Weit konnte es nicht mehr sein.

Die schmale Schlucht lag im Schatten und ließ die Hitze des Tages nicht auf ihren Grund sinken. Breit floss der Höhenbach neben ihm zu Tal und noch dreimal fielen von oben Johannas Schreie wie Eiszapfen herab, spitz, gefährlich und eiskalt. Es fehlte nicht viel und es hätte ihn gefröstelt.

Und dann dieser Vollpfosten, dieser Luscher. Sollte Kornmaier sich ärgern, sich in Sticheleien verheddern und sein großes Ziel aus den Augen verlieren? Besser nicht. Es reichte, dass er das R im *Luscher* verschluckte.

Klack, klack. Klack, klack.

Diese Johanna war ja schon merkwürdig. Ob das schon als pathologisch eingestuft werden konnte? Schade, er hätte gern Frau Sollenhauer gefragt.

Klack, klack. Klack, klack. Sprengstoff, die Dame.

Klack, klack. Klack, klack. Und Gerald kippte gerade als Erster um. Die arme Freundin.

Klack, klack. Klack, klack.

Und dann endlich. Das *Gasthaus Bären.*

Davor, natürlich, wer sonst, Detti, neben sich zwei Johannisbeerschorlen. Ein erwachsener Mann, der ein »i« am Ende seines Namens akzeptierte. Kornmaier seufzte, da ging es wieder los. Das Sich-über-andere-Erheben.

Kornmaier näherte sich dem gelben Gebäude. Kaputt renoviert. War früher bestimmt mal schön gewesen. War jetzt der typische Gasthof mit Sprossenfenster in Aspik, Kunststoff, wohin das Auge blickte, Tischdecken, die wie weiche Kettenhemden aus Eierkuchen an den Plastiktischen klebten.

Detti blickte düster in den sonnigen Tag. Noch einer, der mies drauf war. Was war jetzt mit dem wieder los? Sollte er ihm die Freude machen? Er konnte ja auch mal etwas Nettes sagen.

»Na, Detti, Sie sind ja unglaublich fit.« Kornmaier war vor Detti stehengeblieben.

Mürrisch blickte Detti auf. Ließ den Kopf wieder sinken.

»Ja.« Mehr kam nicht.

Kornmaier überlegte, war da irgendetwas Missverständliches an dem, was er gerade gesagt hatte? Hatte er sich eben beim Nächsten unbeliebt gemacht?

Detti blickt weiter zu Boden.

»Dieser dämliche Wander-Sauhaufen hat sich mit mir einen Spaß erlaubt, der kein Spaß mehr ist. Irgendeiner von denen jedenfalls. Wahnsinnig komisch. Haben wir gelacht.«

Misstrauisch blickte Detti wieder hoch.

Kornmaiers fragender Blick fiel auf fruchtbaren Boden.

Detti fuchtelte in Richtung Fuß.

»Blasen! Ich habe Scheiß-Drecks-Blasen-Rotze! Riesig! Ich könnte kotzen!«

Vorsichtig zog er vom rechten Fuß einen Strumpf herunter.

Zum Vorschein kamen drei Blasen verschiedener Größe. Eine am kleinen Zeh, eine an der Ferse und eine am Ballen. Die am kleinen Zeh war aufgegangen, und klares Wundwasser sickerte langsam aus der blassen Haut.

»Wer macht so was! Wer lässt meine dünnen Socken verschwinden? Bruni nicht, die ist zu doof für so was, und wozu auch!« Einen Moment hielt Detti inne. Wenn er es sich recht überlegte, im Grunde, sie könnte ja durchaus, aber irgendwie, nein ... »Nee, es muss jemand sein, der den Trick mit der dünnen Socke unter der Wandersocke kennt. Aber wer, ich find das raus und dann gute Nacht, Marie ...«

Detti verstummte, drehte sachte den Fuß hin und her, hatte Kornmaier schon fast vergessen, widmete sich seinen Rachegelüsten. Dann stand er vorsichtig auf.

»Können Sie mal eben auf meine Schuhe aufpassen?« Mit angewinkelten Armen, die er wie ein paar lädierte Flügel links und rechts vom Körper weghielt, humpelte Detti den sanitären Räumlichkeiten entgegen.

Kaum war Detti verschwunden, hatte sich Kornmaier den rechten Schuh gegriffen und befühlte jetzt das Innenleben des Bergstiefels. Wie vermutet, alle drei Stellen waren massiv angeraut worden. Was lief da?

Das schabende Geräusch gestern Abend im Schuhraum, Bruni, die als Letzte da noch rumgekramt hatte, aber warum?

Hier war mal eindeutig zu viel Gruppendynamik im Gange. Und er hatte doch wirklich anderes zu tun.

Er würde sich raushalten, das war mal klar. Sollten die sich doch alle gegenseitig von irgendeiner Felskante stoßen. Hauptsache, er erledigte seine *Exposition-in-vivo*-Mission.

Möglich, dass sie einfach mit einer Irren unterwegs waren. Irgendeine Psychiatrie suchte sie gerade mit Bluthunden, weil ihre Unzurechnungsfähigkeit exponentiell zur verbrachten Zeit in der Sonne wuchs.

Mit einem Ellenbogenstoß hatte Johanna Laura zur Seite geschubst und war mit offenen Armen auf die Brücke gerannt.

»Leben, ich komme!« Wie eine Kugel im Flipperautomat irrlichterte sie links und rechts gegen das Geländer stoßend über die Brücke, von einer Seite auf die andere taumelnd, lachend und verstörend juchzend.

Gerade noch hatte Josef zu Laura gesagt: »Du machst die Vorhut, Laura.«

Was hatte sich Josef dabei gedacht? *Du machst die Vorhut, Laura.* Was der immer mit dieser Laura hatte.

Sie hatte hier die Hauptrolle. *Laura, Laura, Laura.* Nee, nicht mit ihr. Nicht mit einem Geschenk an die Männerwelt.

Weg, Laura musste weg da. Sofort.

Hier, Josef, hier, schau! Wie frei ich bin, wie wild, wie wundervoll verwegen.

Jetzt hörte Johanna Josef hinter sich, meinte schon fast seinen Atem spüren zu können, ja, fang mich doch, wenn du kannst, fang mich und dann küss mich.

Mit einem Ruck wurde Johanna zum Stehen gebracht. Sie strauchelte.

Josef hatte sie unsanft gestoppt. In der plötzlichen Stille war in der Ferne nur der Wasserfall zu hören.

Johanna spürte den festen Griff um ihren Arm. Hörte Josefs Atem. Jetzt gleich, gleich würde er sie küssen, es ging gar nicht anders. Sie öffnete die Lippen.

»Das war's. Du bist raus.«

Johanna hielt die Augen geschlossen. Sie hatte sich verhört, ganz sicher.

»Unten nimmst a Taxi und hoam geht's.«

Stille.

Blau und dunkel kam die Woge, riss sie hinunter, ungebremst, niemand fing sie auf, gerade eben wurde sie verlassen, zurückgelassen, gleich würde sie ertrinken, aber bestimmt war das ein Irrtum, Josef nahm sie auf den Arm, kurz bevor er sie in den Arm nahm, ja? War es so? Johanna öffnete die Augen.

Die dunkelblaue Woge hieß Josef und starrte sie an. Er hatte kein Herz, so war das.

»Und noch was, Johanna, dei Getue, des kannst' dir sparen, ich steh net auf Frauen. Du peinliche Pritschn, du.«

Josef hatte sich nicht mehr im Griff, das hatte er sich schöner ausgemalt, diese Eröffnung. Das hatte er auskosten wollen, jetzt war es einfach raus, aber der Effekt war beeindruckend. Johanna verschwand. Im hellen Sonnenschein löste sie sich auf und zurück blieb eine Hülle. Gleich würde Josefs Hand nur noch Bergluft zwischen den Fingern fühlen können.

Er hatte zu viele Zombiefilme gesehen.

Sachte löste er seinen Griff, trat einen Schritt zurück und wartete.

Wortlos drehte sich Johanna um und begann, zum anderen Ende der Brücke zu staksen. *Zombie*, da war es wieder, das Wort. *Wie ein Zombie.*

Wortlos schoben sich jetzt Gerlinde, Bruni und Laura an Josef vorbei. Hatten gemerkt, irgendwas war passiert, jetzt besser nicht ansprechen, konzentriert strebten sie dem anderen Ende der Brücke entgegen, konzentriert folgten sie dem Abstieg, ließen Josef zurück und fragten sich, was da jetzt wieder vorgefallen war. Vielleicht waren sie Johanna jetzt los? So ging's ja mal nicht.

Gerald hatte sich verraten. Mit diesem Spott, dieser, was war das denn, Schadenfreude, das war es, Schadenfreude, ganz eindeutig. Arschgesicht.

Detti war aufgestanden. Humpelte einen Schritt auf Gerald zu.

»Komm her, du, jetzt hauste ab, oder was.«

Gerald wusste nicht, wie ihm geschah, an welchem Rad drehte der denn jetzt? Er war ein paar Schritte zurückgetreten.

»Was soll 'n der Scheiß?« Er blickte sich um, waren die Frauen schon in Sicht? Drohte ein weiterer Gesichtsverlust?

»Jetzt tu doch nicht so, du Armleuchter, du warst das mit den Socken.« Humpelnd war Detti dabei, Gerald zwischen zwei Gartentischen in eine Sackgasse zu bugsieren.

Geralds Hände befühlten die raue Hauswand hinter ihm. Genauso wie damals, die Mauer auf dem Schulhof, die war auch so rau, und wie überklar er die fühlen konnte, als wenn die Angst einen weiteren Sinn aktiviert hätte. Und jetzt, jetzt auch. Überklar, wie Detti auf ihn losging. Gerald konnte es nicht glauben, diese Wanderung war eine Abfolge von Katastrophen.

»Ich war das nicht!«

»*Ich war das nicht, ich war das nicht*. Gleich kommt Mama und rettet dich, du Memme«, zischelte Detti.

»Wenn ich mich an Mutters Stelle hier mal nützlich machen darf.« Kornmaier, der fehlte jetzt noch.

»Klappe.« Detti achtete darauf, dass Gerald nicht aus seinem Gartentischgefängnis entkommen konnte.

»Detti, meinen Sie, ein Mann mit Höhenangst hat irgendeinen anderen Gedanken im Kopf außer dem, wie er diese Alpentour überleben könnte?«

Ein bisschen Strafe musste sein, eine schöne Gelegenheit. An anderen Tagen hätte er sich diese billige Retourkutsche nicht erlaubt, fast war es, als würde er auf einen am Boden Liegenden treten. Aber seine Türsteher-Qualitäten wollte er nicht unbedingt zum Einsatz bringen, falls Detti Gerald jetzt wirklich eine verpassen wollte.

Gar nicht hatte er sich einmischen wollen, einfach in Ruhe die Alpen überqueren, mehr nicht, aber zu spät, Kornmaier, zu spät.

Detti überlegte kurz.

»Höhenangst, ja? Na, viel Spaß. Ich hab dich auf dem Schirm, Gerald. Vergiss das nicht.« Und wie in einem schlechten Film deutete Detti mit ausgestrecktem Zeige- und Mittelfinger zwischen seinen und Geralds Augen hin und her.

Vor dem Gasthaus war Brunis Stimme zu vernehmen. »Wo sind denn alle?« Die Frauen waren angekommen.

»Hier!« Detti brüllte. »Hier! Komm her und guck dir das an.« Und Bruni kam.

Josef hatte durch den Gitterrost in die Tiefe geblickt.

Hundert Meter unter ihm schlängelten sich eine kleine Straße und ein Flüsslein in der Sonne.

Dann hatte er den Kopf gehoben. Im weichen Mittagsdunst lagen die Berge, staffelten sich in der Ferne blau und immer durchsichtiger werdend. Schön. Eigentlich.

Schön, so wie er die Berge bei jedem Wetter liebte. Auch wenn dichter Nebel einen länger nach der Wegmarkierung suchen ließ und man unvermutet einem Schaf gegenüberstand. Und jetzt, jetzt waren hier diese Leute. Diese Irren. Er würde das hier abbrechen. Sollten sich andere mit der Truppe rumschlagen, er konnte und wollte die Verantwortung nicht mehr tragen. Gar seine Bergführerlizenz riskieren. Josef atmete tief ein und holte sein Handy aus der Tasche.

Zehn Minuten später hatte er ausgehandelt: Führung noch bis zur Braunschweiger Hütte, dann würde ihn der Matthias ablösen. Johanna würde er weiter mitschleppen müssen, schließlich hatte sie bezahlt und soo schlimm konnte es ja nun nicht, doch, soo schlimm, stopp, das interessiere jetzt nicht, und er solle sich mal nicht so anstellen. Punkt.

Aber ein Kompromiss, immerhin.

Josef rückte sein Wanderhütchen zurecht und dachte an den *Königsjodler* und seine eigene Bergschule. Das half.

Da war etwas.

Eine kleine Idee einer Vorstellung. Laura war ganz still, konzentrierte sich, versuchte, danach zu greifen. Wenn sie sich nicht bewegte, würde es leichterfallen. So blieb sie stehen, schloss die Augen. Ganz weit weg der Wasserfall. Ein Tannenzapfen, der auf den Waldboden fiel.

Sie war da, flüchtig und scheu wie ein kleines Tier, aber sie war da: Zufriedenheit.

Laura öffnete die Augen, hinter sich hörte sie Schritte, die näher kamen. Schnelle, sichere Schritte. Schade, sie hätte gern versucht, dieses kleine scheue Tier zu greifen.

»Na dann.« Josef war nicht aufgelegt, mehr zu sagen, reichte ja auch.

Sie sah ihm einen Augenblick nach und blieb noch ein bisschen stehen, was für ein sonderbares Wort: Zufriedenheit.

So hatte sie ihn noch nicht erlebt.

Detti brüllte! Bruni guckte wie ein Kind, das fast beim Bonbonklauen erwischt worden wäre. Ertappt und amüsiert. Amüsiert, weil sie doch nicht erwischt werden würde. Den Kopf vorreckend schritt sie um die Hausecke herum. Da saß er, der Idiot.

»Bruni, guck dir das an.«

»Ja, was denn? Was ist denn los?« Bruni kam näher.

Ui! Das sah wirklich übel aus.

»Ui, das sieht aber übel aus! Wo kommen denn die jetzt her?«

Für eine halbe Sekunde hatte Bruni ein schlechtes Gewissen.

Nee, nee, nee. So hatte sie es gewollt, und so war es gekommen, Grund, zufrieden zu sein.

»Wo die jetzt herkommen, Mann, Bruni, jemand hat meine dünnen Socken geklaut!«

Und jemand hat außerdem deine Schuhe innen angeraut, du Trottel. Das hast du noch gar nicht mitgekriegt. War auch besser so.

»Warum sollte das denn jemand machen? Vielleicht hast du sie aus Versehen selber weggeschmissen?« Öl ins Feuer, herrlich! Sie musste aufpassen, dass er nichts bemerkte, nicht in ihr Gesicht sah, wo hinter der Fassade der Zugewandtheit ein Prachtfeuerwerk der Schadenfreude abbrannte. Würde er ihr Gesicht überhaupt lesen können? Nein, sicher nicht, und das war hier ja eine banale kleine Rache. Ihr stand der Sinn mit einem Mal nach Größerem, das konnte sie direkt fühlen!

Detti war auf einem ganz anderen Dampfer.

»Jetzt komm mir nicht mit so einem Mist, du kennst mich doch!« Detti hob seinen Fuß. Er wollte Bedauern, bekam aber nur blöde Sprüche. »Und was mach ich jetzt?«

»Na, du wirst ja wohl nicht aufgeben?« Bruni blickte auf Detti, der wiederum seinen Fuß betrachtete.

»Ich geh mal und hol mir was zu trinken.«

Bruni verschwand um die Hausecke. Vor allem um einen hysterischen Juchzer zu unterdrücken.

Über kleine Kaskaden rauschte der Höhenbach vor dem Gasthaus zu Tale. Zu laut für Kornmaier, um die Unterhaltung zwischen Bruni und Detti belauschen zu können. *Kornmaier, du bist ein Waschweib, ein neugieriges.*

Jetzt saß er schon eine halbe Stunde hier herum und ja, er war neugierig oder besser, er war neugierig geworden. Der Tag heute hatte ihn sicherer werden lassen, und je weniger ihn die Anwesenheit der Mitwanderer bedrängte, umso interessierter beobachtete er die Verwerfungen innerhalb der Gruppe.

Gerald hatte sich gegenüber dem Gasthof auf eine Bank verzogen und saß da wie ein Schluck Wasser in der Kurve. Er hatte sich davongestohlen, als Bruni um die Hausecke gebogen war.

Und da hatte Kornmaier Brunis Gesicht gesehen. Ein Anblick größter Harmlosigkeit, nur dieses Glitzern, diese merkwürdig unterdrückte Begeisterung in Brunis Gesicht, machten alles klar.

Bruni hatte den Anschlag auf Detti erfolgreich durchführen können. Und somit waren es schon zwei Fragen, die sich Kornmaier stellen konnte. Wieso kämmte sich die Frau nie, und was hatte sie veranlasst, ihrem Mann so eine reinzuwürgen?

Johanna saß zwei Tische weiter, vor sich ein Radler, und wirkte, als habe man ihr den Stecker gezogen.

Sie saß auf dem Meeresboden und wusste nicht, wie sie wieder an die Oberfläche gelangen konnte. Sie kannte diesen Meeresboden und sie fürchtete ihn. Manchmal, wenn sie den Kopf in den Nacken legte, dann konnte sie die Sonne sehen, die das Blau des Wassers heller und heller werden ließ. Und dann wusste sie, zu lange musste sie nicht mehr da unten sitzen in der Kälte der Verlassenheit. Doch heute schien keine Sonne, und das Tintenblau des Meeres ließ keine Hoffnung zu.

Sie war doch nur fröhlich gewesen, ausgelassen, lebensmunter, und dann wurde sie so bestraft. Josef hatte sie von Anfang an belogen, ganz umsonst hatte sie sich ins Zeug gelegt. Immun war der, und Laura und Josef, die hatten sich gegen sie verschworen, hatten wahrscheinlich kichernd irgendwo gesessen, alles ausgeheckt und sie ins offene Messer laufen lassen. Johanna spürte den Hass aufsteigen wie eine Erlösung, der würde sie nach oben tragen, so wie er sie immer nach oben getragen hatte. Sie sah auf den Fluss, sah Gerald dort sitzen, sah Kornmaier, sah in der Ferne Josef ankommen, sah, wie Gerlinde aus dem Gasthaus trat. Komisch sah die aus.

Johanna, die Jeanne d'Arc der Gerechtigkeit, Johanna, das Geschenk, so konnte man nicht mit ihr, das ließ sie sich nicht gefallen und keiner sollte denken ...

Wieder legte sie den Kopf in den Nacken. Das Wasser war schon viel heller, die Sonne war hinter den Wolken, die schwer über dem Meer lagerten, hervorgekommen. Lichtreflexe tanzten auf den Wellen. Sie legte die Arme eng an ihren Körper und ließ sich nach oben treiben.

In dem kleinen Waschraum hatte Gerlinde lange in den Spiegel gesehen, warum wusste sie auch nicht. Sie sah ihr Gesicht, die feinen Linien, die von den Mundwinkeln zur Nase führten, jetzt schon, mit siebenundzwanzig, das sind Lachfalten. Aber sie lachte nicht, sie zog die Mundwinkel nach unten, und dann sah sie es. Noch ein Schmerz dazu und die Falten waren da. Hatte sie schon oft so geguckt und es nicht bemerkt? Ging das? So was nicht zu bemerken? Sie verzog wieder das Gesicht, und eine Traurigkeit zog auf.

Sie wusste, jetzt musste sie nur noch einen Satz flüstern und sie wäre in Tränen aufgelöst und würde nicht mehr zu den anderen gehen können. Aber natürlich, der Satz kam ungefragt: *Mein liebes ungeborenes Kind, wo bleibst du denn …*

Das war ein ganz dummer Satz, ganz, ganz dumm, Gerald wurde einfach nicht fertig mit seiner Diplomarbeit. Aber im Grunde, wollte sie denn ewig warten? Die Jahre gingen dahin. Sie würde die Pille absetzen. Fertig, aus. Wieso nahm sie die überhaupt noch, sie schliefen ja eh nicht miteinander.

Gerlinde spritzte sich ein paar Handvoll Wasser ins Gesicht. Blickte wieder in den Spiegel. Ein Kind mit Gerald? Sie musste das irgendwie hinbiegen, das war doch nur ein alberner Reflex auf Johanna, dieses Gemeine von ihm, sie musste das klären.

Am besten mit Johanna selbst.

Sie konnte schon die Oberfläche sehen, es wurde auch Zeit, die Luft wurde knapp.

Und da geschah es, jemand legte seine Hand auf ihren Kopf, hielt sie unter Wasser, Josef stand vor ihrem Tisch.

»Ich sag's einmal. Du darfst weiter mit.«

Der Druck auf Johannas Kopf ließ nach.

»Bedingung: Du bringst die anderen nicht in Gefahr. Wenn dir was passiert, ist mir das egal, ich rette dich nicht.«

Er würde sie nicht retten.

Das hatte er gesagt. Als ob sie Rettung nötig hätte. Bestimmt nicht. Aber mit durfte sie. Johanna verharrte, wo sie war. Sie konnte jetzt an die Oberfläche und entschloss sich weiterzuleben.

»Gut.« Das war Johannas Antwort.

Vorerst.

Sie kam über den Weg auf ihn zu und setzte sich neben ihn auf die Bank.

Beide schwiegen, sahen auf das unablässig über die Steinstufen herabstürzende Wasser. Ein leichter Wind trug die Kühle des Flusses herüber und linderte die Mittagshitze.

Gerald brauchte Trost. Und Gerlinde war die Einzige, die an ihn glaubte, auf sie war Verlass. Vielleicht war es falsch, das zu riskieren. Johanna ignorierte ihn, die meisten wussten schon von seiner Höhenangst, und Detti hatte ihn bedroht.

Er beugte sich nach vorn und sah auf seine Schuhe. »Ich fühl mich gar nicht gut.«

Gerlinde blickte auf den Fluss, auf die Glätte des Wassers im Fall und das unaufhörlich neue und doch immer gleiche Aufschäumen beim Eintauchen in die Oberfläche.

»Hmm.«

Hatte sie ihn nicht gehört?

»Ich fühl mich nicht gut. Überhaupt nicht gut.«

»Ich mich auch nicht.«

»Mir rast der Kopf und übel ist mir und Blasen hab ich.« Nichts davon stimmte, er wollte einfach Zuspruch.

»Ach, du Armer.«

So jetzt auch nicht, das war auch nicht richtig. Konnte sie nicht etwas wirklich Tröstendes sagen?

Er sah Gerlinde an, im Grunde seit langer Zeit mal wieder. Irgendwie sah sie verändert aus. Bestimmt die Anstrengung und so.

»Sehr mitfühlend, danke, Gerlinde.« Oh, oh, wieder der falsche Ton, er kriegte es einfach nicht besser hin bei ihr.

Da waren Tränen in Gerlindes Augen. Auch das noch. Damit konnte er ja gar nicht …

Sie antwortete nicht, starrte nur auf den Fluss. Jetzt hätte er fragen können, *was ist denn los*, das gehörte sich wohl in dem Moment, konnte er doch jetzt mal machen, war doch nicht so schwer, vier Worte.

Gerlinde schwieg weiter. Na toll. Sie hatte den Satz nicht verdient, so war das. Selber schuld. Wer nicht will, der hat schon.

Gerald lehnte sich zurück, verschränkte die Arme, blieb für einen Moment so und stand dann abrupt auf.

Wie aus der Ferne hörte Gerlinde seine Stimme.

»Wenn man einmal Zuspruch braucht …«

Dann war er weg.

Ein versprengter Haufen.

Kornmaier hatte es sich in seiner Beobachterposition gemütlich gemacht. Besser als Fernsehen.

Mit Nadel und Faden saß Josef vor dem Gasthaus, auf seinen Beinen lag Dettis Problem-Fuß. Bruni stand hinter ihm und leuchtete vor sich hin. Frauen, alles falsche Schlangen. Kornmaier grinste so heimlich vor sich hin, dass es nur Otto entdeckt hätte, dieses Grinsen.

Und was machten die da? Nein, er würde nicht hingehen. Vielleicht mit einem Vorwand? So weit kam's noch.

Gerade traf Laura ein. Heute hielt es sich mit dem Sonnenbrand in Grenzen. Kornmaier dachte an seine Jugend. Ob er auch so unglücklich ausgesehen hatte wie Laura in den letzten Tagen? Er wenigstens hatte sich den Schmerz von der Seele boxen können, bis zum Abend hatte das dann angehalten, und dann war er zurückgekehrt, der Schmerz und die Albträume waren wieder da.

Nicht immer, nicht ständig, aber zuverlässig und unentrinnbar. Matti.

Josef war aufgestanden. »Alle mal herhören.« Er wartete, bis jeder aus seiner Ecke herbeigetrottet war.

»In einer Stunde kommt das Taxi, esst's was, ruht's euch aus, es gibt noch mal einen guten Anstieg zur Hütte 'nauf.«

Er blickte einmal in die Runde.

»Also bis gleich.« Und damit verschwand er um die Hausecke und blieb eine Stunde lang von der Bildfläche verschwunden.

Kornmaier hatte ein wenig die Augenbrauen hochgezogen. Der Oberhuber Josef war aber ganz schön angefressen. Die letzte Bastion fiel. Der, der am stabilsten zu sein hatte, wankte.

Kurz spitzte Kornmaier bei dieser Erkenntnis die Lippen. Dann fühlte er neben sich so etwas wie eine Präsenz. Er wusste es, ohne hinzusehen. Bruni stand da.

»Ja, dann essen wir doch was, Herr Kornmaier.«

Auch das noch.

»Ein schönes Schnitzel, das mögen Männer doch.«

Hilfe! Das mit dem Dichten ging jetzt ganz schlecht. Oder doch?

»Oh, sehr nett, aber ich habe gerade die passende Zeile

gefunden. Schon den ganzen Vormittag … und jetzt gerade, Sie verstehen sicher.« Er wandte sich zum Gehen.

»Sicher, natürlich.« Bruni schwankte zwischen Enttäuschung und Bewunderung. Komisch war irgendwie, dass sie Kornmaier nie beim Schreiben sah, er musste ein phänomenales Gedächtnis haben.

Eine Stunde später war der Shuttle vorgefahren, man sortierte sich in das Großraumtaxi, was aufgrund der verschiedenen Animositäten nicht ganz einfach war.

Eine Fahrt durchs breite Tal, einen Forstweg hinauf und dann Ankunft bei der Materialseilbahn, die die Memminger Hütte versorgte.

Noch drei Tage. Josef sprach sich Mut zu.

Oberhuber Josef, dehs schaffst jetzt auch noch, kimm, Burschi. Er blickte in die Runde.

»So, jetzat der Megaluxus: des Gepäck in die Materialseilbahn, die Jausen in die Jackentaschen. Jacke um die Hüfte knoten. Bitte sehr, die Herrschaften.«

Kurz stieg die allgemeine Laune.

Erst jetzt fiel allen auf, dass Detti humpelte. Man freute sich still in sich hinein, war ein bisschen entsetzt über sich selbst und freute sich dann weiter.

Nur Gerlinde fragte: »Detti, was ist denn los?«

»Ja, da frag mal den Kasper in der Gruppe, der meine dünnen Socken versteckt hat. Irgendeiner meiner sauberen Wanderkameraden«, Detti lachte höhnisch auf, »ist verdammt noch mal schuld, dass ich kaum laufen kann. Wie kann man so abgrundtief bescheuert sein, ich könnte kotzen, echt …«

Detti redete sich in Fahrt, jemand musste ihn stoppen. Josef hob die Hand. »Detti, wir wissen ...«

»Nichts wisst ihr, nichts. Ich zahl hier ein Schweinegeld, nur damit meine Frau mal aus ihren vier Wänden kommt, und dann so was, das ist dermaßen hirnlos und ....«

»Jetzt hälst amoi dei Goschn!« Josef war dicht vor den langsam, aber sicher durchdrehenden Detti getreten. »Detti, des bringt jetzt goanix.« Detti war verstummt.

»Des find ma schon raus, aber jetzt net, jetzt hamma da erst mal an Aufstieg. Hoast mi?«

Detti rang mit sich. Bemerkte, wie ihn alle anstarrten, versuchte, die Wut aus seinem System zu kriegen, und gab für den Moment nach.

»Okay.« Er wandte sich ab. Und dann konnte er doch nicht anders, drehte sich noch mal um: »Aber ich krieg dich, wer immer du bist.«

Und leider landete sein Blick wieder bei Gerald.

Bruni stellte fest, dass sie gar keine Lust mehr hatte, mit Detti über die Alpen zu laufen. Sie ja, mit der Gruppe oder noch besser: nur mit Kornmaier, aber mit Detti? Er würde jetzt hinter ihr herhumpeln, jammern und schlechte Laune verbreiten.

Deshalb hatte sie sich auf dem schmalen Pfad, der in Serpentinen den Berg hochkroch, gleich hinter Gerlinde eingefädelt und hoffte, bis oben deren Tempo durchzuhalten. Sie hatte noch Dettis überraschtes »Bruni?« vernommen und dann ihre Flucht fortgesetzt.

Jeder in seinem Tempo, Detti. Doch, das würde sie ihm noch um die Ohren hauen. Bei passender Gelegenheit. Sie staunte, wie viel Wut da bei ihr zum Vorschein gekommen war. Und wie diese Wut sie beflügelte. Und gleichzeitig wusste sie, Gerlindes Tempo war auf Dauer zu hoch. Bruni blickte auf die Serpentinen unter sich.

Hinter ihr stieg Laura, dann Gerald, dann Josef, dann Kornmaier (ach, so ein schöner Mann), dann mit größerem Abstand Johanna und ganz am Schluss Detti. Sie konnte doch mit dem Resultat recht zufrieden sein.

Und konnte nicht anders, es knallte aus ihr heraus, unaufhaltbar: »Detti, huhu!« Detti hob den Kopf und blickte hoch.

»Jeder in seinem Tempo, Schatzi, jeder in seinem Tempo!« Und wieder stieg dieser hysterische Juchzer auf, den sie im letzten Moment verschlucken konnte.

Sie stand da und sah auf Detti herab, wartete auf seine Reaktion, da würde doch jetzt was kommen müssen.

Es kam aber nichts. Detti guckte nur, als würde er nachdenken, was da jetzt nicht stimmte, irgendwas war da, er kam nicht drauf, so als wenn man ein fremdes Geräusch hört und es noch nicht einordnen kann.

Er sagte also nichts, sondern schleppte sich einfach stumm weiter.

Das war ein bisschen enttäuschend für Bruni, aber im Grunde konnte sie sich nicht beschweren.

Mal gucken, ob ihr noch etwas anderes einfiel.

Sie war mit dem Kopf über den Wellen, konnte die Sonne sehen, war im Flachen angelangt, der Strand lag schon vor ihr, es ging aufwärts.

Johanna wollte eigentlich am Ende der Gruppe laufen, ihr war noch nach Abstand, aber Detti hatte ihr ruppig klargemacht, dass er das Schlusslicht bilden würde. Er hatte sie an sich vorbeigewunken, zu Boden geguckt und ins Irgendwo gemurmelt: »Geh'ma, geh'ma, ich will hier keinem im Weg sein.«

Dass er dabei den Wunsch verspürt hatte, in Tränen auszubrechen, hatte sie nicht bemerkt.

Kornmaier registrierte die unbedingte Notwendigkeit, Bruni zu warnen. Sie riskierte ihren Ahnungslosen-Bonus. Ohne Not. Bei nächster Gelegenheit würde er sie ansprechen. Detti war in übler Verfassung und sollte besser nicht erfahren, dass Bruni der Grund für seinen Knockout war.

Stetig ging es bergan, jetzt war er schon eine Woche unterwegs, und es lief sich runder, jeden Tag ein bisschen. Ohne Gepäck sowieso. Vielleicht war der Rucksack immer noch zu schwer?

Im Grunde beobachtete er die Gruppe im Moment, wie ein Wissenschaftler seine Labormäuse beobachtete. Eigentlich sollte Kornmaier ja … aber *er* würde auftauchen, dann, wenn es so weit war, *er* war ja immer da: Matti.

Sie hatten die Baumgrenze hinter sich gelassen, wieder stürzte ein Wildbach zu Tal, sprang über eine graue Felslandschaft, die von üppigen Almwiesen mit blühenden Alpenveilchen begleitet wurde.

Kornmaier musste an die vielen Internetbilder denken, auf denen fröhliche Menschen vor blauem Himmel und pittoresken Berggipfeln zu sehen gewesen waren. Wieso schwitzten die eigentlich nicht? Hier rann der Schweiß in Strömen, erhitzte Gesichter wohin man sah, und Josef legte eine Rast ein, gleich neben dem Bach, den man später über eine auf dem Boden liegende Leiter queren würde.

Die Gruppe sammelte sich, blickte erst zur Seite in das schmale Tal und dann zurück auf Detti, der jetzt hochsah, als habe er ihren stillen Spott gefühlt.

Er hasste die Gruppe, einen wie den anderen, die Schadenfreude sprang doch jedem aus den Augen. Und Bruni, irgendwie konnte Detti nicht zu Ende denken. Als würde sein Verstand aussetzen, eine Denkblockade. Er hatte immer wieder gedanklich angesetzt, während er in Vermeidungshaltung seine Schritte wählte und sich den Pfad hochquälte. Wenn er auf dem Innenrist den rechten Schuh aufsetzte, kam der Schmerz erst spät und schrill, besser als lang und schrill. Detti fluchte.

Wieso hatte Bruni das gesagt. *Jeder in seinem Tempo.* Sie konnte ja nicht … nein, sie war ja nur Beiwerk, mehr doch nicht, oder? Er würde es rausfinden. Am besten, er stellte ihr eine Falle.

Humpelnd hatte er den Rastplatz erreicht.

»Möchtest du meine Wanderstöcke haben?« Gerlinde stand plötzlich neben ihm.

Machte die sich lustig? War das nötig? Das konnte er jetzt gerade brauchen. Blöde Kuh.

»Zu gütig, aber Totgesagte leben länger.« Detti blickte in das verdutzte Gesicht Gerlindes.

Ja, der hatte er es gegeben. Das aufkeimende Gefühl der Zufriedenheit währte jedoch nur kurz.

Bruni hatte sich erschöpft auf einem Felsen niedergelassen, sie konnte Gerlindes Tempo nicht mithalten, das war mal klar. Solange Detti sie nicht einholte, war das egal – aber auch das war möglich. Das wäre richtig, richtig blöd.

Wo war eigentlich Kornmaier? Der hielt seine Hände in den Bach und wirkte abwesend, bestimmt dichtete er. Wie wäre es denn, wenn sie Detti mit Kornmaier eifersüchtig machen würde. Das wäre doch ein schönes Extra für Detti.

Bruni packte ihr Butterbrot aus und biss hinein.

Detti und eifersüchtig? Unwahrscheinlich. Er interessierte sich doch null für sie, seit Jahren. Bruni sah, wie Kornmaier sich aufrichtete (was hatte der Mann für breite Schultern, herrlich), noch einen Moment in das Wildwasser blickte, sich umdrehte und auf sie zukam.

»Darf ich?« Er war vor ihr stehen geblieben.

»Oh, Herr Kornmaier, selbstverständlich!« Neben ihrem Felsen setzte er sich ins Gras und schwieg. Bruni fehlten die Worte, das kam jetzt sehr plötzlich, aber irgendetwas musste sie doch sagen: »Eine herrliche Landschaft, nicht wahr?«

»In der Tat, ganz herrlich.« Schweigen.

Jetzt lieferte sich Bruni diesem Schweigen aus. Es war so ein beredtes Schweigen. Der gemeinsame Blick in die Ferne, die Harmonie im Nichts-sagen-Müssen, das stille Einverständnis. Bruni konnte ihr Glück kaum fassen.

Kornmaier raffte sich auf: »Bruni, ich möchte, wie soll ich das sagen«, er verstummte kurz, »ich möchte Sie warnen.«

Brunis Augenbrauen wurden zu romanischen Rundbögen.

»Warnen? Aber wovor denn?«

Hatte er schon seine Gefühle für sie entdeckt? Wollte er keine Ehe zerstören? Bruni vergaß zu kauen. Ihr Herz flog auf den Schwingen der Hoffnung.

»Ja, warnen. Ich weiß, dass Sie es waren.«

»Wie? Was war ich?« Bruni begriff nicht gleich. Wollte nicht gleich begreifen, wollte sich noch ein wenig von ihrer rosafarbenen Wolke tragen lassen.

»Na, das mit den Schuhen.«

»Was, ich meine, wieso sollte ich …« Bruni verstummte.

Kornmaier hatte ein wenig den Kopf gesenkt und blickte Bruni wie über einen Brillenrand hinweg gutmütig an.

»Provozieren Sie Ihren Mann nicht, sonst kommt er Ihnen auf die Schliche.«

Bruni antwortete nicht, blickte auf den Boden, sah, wie ein leichter Wind die Gräser bog, und registrierte ein ganz neues Gefühl, eines, das sie bisher nicht kannte, das Gefühl der Leere.

»Ihr Mann wollte vorhin Gerald verprügeln, weil er dachte, Gerald hätte die Socken verschwinden lassen. Nehmen Sie seine Wut nicht auf die leichte Schulter.«

Kornmaier war aufgestanden. »Das mit den angerauten Schuhen hat er noch gar nicht bemerkt.« Er wartete einen Moment. Bruni saß zusammengesunken, die Haare in alle Himmelsrichtungen weisend, heute in Rosa und Türkis gewandet. Sie rührte sich nicht.

Ein bisschen tat sie ihm leid.

»Also …« Er nickte ihr zu und verzog sich. Nichts wie weg. Er hatte seine Pflicht getan, fertig. Und jetzt durften ihn alle mal in Ruhe lassen. Er sah sich um. Versprengt saßen die Wanderer und mümmelten. Nur Gerald nicht, der hatte sich geweigert, seine Jacke bei der Hitze mitzunehmen, keine Taschen, kein Essen.

Hatte sich wohl auf Gerlinde verlassen, so wie er sich

immer auf ihre sorgende Art hatte verlassen können. Gerlinde, die ihn jetzt aber ignorierte.

Ausgelassene Stimmung, konstatierte Kornmaier, querte schon mal den Gebirgsbach und suchte sich einen Sitzfelsen.

Dann holte er Messer und Schwarzwälder Wurst aus der Jackentasche, säbelte mit seinem formidabel scharfen Klappmesser eine Scheibe ab und biss hinein. *Ganz ausgelassene Stimmung hier.*

Nein, sie hatte nichts zu essen mitgenommen.

Josef hatte ihr im Vorbeigehen einen Apfel zugeworfen und *Essen!* gesagt. Und Laura aß. Sie biss in den Apfel, der ganz fremd schmeckte. Irgendwie gut.

Sie fühlte, wie ihr der Schweiß den Rücken herunterlief. Fühlte, wie vom Bach eine kühle Brise herüberwehte, hörte das Summen der Bienen. Sie fühlte etwas, einfach so. Wollte ihn nicht loslassen, diesen Moment im Wald hinter der Brücke, denn noch war er da, dieser sonderbare, fremde Moment der Zufriedenheit.

Laura sah, wie ein paar Ameisen das fortgeworfene Apfelgehäuse befühlten.

Aber ganz war Laura nicht in der Welt der wachen Sinne angekommen, sonst hätte sie den Blick vielleicht gespürt, diesen Blick, der sich wie ein Dolch zwischen ihre knochigen Schulterblätter bohrte.

Etwas musste passieren, bald. So ging es nicht weiter.

Am liebsten hätte Gerald eine vernichtende Rede gehalten. Eine, die alle zu Staub zermalmte. Und er, er würde wie Phönix aus der Asche aufsteigen, und Johanna, die würde …

Aber ihm fiel nichts ein. Gar nichts.

Er hatte sich ein wenig abseits hingesetzt, schön weit weg von Detti, hatte Gerlinde beäugt, die ihn tatsächlich hier verdursten und verhungern ließ, und brütete vor sich hin.

Er saß auf der Wiese, zupfte Grashalme aus und hoffte, dass ihn die Aura des verkannten Helden umwehte. Prüfend blickte er in die Runde der Ermatteten.

Er zuckte zusammen. Detti hatte wieder diese Geste gemacht, die mit den zwei Fingern. Den besser nicht angucken, den Spinner. Geralds Stunde würde noch kommen, bestimmt.

Sie konnte den Sand unter den Füßen fühlen, die Sonne brannte, und alle Männer guckten, wie sie da so am Meer entlanglief. Wie beim Tennis drehten sich die Köpfe unisono, ihr nachschauend, und Johanna, sich in den Hüften wiegend, Aphrodite, Schaumgeborene, Sirene, Muse, Göttin der Verheißung.

Johanna hielt die Augen geschlossen. Die Sonne wärmte ihr Gesicht. Sie glühte vor sich hin und sah ganz gewiss hinreißend aus.

Es hatte ganz schön gedauert, das mit dem Sich-Erholen von dieser Katastrophe namens Josef. Sie war nicht lächerlich, auf keinen Fall, niemals. Aber einen unerträglichen Moment lang hatte sie das so empfunden, nämlich dass sie lächerlich sei. Er hatte sie vorgeführt, Johanna ächzte, und sie hatte sich vorführen lassen. Sie wünschte sich einen kalten Schwamm, mit dem sie Josef von ihrer Tafel der Erinnerung löschen konnte. Wie löschte man eigentlich etwas von einer Erinnerungstafel? Einen sinnlosen Moment dachte Johanna darüber nach.

Sie brauchte eine neue Aufgabe, dann würde diese Episode in den Sedimenten ihres Gedächtnisses versickern.

Das würde sie doch? Johanna spürte den Sog des Meeres. Gegenhalten. Oben bleiben. Wenn sie Josef selbst in einen Abgrund stoßen würde, das wäre noch besser. Auge um Auge, Zahn um Zahn. Das Meer zog sich zurück, ließ sie am Strand. Sie brauchte einen Plan. Mit dem Herkömmlichen kam sie nicht weiter. Zeit für eine Zwischenbilanz.

Gerald, irgendwas stimmte mit dem nicht. Irgendwie eine Luftnummer, zu einfach, und Gerlinde, eh so ein unscheinbares Nichts. Der Mühe nicht wert. Und die hatten sich ja eh schon verkracht, die beiden. Als erledigt abzuhaken.

Detti, die Auswahl an Männermaterial ließ wirklich zu wünschen übrig, das konnte man ja mal sagen, Detti also, ganz schön alt der Typ, aber der war so was von verklemmt, das konnte noch lustig werden.

Und dann ihn vor Bruni küssen, und ganz überrascht tun, *huch, Bruni, tut mir leid jetzt, aber dein Mann,* doch, schöne Aussichten.

Und Kornmaier? Johanna öffnete die Augen zu schmalen Schlitzen. Sie linste nach rechts, ohne den Kopf zu drehen. Da saß er, auf der anderen Seite des Baches. Komische Type. Diese Klamotten, der einzige Mann mit langen Hosen, wahrscheinlich hatte er megahässliche Beine, Einzelgänger. Aber irgendwie hatte der ja was, vielleicht sollte sie Kornmaier doch mal antesten. Gleich heute Abend würde sie das machen.

Und in der Zwischenzeit sich etwas für Josef, das Schwein, ausdenken. Irgendwie beim Arbeitgeber anschwärzen, aber womit?

Bevor Johanna der Gedanke an Josef unter Wasser ziehen konnte, stand sie auf. Sie würde sich jetzt erst mal an Gerald halten, der war eine sichere Bank.

Die Sonne war inzwischen weiter über den Himmel gezirkelt, hatte die Schatten wandern und den Schweiß strömen lassen.

Sie hatten den Talkessel erreicht, in dem die Memminger Hütte lag. Das weite Rund lag im Licht des Spätnachmittags, und ein leichter Wind wehte stetig von den Gipfeln. Aufatmen.

Wasser mäanderte in großen Bögen still und flach durch Weidegrund, auf dem Haflinger und Schafe weideten.

Man war stehen geblieben und blickte ein wenig ehrfürchtig auf diesen friedlichen Ort.

Keiner sagte etwas.

Dann hörte man Josef: »Seekogel, Oberlahmspitze, Kleinbergspitze, Schwabenkopf, Seeschartenspitze, Seeschartenkopf, Seekopf.« Und dann verstummte er wieder.

Von hinten nahten die unregelmäßigen Schritte eines Humpelnden, Detti hatte aufgeschlossen. Wortlos setzte sich die Gruppe wieder in Bewegung.

Was für eine verkorkste Veranstaltung. Josef wusste nicht, wie er den Abend rumkriegen sollte.

Kornmaier war seltsam gerührt. Er konnte gar nicht sagen warum. War es die Landschaft in ihrer stillen Größe, dieser leichte Wind, der hier wohl an solchen Tagen immer wehte, schon seit Jahrtausenden. War es die Erleichterung, dass er beim Wandern nicht versagte. Oder war da noch etwas anderes. Weiter unten am Bach, da hatte er seine Mitwanderer heimlich gemustert. Wie die da saßen und verloren aussahen, jeder auf seine Weise. Und für den Moment hatte er sich mit jedem ausgesöhnt.

Kornmaier lief jetzt als Letzter. Er wollte so spät wie möglich bei der Hütte ankommen. Das Haus war ausgebucht, heute würde es nichts mit dem Einzelzimmer werden.

Er hatte Detti und sein *Geh'ma, geh'ma* ignoriert. Hatte die Arme nach links und rechts ausgebreitet und sich leicht verneigt. Hatte Dettis Schnauben nicht kommentiert und gewartet, bis der sich hundert Meter weitergeschleppt hatte.

Verlorene Seelen, das waren sie irgendwie alle. Und hier oben, von Bergriesen umstanden, da sprang es einen doch an, dieses Verlorensein.

Kornmaier war wieder stehen geblieben. *Was Paul über Peter sagt, sagt mehr über Paul als über Peter.* Da hatte er wohl gerade über sich gesprochen, was wusste er schon von den anderen, nichts. Statisten in seinem Leben, für die er selbst wiederum nur ein Statist war.

Verloren. Ja, er fühlte sich verloren, und aus irgendeinem Grund machte ihn dieser leichte Wind der Ewigkeit tieftraurig.

Er setzte sich auf einen Felsen und sah zu, wie die Sonne hinter den Gipfeln im Westen versank, sah, wie diese Gipfel einen mächtigen Schatten durch den Talkessel nach Osten kriechen ließen, die Wiesen hinauf, fühlte, wie es sofort kalt wurde, und dann hörte er dieses Geräusch. Fremd und doch vertraut. Seine Augen irrten über die Felsformationen, hasteten die Steilwände entlang, und dann sah er sie: Fünfhundert Meter weiter löste sich rauschend aus dem Felsen eine kleine Steinlawine.

Schafe stoben in der Ferne auseinander, und Kornmaier legte den Kopf in seine Hände und begann zu weinen.

Josef hatte als Erster die Memminger Hütte erreicht, hatte im Trockenraum die Schuhe ausgezogen und war in den Gastraum getreten. Dem Wirt gab er ein Zeichen, Daumen nach unten, was schlicht und einfach bedeutete: *unerträgliche Gruppe, übernimm mal.*

»Griaß Di, Hubi.« Josef nahm seinen Wanderhut ab und fuhr sich durch die Haare.

Hubi reckte den Kopf, ob hinter Josef schon jemand zu sehen war. Keiner weit und breit.

»So schlimm?«

»Schlimmer …«

»Oha.«

»Nach der Braunschweiger geb' i die Gruppen ab.«

»Oha.« Jetzt staunte Hubi tatsächlich und war neugierig geworden, wer da jetzt wohl hereinrauschen würde. Musste ja unterirdisch sein.

Johannas Jacke lag zwischen den Steinen.

Gerald hatte sie aufgehoben. Er hätte gern an der Jacke gerochen, traute sich aber nicht. Wenn ihn jemand dabei sah. Alles war wieder da, wie sie gelacht hatte, ihre Brüste an seinem Arm, er konnte sich doch nicht so geirrt haben.

Gerald blickte sich um. Johanna war nicht zu sehen.

Vor ihm liefen Gerlinde, Bruni und Laura, hinter ihm Detti und irgendwo ganz hinten Kornmaier. Josef war wohl schon an der Hütte. Langsam drehte sich Gerald um die eigene Achse. Ließ den Blick über die Ebene schweifen. Sah, wie sich die von der Abendsonne rotgefärbten Gipfel im Wasserlauf des schon in Blau getauchten Talkessels spiegelten und den Bach in ein orangeleuchtendes Band verwandelt hatten. Keine Johanna.

Für einen Moment hatte er eine verstörende Vision. Johanna, wie sie dort unten im Bach lag, vom flachen Wasser bedeckt, in einem weißen langen Hemd, einem Totenhemd. In der leichten Strömung des Wassers bewegten sich sachte ihre langen Haare wie Seegras. Ihr Blick war auf ihn gerichtet. Jemand musste sie aus dem Wasser holen, so kriegte sie doch keine Luft.

»Hallo? Haltet mal an.« Die Frauen waren schon fünfzig Meter weiter. »Hallo!«

Gerlinde hatte ihn gehört und sich umgedreht. Ausgerechnet.

Er hob Johannas Jacke in die Höhe. »Wo ist denn Johanna?«

Gerlinde hob die Schultern und ließ sie wieder fallen. Dann drehte sie sich um und wanderte weiter. Blöde Kuh.

Er musste doch irgendwas machen. Diese Vision, das bedeutete doch was. Und die Jacke, es war schon unangenehm kühl geworden, das musste Johanna doch bemerkt haben, dass die Jacke weg war. Ohne weiter zu überlegen, begann Gerald, den Abhang zum Bach hinabzustolpern. Nachschauen.

Keine gute Idee ohne Stirnlampe, die Dunkelheit brach in den Bergen schnell herein.

Über sich hörte er Detti den Weg entlanghumpeln.

»Na, auf der Flucht?«, kam es von oben.

»Johanna ist weg.«

»Kein Verlust, würd' ich mal sagen.« Detti war stehen geblieben.

»Wie kannst du so einen Scheiß sagen.« Für einen Moment hatte Gerald vergessen, dass er Detti fürchtete. Jetzt kehrte die Angst zurück. Und trieb ihn weiter hinab, obwohl ihm inzwischen klar war, wie bescheuert sein Unterfangen war.

»Spinner.« Detti blickte Geralds Gestalt hinterher. Wie der da ungeschickt zwischen den Steinen balancierte. Bald würde ihn die Dunkelheit verschluckt haben.

Detti hatte gelogen. Johanna war weg, und es ließ ihn nicht kalt. Diese dämliche Schlam…, er konnte es nicht einmal denken. Das passte ihm gar nicht. So murmelte er *dämliche Schlampe.* Es fühlte sich falsch an.

Wie die ihr Kartoffelpüree gegessen hatte, schon interessant. Bruni hatte so was nie gemacht.

»Verdammte Scheiße!« In der zunehmenden Dämmerung war er mit dem kleinen Zeh gegen einen Felsen gestoßen. Er blieb stehen. Zermürbt vom Schmerz.

Hoffentlich brach sich Gerald da unten beide Beine.

»Johanna ist weg.« Gerlinde hatte das Bruni und Laura gerade mitgeteilt.

Und in China fällt ein Sack Reis um. Das hatte Laura gedacht. Johanna war ein Sack Reis in China. Nicht mehr, nur das. Es war gut, dass Johanna weg war. Das war doch längst überfällig. Johannas Schönheit und dann sie selbst, das Mauerblümchen.

Sei bescheiden wie das Veilchen im Moose und nicht wie die stolze Rose, die immer bewundert will sein. Das hatte sie im Poesiealbum ihrer Mutter mal gelesen. Dabei wollte ihre Mutter eine Rose zur Tochter, aber sie kam über das Veilchen einfach nicht hinaus. Im Grunde war sie das Moos.

Sie merkte, wie Tränen auf ihre Bergschuhe tropften, und sie merkte, dass sie im Trockenraum saß und ihre Schnürsenkel aufband. Mechanisch zog sie einen Schnürsenkel heraus, zog sich das Band fest um den kleinen Finger und beobachtete, wie er blau wurde. Dunkelblau.

Jemand legte eine Hand auf Lauras Arm. Bruni. Die sollte sie da wegnehmen. Sofort.

Sie wagte nicht, Bruni anzusehen. Was die wohl dachte. Höchstwahrscheinlich: *Ja, du bist ein Moos, am besten, du akzeptierst das, dann lebt es sich gleich besser.*

»Ich werde nie eine Rose sein.« Laura war aufgestanden, trug ihre Schuhe zum Regal und verließ den Raum.

Gerlinde und Bruni sahen sich mit hochgezogenen Augenbrauen wortlos an.

Detti war in der Hütte angekommen. Die ganze verfickte Sippe saß bestimmt schon frisch gewaschen im Gastraum.

Er musste die Nerven behalten. So lange, bis er irgendeinen Beweis gefunden hatte, gegen wen auch immer.

Einen Moment lang starrte Detti auf seine Schuhe. Vornübergebeugt saß er auf der Holzbank im Trockenraum und überlegte. Wieso sah der rechte Fuß schlimmer aus als der linke?

Vorsichtig befühlte er mit der rechten Hand das Innenleben seiner Schuhe. Rechts und links, da war ein Unterschied, nicht zu knapp. Jemand hatte da ganz offensichtlich …

Detti öffnete den Mund, bereit, ein gewaltiges Gebrüll loszulassen, dann schloss er den Mund wieder. Sein Puls war sicher auf 176, er wusste das, ohne auf sein Messgerät zu gucken, er hatte das im Gefühl.

Aber, vielleicht war es von Vorteil, wenn er so tat, als ahne er nichts. *Ich rege mich nicht auf, ich bleibe ganz ruhig.* Mit zitternden Händen zog er seine Strümpfe aus.

Josef hatte mit einer Nähnadel Zahnseide durch die Blasen gezogen, damit das klare Sekret abfließen und die Blasen austrocknen konnten, und hatte die Blasenpflaster passend zurechtgeschnitten. Gute Arbeit, und trotzdem schmerzte jeder Schritt. *Wer immer du bist, du miese Ratte, mach dein Testament.*

Dieser Gedanke erfreute Detti, und weil es so schön war, wiederholte er den Satz laut: »Wer immer du bist, du miese Ratte, mach dein Testament.«

Dann ging er duschen.

Kalt.

Gerlinde hatte sich zu Josef gesetzt und die Speisekarte studiert. Was mit Nudeln, morgen stand ein Sechs-Stunden-

Abstieg bevor. Johanna war weg, und Josef wusste noch nichts davon. Das Restaurant bestand aus zwei Räumen und war rappelvoll. Die ganze Hütte war rappelvoll. Ein unausgesetztes Auf und Ab ließ die Holztreppe beben, und es war sonnenklar, diese Hütte war hellhörig, so hellhörig, dass einige Wanderer in wieherndes Gelächter ausgebrochen waren, als die Frage aufkam, ob man sich einen Wecker stellen müsse.

Alle waren in die übersichtliche Speisekarte vertieft, man bestellte bei Hubi, der ausgelassen scherzte und sich trotz des Trubels für die Gruppe Zeit nahm. Josef entlasten.

Jetzt kam Detti herein, der humpelnde Nachzügler. Interessant, je finsterer Detti guckte, umso aufgeräumter blickte Bruni in die Welt. Wo war eigentlich Gerald?

Irgendwie hatte Gerlinde ihn aus den Augen verloren.

»Weiß jemand, wo Gerald ist?«

Detti streifte sie nur mit einem kurzen Blick, dann wandte er sich an Josef. »Josef, hast du eigentlich schon bemerkt, dass zwei deiner Schäfchen verloren gegangen sind?« Das hatte er sehr laut gesagt. So laut, dass der Lärmpegel in der Hütte abebbte.

»Wie, *verloren gegangen*?« Josef blickte alarmiert.

»Na weg, nicht da, unauffindbar, verloren eben. Johanna und Gerald.«

Josef war aufgestanden.

Es tat Detti gut, dass er mal was bewegte. Musste ja keiner wissen, dass er immerhin ungefähr wusste, wo Gerald war, der Volltrottel.

»Wisst's ihr was?« Josefs Blick irrte von einem zum anderen. Kopfschütteln.

»Gerald hat vorhin schon nach Johanna gesucht.«

»Und des erzählt's ihr mir erst jetzt?«

»Na ja, wir dachten, Johanna ist ja eh, also, wie soll ich sagen, die macht wieder ihr Ding.« Brunis Blick ging zu Gerlinde, nach Zustimmung suchend, Gerlinde, die war richtig, die mochte sie, nicht so ein durchgeknalltes Huhn. Aber Gerlinde hatte die Stirn gerunzelt und dachte nach. Irgendetwas tat sich in ihrem Kopf. Eine massive Irritation.

»Leute.« Josef hob die Stimme und die Arme, gleich würde er alle segnen. Nein, doch nicht.

»Leute. Zwei Wanderer san vermisst. Wer trittsicher ist, hilft bitte mit. Taschenlampe Voraussetzung. Vermisst zwischen Beginn Talkessel und Hütte.« Er hielt inne. Es gab keine Absturzmöglichkeit auf dem Wegstück, immerhin und umso rätselhafter. »Also, auf geht's.«

Keiner aus seiner Gruppe hatte Lust, Johanna zu suchen. Man blieb sitzen und beobachtete, wie ungefähr fünfundzwanzig andere Leute aufstanden und sich auf den Weg machten.

»Ich fühl mich heute so gar nicht trittsicher.« Gerlinde lehnte sich zurück und drehte ihren Bierdeckel zwischen den Händen.

Hoffentlich kam bald das Essen.

Sie war die Einzige im Waschraum. Am Anfang hatte sie unter dem kalten Wasserstrahl kaum Luft bekommen. Ihre Füße waren inzwischen blau, die Hände auch. Konnte man unter einer kalten Dusche erfrieren? Vielleicht wäre das ja möglich.

»Laura? Bist du hier?« Bruni. »Hallo?«

»Ja, ich komm gleich.«

»Dein Essen wird kalt.« Bruni lauschte.

»Ja.«

Laura drehte die Dusche ab. Nicht mal hier konnte man sich in Ruhe selbst hassen.

Ein mondloser Himmel wölbte sich über dem Talkessel. Übersät von Sternen, die verschwenderisch und zahllos im blauen Samt der Nacht leuchteten.

Gerald konnte sie hören, die Pferde, die in der Nähe Gras rupften. Das war das einzige Geräusch im weiten Rund. Gleichmäßiges Rupfen und Kauen, die Haflinger konnten nur wenige Meter entfernt sein. Ihre schwarzen Silhouetten waren zu erahnen, zwanzig waren es bestimmt. Sie waren so nah, dass er ihren Geruch wahrnehmen konnte. Wie egal denen war, was er gerade erlebt hatte.

Gerald war soeben dem Tod entronnen. Jetzt lag er im Gras und wollte, dass das alles nicht real war.

Bis zur Brust im Morast stehend hatte er eben noch um sein Leben gekämpft.

Ganz plötzlich war er eingesunken, als er dem Bachlauf gefolgt war. Immer damit rechnend, jeden Moment die tote Johanna zu finden. Hatte in die Dunkelheit gestarrt, die Augen weit aufgerissen. Hatte sich vorangetastet und dann dieser Moment, wo kein Widerstand mehr da war, sein Körper einfach in die Tiefe gesunken war, bis er meinte, Grund unter den Füßen ertasten zu können und in Panik zappelte und wie ihm eingefallen war, *nicht zappeln, da sinkt man nur noch schneller ein,* und wie er gegen das Zappeln nichts tun konnte und weiter gezappelt hatte wie ein Verrückter und mit den Armen geschlagen und wie er um Hilfe rufen wollte und wie genau in diesem Moment, wie er da einen anderen Felsen fühlte in dem Morast und wie er sich daran hochziehen konnte und herausarbeitete aus dem eiskalten Schlamm und er nicht um Hilfe rufen musste und erst erleichtert war, unendlich erleichtert und jetzt an den hämischen Blick von Detti denken musste, dem er auf gar keinen Fall begegnen wollte, und er im Grunde nicht fassen konnte, dass sich diese Wanderung wirklich und wahrhaftig als eine unausgesetzte Folge von Niederlagen entpuppte.

Er blickte rüber zur Hütte. Aus der Ferne waren Stimmen zu hören. Glühwürmchen gleich schwärmten dort Menschen mit Taschenlampen aus. Sie suchten ihn! Gerald robbte hinter einen Felsen, in dem Zustand wollte er auf keinen Fall gefunden werden. Er musste irgendwie ungesehen zur Hütte kommen. Und: Wo war Johanna?

Kornmaier saß in allen Klamotten, die er mithatte, vor der Hütte und wartete auf die *Bergsteigermahlzeit.*

So was von zu vielen Menschen auf einem Haufen. Man musste auch mal seinen persönlichen Grenzen Raum geben, Frau Sollenhauer hätte das befürwortet.

Für einen Moment hatte er in die Ferne gelauscht.

Ein merkwürdiges Geräusch war da. So als wäre ein großer Vogel im Wasser gelandet und würde absaufen. Mit den Flügeln schlagen und einfach nicht mehr aufsteigen können.

Er hatte sich noch nicht zu Ende gewundert, da war das ferne Lärmen schon wieder verstummt.

Und gleich danach konnte er sich weiter wundern.

Ein ganzer Haufen Leute kam aus der Hütte, dröhnend und einer Elefantenherde gleich, raumgreifenden Schrittes, mit Stirnlampen über den unternehmungslustig blickenden Gesichtern.

Sein fragender Blick wurde beantwortet.

»Zwei Wanderer sind verschwunden. Ab dem Zugang zum Talkessel.«

Aha. Kornmaier zählte im Stillen durch. Es musste sich um Johanna und Gerald handeln. Was da nun wieder los war? Abstürzen konnte man hier doch nicht. Orte ohne Handy-Empfang, es gab sie noch, sonst hätte man die beiden über das Klingeln der Handys leicht orten können.

Entweder waren beide tot oder sie knutschten irgendwo rum. Andere Optionen schienen Kornmaier nicht plausibel.

Das Essen kam, endlich.

Gerald hatte sich an die Hütte herangepirscht. Auf dem Pfad, der sie morgen hinauf zur Seescharte führen würde. Da suchte keiner, wieso auch. Die Glühwürmchen waren schon in Richtung Madau unterwegs, und er sehnte sich nach einem heißen Bad. Und dann heiße Spaghetti, von der heißen Johanna gekocht. Und heißer Tee oder ein Grog, ja, ein Grog, auch heiß. Gerald kam nur in Zeitlupe voran, sein eiskalter Körper wollte nicht schneller. Und dann sah er sie. Gerald streckte den Kopf vor, kniff die Augen zusammen und blieb stehen.

Das war sie doch, das musste sie sein. Johanna.

Das Ganze entwickelte sich zu einem Horrortrip.

Zwei Kunden waren verschwunden, und er hatte nicht aufgepasst. Hatten sich einfach in Luft aufgelöst, und man würde ihn dafür verantwortlich machen, ihm vielleicht die Bergführer-Lizenz entziehen. Josef leuchtete akribisch sein Areal aus. Sie hatten, nebeneinander laufend, eine lange Kette gebildet und suchten systematisch links und rechts des Wanderweges. Bis auf das Rascheln der Funktionsjacken war nichts zu hören. Es herrschte konzentrierte Stille. Man wollte keine schwachen Hilferufe überhören. Manchmal leuchtete einer in die Ebene des Talkessels, blieb kurz stehen, blendete die Pferde, die da unten weideten, und ging dann wieder weiter. Weiter und immer weiter weg von der Hütte. Nichts. Nur das wachsende Gefühl der Hilflosigkeit. Und, dass das hier zu nichts führen würde.

Kornmaier hatte sein Besteck in die Knigge-mäßig angesagte Vier-Uhr-Position gebracht. Es durfte abgeräumt werden. Kam natürlich keiner. Er würde das Geschirr selbst wieder reinbringen. Ein Weilchen hatte er den kleiner werdenden Lichtern des Suchtrupps nachgeschaut und sich dann wieder den mächtigen Gipfeln der Freispitzgruppe im Westen zugewandt. Über dem schwarzen Felsmassiv funkelte es vieltausendfach, und so wie ihn heute Nachmittag der ewige Wind, der von den Gipfeln herabzog, in den Abgrund seiner Seele hatte steigen lassen, so ließ ihn jetzt dieses Sternfunkeln in melancholischer Bewunderung versinken.

Was war das da, diese Weite, diese Unzahl von Sonnen. Warum gab es das? Wie konnte man verstehen, dass das Weltall unablässig auseinanderflog und diese Bewegung sich sogar fortwährend beschleunigte? Was würde passieren, wenn man das wirklich irgendwann mal begreifen würde? Würde man anders auf die Welt blicken? Würde das Leben doch noch einen Sinn ergeben? Könnte man aufhören, um sich selbst zu kreisen, und würde das eigene Sein sich nun auch ausdehnen können? Würde Matti, würde Matti vielleicht …

Kornmaier konnte nicht zu Ende denken. Ein Geräusch hatte ihn aufgeschreckt.

Ganz in der Nähe hatte er ein feines Knarren vernommen. Das Holz des Terrassenbodens. Es klang, als würde sich jemand anschleichen. Und dieser Jemand würde gleich um die Hausecke biegen. Kornmaier wartete, aufmerksam.

In den Lichtschein der schwachen Außenbeleuchtung der Memminger Hütte, 2242 Meter über dem Meeresspiegel, trat um 20:26 Uhr: Johanna.

Der grüne Regenponcho war ein Glücksfall gewesen.

Er hatte tarnfarben zwischen zwei Felsen gelegen. Johanna hatte ihn etwas angeekelt hervorgeholt und sinnend betrachtet. Dann hatte sie den Poncho durch eine Lasche ihres Rucksacks gezogen und mit der Planung begonnen.

Hatte nichts von der Landschaft wahrgenommen, war nur noch den anderen nachgetrottet und hatte sogar vergessen, ihre Hüften zu wiegen. Das Ding würde ihr helfen, Josef Stress zu machen und sich gleichzeitig an Kornmaiers Hals zu werfen. Besser ging es nicht.

Als der Plan stand, hatte sie ihre Wanderjacke fallenlassen. Irgendeiner würde sie finden, und dann würde die Sucherei nach ihr losgehen. Spätestens wenn alle zu Abend aßen und sie immer noch nicht da war.

Das Schwierigste war, sich so zu positionieren, dass man einen Moment aus dem Blickfeld der anderen verschwand.

Und dann war er da, der perfekte Moment. Eine Bodenwelle, ein großer Felsen. Johanna umrundete den Stein, setzte sich ins Gras, packte den Poncho aus und wurde unsichtbar.

Sie musste jetzt nur noch abwarten.

Nur aus dem Augenwinkel sah Bruni, wie Detti seine Nudeln aß. Sie vermied seinen Blick. Ganz komisch hatte der ausgesehen. So, als habe er etwas herausgefunden, als hätte er einen Verdacht. Vielleicht hatte Kornmaier recht, vielleicht sollte sie vorsichtiger sein, nicht dass der hier noch austickte.

Kornmaier. Das war doch eine Abfuhr gewesen, da unten am Bach. Wenn er sich für sie interessieren würde … aber warum sollte er, sie war ja auch bestimmt zehn Jahre älter, aber heutzutage, es gab doch genug … allerdings, die waren auch immer berühmt. Sie war nicht berühmt. Sie hatte ihrem Mann die Wäsche gewaschen und im Garten Unkraut vernichtet. Das war alles.

Bruni drehte abwesend Nudeln um ihre Gabel.

Das war doch gar nicht ihr Ding, über das Leben zu jammern, und sie hatte auch nie darüber nachgedacht, dass sie ihre Jahre an einen Mann vergeudet hatte, den sie nicht mal mehr angucken konnte, wenn er etwas aß. Aber jetzt …

Kornmaier hatte sie gewarnt, das bedeutete doch etwas, das hätte er doch gar nicht tun müssen, vielleicht empfand er ja doch etwas für sie, vielleicht war er einfach sehr, sehr scheu. Das konnte doch sein. Schließlich dichtete er, das war doch eine feine Seele, so ein Dichter, ein Mann mit …

»Bruni!« Sie schreckte auf.

Detti hing über seinen Spaghetti und hatte den Kopf in ihre Richtung gedreht. Blickte finster herüber.

»Ja?«

»Darf man erfahren, wo du mit deinen Gedanken bist?«

Einen Moment blickte Bruni Detti an, ohne wirklich etwas zu sehen. Ihr Leben ging ihn nichts mehr an.

Sie lächelte, ein wenig abwesend. Ihre Arme, das Besteck in den Händen, lagen links und rechts vom Teller auf dem Tisch.

»Nein, Detti, nein, das darf man nicht.«

Bruni sann diesem Satz ein wenig nach und nickte ein paarmal, von sich selbst überrascht.

Detti hatte den deutlichen Eindruck, dass sein Puls auf 158 gestiegen war.

Johanna hatte sich vorbereitet. Kornmaier war irgendwie undurchschaubar. Es war fast ein Fremdeln. Der Typ war unbekanntes Terrain. Die perfekte Ablenkung und die perfekte Bestätigung, die sie jetzt brauchte, wie ein Sonnenaufgang eine Sonne brauchte.

Sie war einmal ums Haus geschlichen, hatte sich unter den Fenstern durchgeduckt, und ja, da saß er, der Kornmaier. Allein, war ja klar.

Also zurück, wieder um die Hütte herum, über die Terrasse und dann würde sie … Johanna erstarrte. Da war eine Bewegung gewesen, auf dem Pfad, den sie vorhin selbst entlanggekommen war, um nicht entdeckt zu werden. Dort, wo das Licht der Hütte im Dunkel der Nacht versickerte. Sie hatte innegehalten und in die Dunkelheit gestarrt, aber da war nichts, wohl nur Einbildung.

Sie zog den Regenponcho über ihren Kopf und stopfte ihn unter die Terrassenbretter. Dann holte sie ein Herrenunterhemd aus ihrem Rucksack, zog die Bluse aus und das Unterhemd an. Dass ihr inzwischen saukalt war, kam ihr ganz recht. Dann kniete sie sich auf die Erde.

Wieder ging ihr Blick auf den Pfad. Irgendwie fühlte sie sich beobachtet. Ohne den Blick abzuwenden, zupfte sie vorsichtig einige Strähnen aus den Gretelzöpfen, das würde ihr ein von den Strapazen zerzaustes Aussehen geben, falsch, ein entzückend zerzaustes Aussehen. Sie wandte den Blick ab, alles Quatsch, da war keiner. Jetzt ein bisschen Dreck auf die Arme, ein bisschen Dreck ins Gesicht. Sie war vollkommen auf ungestylt gestylt. Das sollte ihr mal einer nachmachen.

Und es war ganz klar. Ab jetzt war sie Lara Croft. Die verletzte und beschützenswerte Variante. Wenn da der Kornmaier nicht … aber er würde!

Gerald hatte sich zurückgezogen, zurück in die Dunkelheit. Inzwischen klapperte er mit den Zähnen. Johanna lebte. Sie war gerade um die Hütte geschlichen.

Er war unfassbar froh, für eine Sekunde ungefähr.

Was machte Johanna da? Er stellte die Unterarme vor seinem Körper in die Senkrechte und presste sich beide Fäuste unters Kinn. Dieses Geklapper war ja meilenweit zu hören. Er verstand nichts. Johanna zog gerade ihre Bluse aus. Sie war so schön, so perfekt, dass er einen Moment seine Fragen vergaß. Er wollte ein heißes Bad, einen heißen Grog, und er wollte Johanna. Es wäre doch so einfach.

Jetzt zupfte sie an ihren Haaren herum. Immer noch verstand er nichts. Warum war sie nicht in der Hütte?

Er wartete, krumm vor Kälte, die Fäuste immer noch unter dem Kinn, nicht dass sie ihm vorwerfen würde, er sei ein Spanner. Wartete, dass sie endlich verschwand, sonst würde er hier draußen, fünfzig Meter von der Hütte entfernt, erfrieren. Noch nach seinem Tod würde man leise den Kopf schütteln, *der Gerald, fünfzig Meter von der Hütte, nicht mehr geschafft, und die Hände unterm Kinn, warum bloß,* und Detti und Kornmaier würden gemeinsam lachen, so würde das sein, genau so.

Das wollte er auf keinen Fall.

Kurz bevor Johanna um die Ecke bog, begann sie zu humpeln. Das angeschossene Reh. Ihr Herz klopfte den Takt der Jagd, jetzt galt es, jetzt.

Da saß er, der Kornmaier, die große Unbekannte in ihrem Album der erlegten Männer. Hatte sie ihn richtig eingeschätzt? Würde die Strategie erfolgreich sein? *Jetzt, Johanna, nimm ihn dir!*

Überrascht, o ja, das war er, der Herr Kornmaier. Das war schon mal gelungen.

Johanna hatte die linke Hand vor ihren Mund gelegt, sich mit der rechten Schulter gegen die Holzwand gelehnt, ganz Erschöpfung, Erleichterung, angereichert mit einem Hauch von Verzweiflung.

Die linke Hand nach unten rutschen lassen, sich mit selbiger gegen die Holzwand abstützen, dabei den Unterarm unter den Brüsten ruhen lassen, nicht dass sie da Unterstützung nötig gehabt hätte, aber so sah es noch hübscher aus, und ein: »Herr Kornmaier, ich bin so froh, dass SIE hier draußen sind.« Worte, mit letzter Kraft gesprochen. Noch ein bisschen die Wand runterrutschen, *Vorsicht: Splitter im Holz,* noch ein bisschen in den Beinen einknicken, na, bewegte er sich schon, doch, er war aufgestanden, umrundete den Tisch, eilte ihr zu Hilfe. Noch ein bisschen warten mit dem Zusammensinken, jetzt war er da, jetzt umfasste er sie, jetzt merkte er, dass sie irgendwie gleich wegkippen würde und dass er sie ernsthaft stützen musste, aber wie, Johanna musste aufpassen, nicht loszulachen, gut, sie würde ihm helfen, sich an ihn lehnen, jetzt ein *Es-war-so-schrecklich* murmeln und sich an ihn klammern, aber nicht zu viel und nicht zu wenig, schön dosieren, zart eben, den Kopf an seine Schulter lehnen und ein bisschen weinen.

Johanna war begeistert von sich selbst. Es lief hervorragend. Sie hatte den Kopf an seiner Schulter vergraben und war überrascht, wie stabil sich der stille Herr Kornmaier anfühlte.

»Es war so schrecklich.« Dann geschah etwas Merkwürdiges. Etwas sehr, sehr Merkwürdiges.

Sie begann tatsächlich zu weinen.

Wie bei einem Theaterstück war das gewesen. Beide waren im selben Moment auf der Bühne der Memminger-Hütten-Terrasse erschienen. Aus der Hütte: Bruni, um die Hausecke: Gerald.

Kornmaier fühlte sich wie im Auge des Orkans. Später jedenfalls, da wusste er dem Gefühl einen Namen zu geben, nicht sofort. Weniger der weinenden Johanna wegen, das mit den weinenden Frauen war ihm jetzt, man musste es ehrlicherweise zugeben, nicht fremd, mehr Brunis und Geralds wegen.

Beide hatte er im Blick, und beide waren in Schockstarre. Was die beiden jeweils bewegte, konnte er nicht wissen, aber dass mit denen was nicht stimmte, das war mal sicher.

Entsetzt guckten die, ja, das war wohl das Wort.

Freute sich wohl keiner, dass Johanna wieder da war?

»Ach! Madame Mach-mich-wichtig ist wieder aufgetaucht«, das hatte Bruni ausgestoßen, auf dem Absatz kehrtgemacht und war verschwunden.

Und in welchem Zustand war eigentlich dieser unselige Gerald? Sah aus, als habe er sich mit Schweinen im Schlamm gesuhlt. Und auch sonst wirkte er irgendwie ein wenig irrsinnig, lag sicher an der Beleuchtung. Jemand musste jetzt mal dem Suchtrupp Bescheid geben, die Vermissten waren ja wieder aufgetaucht.

»Johanna, ich geb jetzt mal dem Suchtrupp Bescheid, dass Sie beide wieder da sind.« Es kostete ihn einige Mühe, Johanna von sich zu lösen, sie klebte an ihm wie ein Äffchen an der Mutter. Er also in die Hütte hinein und Gerlinde zugewinkt: »Können Sie mal? Danke.«

Dann holte er seine Stirnlampe, um sich auf den Weg zu machen.

Oben im Flur begegnete ihm Gerald, der ihn hasserfüllt anguckte und mit den Zähnen klapperte. Ein bisschen sah der aus wie die Hauptattraktion einer Geisterbahn.

Eins war Kornmaier klar: Allein zu wandern war einfach besser.

Gerlinde hatte auf Kornmaiers Geheiß hin den Vorraum betreten. Johanna also in Tränen aufgelöst.

Jetzt würde sie mit ihr sprechen, jetzt war die Gelegenheit da, Geralds wegen. Den sollte Johanna jetzt mal in Ruhe lassen, das war ihr Freund, der zukünftige Vater ihrer Kinder.

»Johanna, was ist denn …« Gerlinde wollte sie am Arm berühren, wagte es dann aber doch nicht.

Johanna wirkte abwesend, vielleicht war sie auf den Kopf gefallen? Sie wirkte wie erstarrt, so wie bei dem Spiel *Wer-sich-zuerst-bewegt-hat-verloren.*

»Bist du gestürzt?« Keine Antwort. Hinter ihr ein seltsames Geräusch, Gerlinde drehte sich um.

»Gerald! Wo warst du denn! Ich hab mir Sorgen gemacht!«

Wie der aussah, frierend und von oben bis unten eingesaut. Und wie der guckte.

Wo kam der jetzt her? Und wieso tauchten die hier gleichzeitig auf?

Und auch von ihm: keine Antwort.

Gerlinde war unsichtbar für die beiden, als wäre sie gar nicht da, ihr wurde unheimlich. Für einen Moment versuchte sie, ihr Spiegelbild im Glas eines Schaukastens zu erkennen, ja, da stand sie doch!

»Also sagt mal, ich …«

Gerlindes Satzbeginn ging unter.

»Hier, Johanna, deine Jacke.« Gerald war kaum zu verstehen, warum sprach der so komisch? Mechanisch griff Johanna nach einem lappenartigen Gegenstand und ließ ihn gleich wieder fallen.

Johanna murmelte etwas ins Irgendwo, riss sich aus ihrer Starre und stakste ungelenk in die Gaststube, ungelenk wie heute Vormittag auf der Brücke.

Und Gerald stand da, zitternd, sah ihr nach, wandte sich ab und begann, mühsam die Treppe hochzusteigen.

Beide hatten Gerlinde im Flur zurückgelassen, wie ein Möbelstück, eines, das keiner mehr brauchte.

Hubis Stimme donnerte durch den Gastraum, der, von neuen Gästen angefüllt, aus allen Nähten platzte.

»Trockenraum, die Stiefel!« Johanna hörte nicht. Er winkte Steffi zu, *bring die mal raus.*

Steffi, die gerade leere Teller zurücktrug, nahm Johannas Arm und führte sie hinaus. War das nicht eine der Vermissten? Anscheinend brauchte sie einen Arzt.

»Hock di mal nieder.« Dann zog sie ihr die Bergschuhe aus. Eine Tür wurde geöffnet, Johanna in eine kleine Stube bugsiert.

»Legst di hier amoi hin. I kimm glei wieda.«

Sie würde jetzt schauen, ob ein Arzt unter den Wanderern war.

Schwere Gehirnerschütterung hatte Steffi im Stillen diagnostiziert. Ganz daneben lag sie damit nicht.

Bruni wusste nicht wohin.

Sie hätte schreien mögen. Diese falsche Schlange, diese miese Hexe. Hatte sich an Kornmaiers Hals geworfen, und natürlich hatte der nichts dagegen. Wie die da draußen gestanden hatten. So innig. Alle Männer waren doch gleich. Da konnte einer dichten, wie er wollte, im Endeffekt wollten doch alle nur Sex mit einem jungen schönen Körper. Lebenserfahrung, Weisheit zählten nicht, nein, immer, immer, immer und immer wieder nur der Körper. Jung musste er sein und schön, und was im Kopf war, schnuppe, egal, da konnte es hohl sein wie in einem Schokoladenosterhasen.

Bruni saß im Karussell ihrer Gedanken, das sich misstönend und schlingernd drehte, und konnte das nicht abstellen, dieses Kreiseln.

Von Kornmaier hatte sie was anderes erwartet, das war doch ein, ein, ihr fiel das Wort nicht ein, der war doch irgendwie, ja, wie denn, wie war der denn, na, anders eben.

Aber nein, war er nicht, bitte sehr, auch nur so ein geiler Bock, es war zum Heulen.

Ja, dreh dich doch im Kreis, du blöde Kuh, wieso denkst du denn auch, guck dich doch mal an, alt und fett und – einen Moment stockte Bruni –, aber ihre Klamotten waren eindeutig schöner als Johannas. Dieser Gedanke half eine halbe Sekunde, dann stürzte Bruni wieder in den Strudel der Verzweiflung einer Verknallten, deren sehnlicher Wunsch sich in den Weiten der Gleichgültigkeit des geliebten Mannes unbeantwortet verlor.

Bruni verbot sich zu schluchzen, was misslang.

Es tat gut zu laufen. Trotzdem er seine müden Beine deutlich spürte, morgen würden sie wieder munter sein, das kannte er jetzt schon.

Die kalte Bergluft, die stille Größe der dunkel das Tal umstehenden Berge, das Verklingen des immer leiser vor sich hin summenden Bienenkorbes Memminger Hütte, Kornmaier atmete auf.

Er folgte den Lichtern des Suchtrupps und ärgerte sich ein bisschen, dass er kein Lichtzeichen für »alles okay« kannte. SOS, ja, das hatte er aus seiner Pfadfinderzeit noch präsent, aber »alles okay«, keine Ahnung.

Genauso wie er keine Ahnung hatte, was die absurde Szene mit Johanna bedeuten sollte.

Gleich am ersten Abend, da hatten doch schon seine Alarmglocken geschrillt, und das war nicht leiser geworden mit dem Schrillen. Als säße man auf einem Pulverfass mit dieser Gruppe.

Kornmaier blieb abrupt stehen. Mit einem krachenden Geräusch floh links vom ihm ein Tier aus der Reichweite seines Lichtkegels, war auf und davon und hatte ihn aus seinen Gedanken gerissen. Er hatte nicht mal erkannt, was es gewesen war. *Problembär Bruno kehrt aus dem Jenseits zurück. Mysteriöser Todesfall im Gebirge. Genau, Kornmaier, ein Bär, was sonst.*

Er setzte sich wieder in Bewegung.

Und jetzt fiel ihm etwas ein, dieser Moment, als Johanna um die Hausecke gebogen war. Nein, bevor sie um die Ecke gebogen war. Das knarrende Holz, das ihn hatte aufhorchen lassen, die gleichmäßigen leichten Schritte, sachte, und dann plötzlich dieses Da-damm, Da-damm, so als würde jemand anfangen zu humpeln. Und dann, dann war sie auch humpelnd um die Ecke gebogen.

Kornmaier blieb stehen, es sah aus, als würden sich die Lichter vor ihm auf ihn zubewegen. Vielleicht kehrte man gerade wieder um und hatte die Suche aufgegeben.

Wenn Johanna das Humpeln nur vorgetäuscht hatte, für wen und wozu? Und dann hatte sie ja auch etwas anderes angezogen, die Knöpfe sprengende Bluse von heute Morgen war selbst ihm aufgefallen, und dann bei der Kälte etwas noch Dünneres anzuziehen, blöd oder berechnend oder beides? Er mochte es gar nicht, wenn man versuchte, ihn zu manipulieren.

Wieder bleib er stehen. Tatsächlich, der Suchtrupp kam zurück.

Er begann die Lampe über seinem Kopf zu schwenken. Hoffentlich ging ihm selbst auch bald ein Licht auf.

Josef hatte einen Beschluss gefasst.

Zurück in der Hütte hatte er auf die mit einem Schlafmittel sedierte Johanna geblickt, hatte sich von den beiden Ärzten berichten lassen, *keine äußeren Verletzungen, keine Gehirnerschütterung, verwirrt und desorientiert, Johanna habe ständig »dieses tiefe Wasser« gemurmelt,* und jetzt war er definitiv bereit, mögliche Konsequenzen zu tragen.

Der morgige Abschnitt würde etwas heikel werden. Reichlich Gelegenheit, abzustürzen, er konnte einfach keine psychisch labilen Leute dabeihaben. Laura, Gerald und Kornmaier fielen ihm ein, Letztere mit Höhenangst, und Laura, mit der war ja auch was. Josef seufzte. Aber das war dann doch zu viel des Guten, die auch noch rauszuschmeißen.

Also. Johanna würde morgen mit Steffi zurück ins Tal gehen. Punkt, aus, Ende.

Johanna würde morgen lange schlafen, die Gruppe früh aufbrechen, und Hubi würde Johanna die Fakten in aller Gemütlichkeit beibringen.

Josef atmete auf.

Dem Hubi schuldete er jetzt was.

Heute war das Licht in der Memminger Hütte erst um 22:30 abgeschaltet worden. Die Aufregung hatte sich gelegt, die Kühle der schwarzblauen Nacht umfing das Haus wie ein Tuch, das eine erhitzte Stirn kühlen soll.

Wo vorher Gewusel und Lärm herrschten, war nun nur noch das allgemeine Schnarchen zu hören.

Ein großes, vielstimmig schnarchendes Tier lag da inmitten der menschenleeren Gegend, und für einige Stunden würde nichts weiter passieren.

Nur Gerald war in Johannas Zimmerchen im Erdgeschoss geschlichen und hatte unbemerkt neben ihrem Bett einen Liebesbrief deponiert.

In der Hütte lagen jetzt nur noch die wach, die auf Rache sannen, sich und ihr Leben hassten, unglücklich verliebt waren, und die, die bei dem Lärm eh nicht schlafen konnten.

Wenn man es so recht überlegte, dann doch eine ganze Menge Wanderer.

MEMMINGER HÜTTE – ZAMS

5. Juli

6:00 Uhr: Wecken.
6:30: Frühstück.
7:15 Aufbruch.

Josef lag daran, möglichst schnell zu verschwinden, er hatte keine Lust auf Stress mit Johanna. Vorsichtig hatte er ihre Zimmertür einen Spaltbreit geöffnet. Da lag sie wie am Abend zuvor und schlief wie eine Tote. Bestens.

Am Frühstückstisch hatte er seinen Entschluss, Johanna zurückzulassen, noch mal erläutert und in klaren Worten darauf hingewiesen, dass es heute ein paar Stunden auf einem schmalen Weg an einem senkrechten Abgrund entlanggehen würde, ob das wirklich, wirklich alle wollten und auch schaffen würden.

Josef hatte eine Kunstpause gemacht.

Und der Abgrund, der konnte schon mal zweihundert Meter tief sein. Noch eine Pause.

Dabei hatte er Kornmaier und Gerald angesehen und von Kornmaier einen dezent überraschten Blick geerntet, den Josef nicht zu deuten wusste.

Für Gerald war eine Fortsetzung der Wanderung ohne Johanna sinnlos, das fühlte er mit bergseeklarer Gewissheit.

Und dann noch der Abgrund, aber was konnte er sagen. Das Gesicht noch mal zu verlieren, das ging auch nicht.

Hämisch hatte Detti rübergeblickt und ihn nicht aus den Augen gelassen. Jetzt galt es, jetzt ein Mann sein, nicht einknicken, Detti nicht diesen Triumph gönnen. Er würde das doch hinkriegen. Er hatte Johanna einen Liebesbrief geschrieben mit seiner Telefonnummer, sie würde sich melden, und die Hoffnung darauf würde ihm den Abstieg leichter machen. Ganz bestimmt.

»Klar, kein Thema.« Das hatte Gerald sich sagen hören. Dabei war er mehr auf die Festigkeit seines Tonfalls als auf den Inhalt des Gesagten konzentriert gewesen.

War auch besser so.

Wieder ein sonniger Morgen. Wieder blauer Himmel, der sich über dem Talkessel und der Gruppe durchsichtig in die höchsten Höhen dehnte. Wieder tauüberperlte Gräser, und in der Ebene grasten schon wieder die Pferde.

Gerald konnte jetzt sehen, welchen Weg er da im Dunkeln zurückgelegt hatte. Ein leichtes Kratzen im Hals erinnerte ihn an das gestrige Desaster.

Zur Rechten lag ein kleiner Bergsee, der untere Seewisee, in dessen spiegelglatter Oberfläche sich die Freispitze spiegelte. Warum konnte nicht der ganze Weg so sein? Kein Abgrund, kein Anstieg, kein Abstieg, einfach nur geradeaus. Das reichte doch, was sollte denn dieser Leistungswahn.

»Ich versteh deinen Leistungswahn nicht, Gerlinde.«

»Was?«

»Deinen Leistungswahn, den versteh ich nicht!«

»Dann bleib doch hier, bleib doch bei deiner Johanna. Geh, geh zurück ...«

Oh, oh, oh … Vorsicht, Gerald, Vorsicht. Ganz schön aggressiv, die gute Gerlinde.

Jetzt war eine gute Gelegenheit, jetzt wütend umdrehen, die Wanderung abbrechen so unter der Überschrift *Mit dir kann man ja nicht wandern, so wie du drauf bist.* Zugreifen, jetzt, Gerald!

Detti hatte von hinten aufgeschlossen. »Na, schon vor dem Schneefeld die Hosen voll, Geraldchen?«

Da war es wieder, das Nichts-sagen-Können, null schlagfertig. Wortlos trat Gerald die Flucht nach vorn an.

Zwei Minuten später drehte er sich zu Detti um. »Nicht in diesem Ton.«

Mehr war nicht drin.

Es war so jämmerlich, wie es sich anfühlte.

Den Schuh mit Schwung in die Schneespur stoßen. Schritt für Schritt, nicht darüber sinnieren, was passieren konnte, wenn man stolperte, ausrutschte, hinfiel.

Es würde einen langen, langen, langen Rutscher geben nach unten in den türkisblauen Bergsee aus Schmelzwasser. Besser nicht.

Kornmaier gab sich ganz der Konzentration hin, die Stöcke in den Schnee, die Schuhe in die Schneespur, erst das Schneefeld nach rechts querend, dann senkrecht hoch, immer Richtung Seescharte. Dann sich an den Drahtseilen über die Seescharte ziehen, zwischen den grauen scharfkantigen Felsen mit den orangefarbenen Flechten hindurchkraxeln und auf der anderen Seite im Inntal ankommen. Und in die Ferne schauen. Und staunen.

Bis zum Horizont staffelten sich da die Gipfel, höher

und höher werdend, ganz hinten mit Schnee bedeckt und kaum noch von den Wolken zu unterscheiden. Dunkelgrau tauchte in Hellgrau und Hellgrau in Dunkelgrau: Wetterumschwung. Sie hatten eine Wetterscheide überquert. Unter ihnen fielen steingraue Geröllfelder ab und vor ihnen lag ein schnurgerades Tal, das Lobachtal.

Die Stimmung in der Gruppe sank mit der Außentemperatur. Der angekündigte Abstieg lag noch ein Stück hinter dem Ende des Tals, und keiner wusste, ob es wirklich so schlimm werden würde, wie Josef es angekündigt hatte.

Nur Gerald war sich da sicher, und das mit Grund.

Sie machte automatisch alles richtig. Stieß die Bergschuhe mit Schwung in die alte Schneespur. Stieg höher und höher. Konnte sehen, wie sich der Schneematsch dunkelgrau verfärbte unter ihrem Schuheinsatz. Folgte mit den Blicken kleinen Schneebrocken, die den Hang hinabrutschten, an Fahrt aufnahmen und weit unten wieder austrieselten. Hinter ihr war keiner mehr.

Je höher sie stieg, desto winziger wurde die Memminger Hütte, bis sie wie in einem Suchbild kaum noch zu finden war.

Die Bewölkung hatte rasant zugenommen, noch waren es nur dicke weiße Wolken mit grauen Bäuchen, die sich hoch über den Gipfeln bis zum Horizont staffelten.

Die grünen Matten des Tales wurden abwechselnd von Sonnenlicht und Schatten überwandert, und man konnte schon ahnen, dass ein Wetterumschwung anstand und es bald ungemütlicher werden würde.

Endlich war die Seescharte mit ihren Stahlseilen und Felsen erreicht. Johanna atmete auf.

Noch ein bisschen klettern, dann war sie drüben.

Hier ruhten die Wolken bereits in tiefem Grau auf den Gipfeln, nahmen den Bergen Schärfe und Kontur.

Einen Moment blieb sie stehen und spürte die ersten Regentropfen im Gesicht. Das Gelände würde bald rutschig werden.

Jetzt galt es. Wenn sie keine Pause machte, konnte sie die Gruppe rechtzeitig einholen.

Kornmaier hatte sich warm gelaufen. Nur Gerlinde und Josef waren vor ihm, und es ging gleichmäßig dahin. Etwas hatte sich verändert, zog an ihm, er konnte gar nicht sagen, was. Vielleicht das trübe Wetter, das so an damals erinnerte. Oder waren es Bruni und Gerald, die ihn beide angeschaut hatten wie einen Verbrecher.

Was war mit denen wieder los?

Aber nein, die waren es nicht, da war mehr so eine Ahnung, eine Ahnung von … ihm fiel das Wort nicht ein, und dann lag es doch vor ihm, dunkelgrau und dumpf: eine Ahnung von Unheil.

Die Nebelfresser seiner Kindheit fielen ihm ein. Kornmaier blieb stehen und lauschte. Kein Kichern war zu hören, nur das leichte Rauschen des Regens. Josef und Gerlinde waren um eine Wegbiegung verschwunden. Kornmaier blickte zurück. Hinter ihm war auch keiner zu sehen. Normalerweise hätte ihn das erfreut, heute erschien es ihm beunruhigend, so, als würde man ans Meer gehen, und das Meer würde sich vor einem weiter zurückziehen, weiter und weiter und noch weiter, und wie das endete, wusste man ja. Tsunami.

»Quatsch.« Er hatte es laut gesagt, sich wieder in Bewegung gesetzt, und anstatt Zuversicht zu gewinnen, vertiefte dieses einsame *Quatsch* den Eindruck einer nahenden Katastrophe. Kornmaier beschloss, etwas schneller zu gehen.

Erst hatte Laura Detti ja fragen wollen, also wie das ging mit den Blasen, sie hätte selbst gern welche gehabt. Dann war ihr eingefallen, dass das irre wirken musste, also ließ sie es.

Und dann war ja auch Johanna weg. Jetzt verstand sie, was es bedeutete: *Ihr war ein Stein vom Herzen gefallen.*

Allerdings! Genau so hatte sich das angefühlt.

Jetzt konnte sie doch mal auf die schönen Berge gucken und bei sich bleiben und mal ein oder zwei Sekunden aufhören, mit sich zu hadern.

Es ging jetzt leicht dahin, die Lobach floss, kleine Geschichten erzählend, neben ihr her und in den Tannen hingen Milliarden von leuchtenden Regentropfen. Ja, sie konnte das hören, sie konnte das sehen.

Und wieder bahnte sich da was an, eine Ahnung von Zufriedenheit.

Am besten wäre es wohl, wenn sie ihre Mutter umbrächte, sonst würde das mit dieser Zufriedenheit nie was werden.

Gerald versuchte, die ideale Position zu finden, nicht hinter Gerlinde, nicht vor Detti. Aus dem Augenwinkel versuchte er, Detti einzuschätzen. Ging es ihm heute besser? Würde der wieder nach vorn jagen?

Vielleicht konnte er selbst ja ganz hinten, aber dann würde er vielleicht mit dem Abgrund ganz allein … und das ging auf keinen Fall … zurück ging auch nicht mehr, ein furchtbarer Aufstieg zur Seescharte lag hinter ihm, nur über seine Leiche würde er da noch mal runter … also musste er ja!

Aber nicht ganz vorn, oder vielleicht doch mit Gerlinde? Er könnte ihr vorschlagen, sie zu heiraten und dass er unbedingt Kinder mit ihr wolle, dann würde sie ihn den Weg runterlotsen … würde sie doch?

Verdammte Mist-Drecks-Wanderung, verdammte.

All das dachte Gerald, während sich die bleigrauen Wolken tiefer und tiefer in das Tal senkten.

Ja, Johanna war weg, aber das half ja nicht. Denn Kornmaier war ja auf die Kuh hereingefallen und würde nie sie … warum auch!

Bruni saß immer noch auf dem Karussell, das bald einige Schrauben verlieren würde, einfach weil es keine Pause bekam. Und wieder spießte sie mit ihren Wanderstöcken Krokodile auf, und es war ihr sogar egal, als Detti sie einholte. Ja, sie wunderte sich nicht mal, so egal war ihr das.

»Na, Bruni?«

Was wollte er von ihr. Ihr war nicht nach Unterhaltung.

»Hmm?«

»Ich bin dein Ehemann, und irgendwie schneidest du mich, find ich.«

Ach ja? Der Blitzmerker, der.

»Da bildest du dir was ein.« Brunis Stockeinsatz verstärkte sich noch.

»Mal was ganz anderes Bruni, ich bräuchte mal ’ne Nagelfeile, hast du eine mit?« Detti guckte so harmlos, dass es Bruni aufgefallen wäre, hätte sie geguckt, sie guckte aber nicht.

»Hmm, hab ich.«

»Kannste die mir nachher mal borgen?« Dettis Jagdfieber glitzerte und funkelte um ihn herum wie ein Strauß Wunderkerzen, aber Bruni guckte immer noch nicht.

»Hmm, kann ich.«

»Bis später, Bruni.«

Sie blickte ihm kurz nach. Detti humpelte kaum noch. Schade.

Inzwischen hatte Kornmaier Gerlinde und Josef eingeholt. Beide hockten auf dem Weg und beguckten was. Kornmaier war stehengeblieben.

»Wir retten ein Vogeljunges.« Gerlinde hatte vorsichtig ein Ästchen genommen, es unter das Junge geschoben, das sich jetzt an den kleinen Ast krallte und kugelrund beflauscht und mit kugelrunden Augen in die verwirrende Welt guckte.

Jetzt hob sie in Zeitlupe den Ast samt Vogel in die Luft, hinauf vor das kleine Astloch, aus dem die Geschwister guckten, und tatsächlich hüpfte der Vogel zurück in die Baumhöhle, und einen glücklichen Moment lang verweilte ein jeder in der Oase namens *heile Welt* und wäre dort gern lange, sehr, sehr lange geblieben.

»Nächste Rast an der Oberlochalm, Herr Kornmaier, i wart auf den Rest der Truppe.«

»Alles klar.« Kornmaier lief los und für einige Meter war der Gedanke an drohendes Unheil im Glück des Augenblicks verdämmert. Gerlinde war im Grunde die einzig Vernünftige hier. Und Josef. Und er selbst natürlich.

Kornmaier grinste, Otto würde Einspruch erheben. Mit Recht.

Die Oberlochalm entpuppte sich als winziges Steinhäuschen, das bei dem Wetter überstrapaziert war. Langsam trudelten alle ein und für einen Moment hatte sich Kornmaier gewundert: er als Erster irgendwo.

Sein Blick wanderte über die Gruppe. Bruni packte gerade ihren halben Rucksack aus, Detti stand daneben, und Kornmaier war seltsam alarmiert.

»Hier, bitte sehr.« Bruni reichte Detti die Nagelfeile und anstatt sich hinzusetzen und zu feilen, was zu feilen war, holte Detti seine Taschenlampe raus und hielt die Feile unter das Licht.

Zu spät.

Zu spät wurde Bruni klar, was Detti da machte.

Sie würde alles abstreiten, konnte ja jeder an ihren Rucksack. Fertig.

»Kann ja jeder an meinen Rucksack.«

So, wie doof konnte man sein. Der Satz war zu früh gesagt. Sie hatte sich gerade selbst überführt.

»Lauter braunes Zeug in der Feile, sieht aus wie Leder. Woher das wohl stammt, Bruni. Woher das wohl stammt?« Langsam drehte sich Detti zu Bruni. Es war ihm völlig schnuppe, dass hier circa zwanzig Leute mithörten. Er konnte es nicht fassen.

»Warum?« Detti wollte das wirklich wissen.

Leise hatte er das gefragt, und dann knallte es raus: »Warum!«

Betonung auf dem »WA« und das war eigentlich keine Frage mehr. Das war ein Wutausbruch. Im Gastraum war Stille eingekehrt.

Kornmaier seufzte. *Einsatz, Theophil, ob's dir passt oder nicht.*

»Und jetzt gehen wir mal ganz gemütlich raus.« Mit einem Mal stand er dicht neben Detti.

»Klappe!« Detti hatte Kornmaier nur einen kurzen Blick zugeworfen – wollte der sich wieder einmischen – und baute sich drohend vor Bruni auf.

Kornmaier seufzte noch mal. Polizeigriff, Detti nach vorn beugen, Protestgeheul anhören, rausbringen und draußen drei Worte.

»Selber Klappe, Blondie.«

Detti, dunkelhaarig im Übrigen, wusste nicht, wie ihm geschah.

»Sag mal …« Er war tatsächlich sprachlos.

Und wusste, dass er keine Chance hatte gegen Kornmaier. Das war eben so was von eindeutig gewesen. Demütigend im Quadrat. *Blondie* hatte er gesagt. Infam.

»Ich werd dir mal was sagen …« Nein, es gab nichts, nichts, was Detti machen oder sagen konnte. Zumindest im Moment nicht.

Detti sah zur Hütte, da standen die meisten inzwischen draußen oder lugten durch die Fenster und beobachteten gespannt die Szene. Er war blamiert, wie er noch nie blamiert worden war.

»Das kriegt ihr alles zurück, das schwör ich euch! Alle, wie ihr da steht.« Nicht mal das wagte er, sich direkt an Kornmaier zu wenden.

Der trat einen Schritt auf Detti zu.

»Ja, ich geh ja, meine Fresse.« Er hatte große Lust, wieder mit zwei Fingern zwischen seinen Augen und dem ganzen Rest der Meute hin und her zu zeigen. Traute sich aber nicht.

»Blödes Pack, was glotzt ihr so!«

Kornmaier machte also noch einen Schritt, stand wieder ganz dicht bei Detti. Guckte ihn gutmütig an, was im Grunde doppelt infam war.

Für den Moment war nichts zu machen, Detti gab auf, ging zu seinem Rucksack, schulterte selbigen und verschwand wortlos und leicht hinkend Richtung Zams.

Was für ein Auftritt.

Kornmaier war klar, jetzt würde er in anderem Licht dastehen, das wollte er gar nicht, er wollte seine Ruhe und ein Blick aus dem Augenwinkel auf Bruni half nicht.

Er würde wieder anfangen müssen mit dem Dichten. Gerade eben war er vom Verbrecher, warum eigentlich, zum Helden aufgestiegen. Lästig.

Und er machte sich ein bisschen Sorgen Dettis wegen. Er kannte solche Typen. Der würde keine Ruhe geben, da würde noch was kommen. Er würde ab jetzt wachsam sein müssen.

Wahnsinn. Das war doch der Wahnsinn.

Josef war erschüttert. Hatte er je einen unzivilisierteren Haufen Irrer über die Alpen bugsieren müssen? Erst Johanna, jetzt Detti. Waren denn alle auf Drogen? Für einen Moment erwog Josef das ernsthaft.

Zum Glück hatte sich Kornmaier in der Not als unerwartet effektiv erwiesen.

Irgendwie musste er die jetzt alle noch nach Zams schaffen, und dann würde er abbrechen. Er würde nicht seine Lizenz aufs Spiel setzen, wer weiß, was noch passieren würde. Der Gedanke an seine eigene Bergführerschule tröstete ihn. Noch vier Stunden, Josef, das schaffst du.

Geh' ma.

Einen gemeinsamen Feind zu haben, schweißt zusammen. In manchen Fällen nur für zehn Minuten oder so, aber immerhin.

Und so gab es bei den Alpenüberquerern einen wunderbaren Moment des Gemeinschaftsgefühls.

Man rückte zusammen und blickte sich ins Gesicht. Zustimmend in der Empörung, erleichtert über den Abgang Dettis und anerkennend, was den bis dahin als sonderbar geltenden Kornmaier betraf.

Dann wurden die Rucksäcke hochgewuchtet und dem weiteren Abstieg ins Auge geblickt.

Es war höchste Zeit für Gerald.

Zum Glück war Johanna nicht da.

Wieder hatte ein anderer geglänzt, wieder war er nur die kleine Nummer geblieben. Kornmaier war ihm allerdings nur zuvorgekommen, sonst wäre Gerald natürlich … im Grunde hatte der sich wichtiggemacht, der Kornmaier, und hatte sich vorgedrängt, Gerald war doch schon auf dem Weg gewesen, um Detti aufzuhalten, im Grunde … ach, es war müßig, darüber zu sinnieren, etwas anderes war jetzt viel wichtiger. Er musste Gerlinde sehr, sehr schnell auf und an seine Seite bringen. Verdammt schnell.

»Gerlinde! Warte mal kurz!«

»Was willst du?«

»Bleib doch bitte mal stehen.«

»Und jetzt?« Sie war tatsächlich stehen geblieben.

»Ich …« Gerald zögerte kurz, »ich will dir was sagen.«

»So?«

Mann, Mann, Mann. Gerlinde guckte echt angepisst aus der Wäsche.

»Ja, ich wollte, ich möchte … dich überraschen. Jetzt. Ich … das sollte eigentlich alles romantischer sein, aber auf dieser Wanderung, also da geht ja so einiges, also: schief.«

Gerlinde guckte undurchdringlich und schwieg.

»Also die Überraschung.« Gerald hoffte auf irgendein Wort von Gerlinde, da kam aber nichts. Also atmete er tief ein und aus.

»Die Diplomarbeit ist fertig.«

Gerlinde guckte weiter ausdruckslos, verlagerte nur ihr Gewicht von einem Bein auf das andere.

»Und … und jetzt können wir heiraten und alles. Also Kinder und so.«

Gerlinde antwortete immer noch nicht. Aber etwas recht Seltsames geschah. Tränen liefen über ihr Gesicht, und ihr Kinn begann zu zittern. Sie drehte sich um und wanderte los.

»Gerlinde? Gerlinde!«

Wieso freute die sich nicht?

Gerald stand immer noch da, vor den Kopf gestoßen, so fühlte sich das also an. Kurz befühlte er seine Stirn. Was hatte das zu bedeuten?

Mit ein paar unsicheren Schritten versuchte er, seine Benommenheit loszuwerden. Jetzt musste er sich an Josef halten, so schwer es fiel.

Kornmaier hatte es schon fast vergessen, jetzt fiel es ihm wieder ein. Vorhin, als die ganze Detti-Chose abgelaufen war, da hatte er, so aus dem Augenwinkel – Kornmaier setzte im Denken ab, wie um eine klärende Pause zu machen –, da hatte er, und er könnte schwören, dass es so war, da hatte er Johanna gesehen. Inmitten einer Wandergruppe war sie an der Hütte vorbeigelaufen und hatte in die andere Richtung geguckt. Wie um nicht aufzufallen.

Je mehr er darüber nachdachte, umso absurder schien das. Wie kam er darauf, eine Person in einem Regenponcho eindeutig zuordnen zu können. Der Gang oder war es etwas anderes. Aber was?

Und klar. Jetzt hing Bruni an seinen Hacken.

»Also, Herr Kornmaier, ich möchte …«

Kornmaier war stehengeblieben.

»Nein, Bruni, bitte nicht. Das war selbstverständlich, und ich möchte nichts mehr davon hören. Bitte.« Umdrehen, weitergehen.

Er drehte die Augen zum Himmel, ja, er war unhöflich, ja, er enttäuschte sie, aber zum Teufel noch mal, er war nicht hier, um andere Leute vor Enttäuschungen zu bewahren. Hätte die Sollenhauer auch so gesehen. Basta.

Hinter ihm war es still geworden.

Offensichtlich hatte Bruni die Verfolgung eingestellt, Gott sei Dank. Und langsam kehrte wieder innere Ruhe ein, konnte er wieder beginnen, dem Regen zu lauschen. Ein Blick in den tiefgrauen Himmel hatte gezeigt, das Wetter würde so bleiben.

Inzwischen zogen Wolkenfetzen wie Nebelbänke durch den Lärchenwald, und da war es wieder, dieses Gefühl der Bedrohung. Detti?

Nein, da lauerte etwas anderes, etwas Größeres.

Kornmaier wollte das Gefühl loswerden, es abstreifen wie ein Tier, das auf seinem Rücken saß. All das Grau.

Er atmete tief ein. *Matti, mein Matti …*

Nein, nicht jetzt, nicht hier, aber wann dann, Theo, wann dann? Scheiß-*Exposition-in-vivo*-Dreck.

Es gab gar keine Bedrohung. Nur eine Erinnerung an Wolken und Grau und Steinschlag.

Das musste es sein.

Nur das.

Und dann geschah es doch. Plötzlich und unerwartet. Verstörend, so als habe es seit Tagen in der Luft gelegen, von Beginn an.

Und gleichzeitig irreal, nicht in diese Welt gehörend. In diese wassergetränkte Welt, in der so etwas nicht geschehen konnte, weil der Regen doch schon da war. Genug Raum in Anspruch nahm. Da hatte etwas anderes keinen Platz mehr.

Ein jeder erstarrte dort, wo er gerade war. Blieb stehen und rührte sich nicht. Lauschte. Hoffte, im Lauschen Gewissheit zu erhalten, dass es vielleicht doch nicht das war, was es zu sein schien.

Ein Schrei hatte die Monotonie der Geräuschkulisse wie das Glas eines Aquariums zersplittern lassen. Ein Schrei, der sich irritierend schnell entfernte und ganz plötzlich abbrach. So, als sei da einer mit einem Katapult abgeschossen worden. Dann war ein dumpfer Aufschlag zu hören gewesen, weit weg.

Aber das konnte man sich auch einbilden.

Und augenblicklich war in dem schmalen Tal alles wie zuvor, nur der Regen war zu hören, wie er ohne Unterlass auf Gräser, Bäume, Felsen und eine ganze Reihe von bewegungslosen Regenponchos fiel.

Jemand musste abgestürzt sein.

Vor ihm, es war vor ihm passiert. Eindeutig. Kornmaier nahm Geschwindigkeit auf. Er wanderte schon auf der angekündigten Abgrundpassage, noch abgemildert durch Tannen, die dort wundersamerweise Halt fanden. Noch konnte sich die Phantasie bei einem Stolperer an Zweigen und Ästen vor einem Sturz in die Tiefe retten.

Er lief jetzt schon zehn Minuten, zehn Minuten, nach denen diese Stille eingekehrt war. So als habe es diesen Schrei, dieses Zersplittern des Gewohnten, nie gegeben.

Kornmaier blieb stehen. Vielleicht war er an der Stelle schon vorbei?

Er stand da, hatte aufgehört, vor sich hin zu rascheln, und merkte es jetzt deutlich, er hatte weiche Knie.

Das war doch wie arrangiert, als habe die Sollenhauer da per Lautsprecher ein grausames Déjà-vu inszeniert.

Rucksack runter, Kornmaier musste sich setzen. Rücken an die Felswand. Steil ragte die hinter ihm auf, vor ihm tat sich der Abgrund auf, zweihundert Meter ging's da runter, fast senkrecht bis zum, in den Tiefen des Tales, rauschenden Lochbach.

Angst zog auf.

Nein, die zog schon länger auf, aber jetzt konnte er nicht mehr so tun, als sei da nichts. Und das Gefühl, gefangen zu sein, war da. Kein Vor, kein Zurück. So wie er gefangen war in seinem Matti-Trauma. Da gab es auch kein Vor und kein Zurück.

Es kam keine Trauer auf, es war mehr ein Schock, lähmend, und wenn er jetzt nicht höllisch aufpasste, würde er anfangen zu hyperventilieren.

Theo, es ist genug Luft da, krieg dich wieder ein.

Er versuchte, sich darauf zu fokussieren, keine nassen Beine zu kriegen, den Regenponcho zweckmäßig über sich zu drapieren. Er zog hier, er zog da und sah zu, wie seine Hände zitterten. Prüfte seine Schnürsenkel, zog wieder am Poncho herum. Hob ein kleines Stück Papier auf, versuchte zu lesen, was da stand. Es musste sich um die letzten Worte zweier Zeilen handeln: *schreibe. du* und in der zweiten Zeile: *jetzt.*

Interessant, rasend interessant, er steckte den Zettel mechanisch ein. Dann nahm er ein Steinchen und zog eine gerade Linie in den feinen Schotter des Pfades.

An was anderes denken.

Scheiß-Drecks-*in-vivo*-Scheiße.

Josef tauchte auf.

Offensichtlich hatte der kehrtgemacht und war den Steig zurückgerannt. Außer Atem blieb er stehen.

»Kornmaier! Alles okay?«

Es war das erste Mal, dass sich Kornmaier wirklich

freute, Josef zu sehen. Man stelle sich vor, Bruni hätte ihn in dem Zustand gefunden.

»Geht so. Der Schreck.«

Er griff nach Josefs ausgestreckter Hand. Ließ sich hochziehen und lehnte sich gleich wieder gegen die Felswand.

»Jemand ist abgestürzt?«

»I fürcht, ja. I zähl gerad unsere Leute durch. Keine Ahnung wer, i hoff, nicht aus unserer Gruppe.« Aber im Grunde sah Josef nicht im Geringsten hoffnungsvoll aus.

»War sonst keiner hinter dir?« Kornmaier hatte das mit dem Siezen erledigt, ohne darüber Worte zu verlieren.

»Keiner, und wer ist hinter dir?«

Irritation.

»Hinter mir ist Bruni. Ziemlich sicher. Laura vorn, glaube ich.«

Wer kümmerte sich schon um die anderen Leute, wenn man in Gedanken war.

»Vor uns ist auf alle Fälle Detti.«

»Zefix. Ich hätte die Gruppe zammhalten müssen.«

Wo genau waren Gerlinde, Gerald und Laura?

»Was ist denn passiert?«

Bruni war in einer pinkfarbenen Ponchowolke aufgetaucht.

Es umwehte sie eine rosige Fröhlichkeit, die aber nur dem Wind geschuldet war.

»Bruni, hast du jemanden aus unserer Gruppe gesehen?«

»Klar, also vorhin, ach, du meinst *jetzt,* wahrscheinlich, eigentlich nicht, nein.« Auch sie hielt sich dicht an der Felswand.

»Was ist denn los?«

»Wir wissen nicht, wo die anderen sind.«

Das war untertrieben.

Hätte Josef mal auf sich gehört, er wäre mit dieser Katastrophen-Truppe gar nicht erst aufgebrochen.

»Wer war denn hinter dir, Bruni?«

»Hinter mir, hinter mir«, sie überlegte, »hinter mir, da war, ich glaube, da war niemand. Also niemand aus unserer Gruppe.«

Das gab's doch nicht.

Drei Leute waren weg.

Kornmaier hatte das Gefühl, mit seinem Poncho wie eine am Fels klebende, überdimensionale Fledermaus auszusehen. Er musste hier weg, schnell. Wenige Meter von ihm entfernt hing eine pinkfarbene Fledermaus, die er jetzt auf keinen Fall ertrug.

»Ich geh nach Zams, wenn ich jemanden von uns treffe, pfeif ich.« Vorsichtig ließ er die Wand los und hob seine Stöcke auf. »Dreimal.«

»Super.« Josef wandte sich zum Gehen, drehte sich noch mal um. »Kannst du jodeln, Theo?«

Kornmaier guckte schuldbewusst. »Leider nicht.«

»Ist nämlich schön laut.«

Kornmaier zuckte die Schultern.

Josef hob die Hand, er würde jetzt zurück zur Oberlochalm, Alarm geben.

Und ehe Bruni reagieren konnte und Josef sich an ihr vorbeigeschoben hatte, war Kornmaier um die nächste Wegbiegung verschwunden.

Aber es gab kein Entkommen, das hätte er sich doch denken können.

Dreihundert Meter weiter stoppte er abrupt. Da war was. Wenn man nicht gesucht hätte, nicht geguckt hätte, ja dann, aber so war es ja heute nicht.

Da war also was.

Ein riesiger Felsen war auf den Weg gestürzt, schon vor längerer Zeit, hatte nur noch einen schmalen Streifen Weg für den Wanderer übriggelassen, vielleicht dreißig Zentimeter, und genau dort, Kornmaier besah sich das nur ungern genauer, genau dort, schien jemand weggerutscht zu sein, hatte keinen Halt gefunden. Die Ränder der Abrutschspuren waren noch scharfkantig und gut erkennbar.

Sah aus wie eine Absprungschanze für paraglidende Zwerge.

Kornmaier musste ein bisschen aufpassen, dass er nicht überdrehte. Im Grunde fühlte er sich wie ein Kind, das schon seit drei Stunden ins Bett soll und jetzt erst so richtig austillt.

Paraglidende Zwerge, genau, Theo, jetzt konzentrier dich mal hier.

Jetzt erst mal über den Abgrund lehnen und gucken. Gucken, ob da was zu sehen war.

Bruni tauchte auf. Das mit dem Dichten ging jetzt wirklich nicht.

Und über den Abgrund lehnen, ausgeschlossen.

Was half es, was ein Mann tun musste, musste ein Mann tun.

»Ach, Bruni, wären Sie wohl so freundlich und hielten mich mal eben fest?« Hatte er das gerade gesagt? Hatte er.

Bruni näherte sich zögernd, sie hatte sich da wohl gerade verhört.

»Ich muss mal ein Foto machen.«

Würde er stürzen, würde sie ihn nicht halten können, aber die Macht der Vorstellung war ja alles. Sie war Herkules, er war in Sicherheit. Punkt.

Bruni griff also Kornmaiers Poncho, zog probeweise mal dran und beobachtete klopfenden Herzens diesen Mann, der ihr gegenüber scheinbar zwischen Annäherung und Abstoßung hin und her oszillierte. Dachte sie zumindest. Noch war doch Hoffnung, oder?

Kornmaier also hielt die Hand samt Handy über den Abgrund und machte Fotos, veränderte den Winkel jedes Mal ein bisschen, und nach zwanzig Bildern zog er die Hand zurück, dankte still dem lieben Gott, dass das Ding nicht aus der Hand gerutscht war, dankte Bruni, lehnte sich wieder gegen die Felswand.

»Wären Sie so freundlich und würden mal Ihren Poncho anheben?« Ja, auch das hatte er gerade gesagt.

Zögernd hob also Bruni ihren Poncho, und Kornmaier konnte unter diesem Regenschutz Bild für Bild betrachten. Wie Bruni das interpretieren würde, wollte er definitiv nicht wissen.

Gute Fotos, aber das, wonach er suchte, war nicht drauf.

Auf den ersten Blick zumindest nicht.

Er würde unten in Zams noch mal genauer gucken.

Bruni. Da stand sie immer noch, klar. Er runzelte die Stirn.

»Dann wollen wir mal.«

Er breitete die Arme aus, schmiegte sich an den Felsen, drehte dem Abgrund den Rücken zu und stellte sich vor, in seinem Wohnzimmer zu sein. Fünfzehn Zentimeter hinter seinen Bergschuhen hatten sich Zwerge mit ihren Paraglidern in die Luft geschwungen, das Wohnzimmer kam dagegen nicht an. Aber dass Bruni ihn beäugte, das half, Genervtsein hatte doch etwas Erdendes.

Jetzt war Bruni dran. Für einen Moment hatte sie Sorge, von einem Windstoß davongetragen zu werden. Ihr Poncho blähte sich, bereit, sie in die Lüfte zu heben, es den Zwergen nachzutun, aber ER war ja da, alles war gut.

Und ja, er war da und sah ein: Unabwendbar lag ein gemeinsamer Abstieg vor ihnen. Sie würde ja wohl kein Gespräch beginnen wollen unter diesen Bedingungen. Er beschloss, für den Fall der Fälle spontan eine Schwerhörigkeit zu entwickeln.

Laura war sich sicher, sie würde es nicht bis Zams schaffen.

Die Toilette in der Oberlochalm hatte sie nicht kennenlernen wollen.

Bis Zams würde es wohl gehen, tat es aber nicht. Seit zehn Minuten suchten ihre Augen nach dem richtigen Platz. Dies Gebüsch war zu licht, der Baum zu schmal, der Stein zu dicht am Abgrund, und dann endlich tauchte er auf, der perfekte Ort.

Laura sicherte den Weg in beide Richtungen, keiner zu sehen, also runter vom Weg und hinter dem Stein verschwinden.

Hätte sie einen Herzinfarkt bekommen wollen, jetzt war der richtige Moment. Keine zehn Zentimeter vor ihrer Nase stand Johanna.

Wortlos.

»Was …«, mehr war nicht drin in Lauras Wortvorratskammer.

»Mauer-Flower, wenn du irgendjemand erzählst, dass ich hier bin, murks ich dich ab.«

»Ich sag das den anderen, du darfst gar nicht hier sein!«

»Hörst du schlecht? Ich murks dich ab. Kein Wort, kein einziges.«

Johanna griff nach Lauras Arm, drehte ihn um, folgte Lauras Bewegung, ihrem Einbrechen in den Knien wie in einer lang geübten Choreographie, ließ sie los, ließ sie ein wenig hochkommen, griff wieder nach ihrem Arm, drehte wieder, tanzte weiter ihren ganz persönlichen Tanz.

Johanna war Laura weit überlegen.

»Hilf…« Lauras Hilferuf brach ab, als Johanna sie dahin boxte, wo andere Leute einen Bauch haben. Und wieder ging Laura zu Boden, versuchte, Luft zu bekommen. Kornmaier hätte mit Abscheu einen Volltreffer in den Solarplexus registriert. Aber Kornmaier war nicht da, wenn man ihn schon mal brauchte, war er einfach nicht da.

»Haben wir uns jetzt verstanden? Ja?« Johanna trat einen Schritt zurück. »Hau ab jetzt. Verschwinde.«

Laura erhob sich taumelnd. Taumelnd wankte sie auf den Weg zurück, hörte noch, wie ihr Johanna ein *Mauer-Flower* hinterherzischte. Wankte den Abgrund entlang, wusste nicht, wie ihr geschehen war, konnte nicht einordnen, fand keinen Halt in ihrem Wertesystem.

Nur eines flimmerte, einer defekten Neonleuchte gleich, an ihrem Bewusstseinshorizont, sie würde jetzt sofort jemandem Bescheid sagen. Hinter ihr war Josef gewesen, auf den musste sie jetzt nur warten, gar nicht schlimm, gar nicht schwer. Langsam weggehen und gleichzeitig warten, das würde sie schaffen.

Mauer-Flower, davon würde sie noch lange was haben, das würde ihr Gedächtnis nicht so schnell verlassen.

Wie verlockend es jetzt war, einfach einen winzigen kleinen Schritt nach rechts zu machen, hinaus in die regengetränkte Bergluft, vielleicht konnte man in der inzwischen schon schwimmen, wäre doch möglich, so ein, zwei Züge, und dann einfach hinab, hinab, hinab, und alles hatte ein Ende, endlich, ein endliches Ende, Laura lachte kurz auf, endlich ein endliches Ende. Nur ein kleiner Schritt, eine Sekunde und fertig, und ihrer Mutter würde vielleicht einmal für zwei Minuten auch nichts einfallen.

Oder einfach zur Seite wegkippen, aber dann würde sie mit dem Kopf zuerst landen. Laura stellte sich vor, wie ihr Schädel wie ein hart gekochtes Ei aufknacken würde. Ihr Hirn würde mal Tageslicht zu sehen bekommen, diese Gelegenheit bekamen ja nur ganz wenige Gehirne.

War ja noch genug Sauerstoff da und das Herz, na ja, kam drauf an, ob das sofort aufhörte zu schlagen, wieso hörte das überhaupt auf? Vor Schreck?

Mauer-Flower. Ob sie noch etwas denken würde, oder war man gleich mausetot? Und was würde das sein? Der letzte Gedanke? Was? *Mauer-Flower?*

Wo blieb Josef?

Genau besehen gab es inzwischen etliche Gründe, die es fraglich erscheinen ließen, ob Laura es bis Zams schaffen würde.

Vor Kornmaier lief seit fünfundvierzig Minuten eine Farbirritation, ein Augenschmerz. Er hätte Bruni doch nicht den Vortritt lassen sollen. So grellte sie aus all dem Graugrün wie eine Schiffssirene.

Dieses Bergab nahm kein Ende.

Er musste unbedingt später im Hotel die Fotos genau ansehen, da war doch jemand abgestürzt, aber wer? Irgendjemand, der verdammt ungeschickt gewesen war, oder jemand hatte diese günstige Stelle genutzt und jemanden gestoßen.

Für einen Moment war Kornmaier von einem Gedanken erfasst worden, der so absurd war, dass er sich gegen die Felswand lehnte: Hatte er damals Matti gestoßen?

Erinnerungen waren ja nachgewiesenermaßen höchst unzuverlässig. Und sein aus dem Unterbewusstsein geborener Albtraum wollte ihm etwas anderes weismachen? Aus dem Schuldigen einen Unschuldigen machen?

Hatte er je deutlicher ein Schuldgefühl empfunden als heute?

Bruni war umgedreht, die kriegte aber auch alles mit, die Frau.

»Alles okay?« Brunis Poncho flatterte lustig um sie herum.

»Alles prima, musste nur einen Schuh neu binden.«

Und für einen kleinen Moment konnte Kornmaier die Versuchung verstehen, mit einem einzigen Stoß Dinge wie pinkfarbene Ponchos, Fragen und Nerverei einfach in den Abgrund zu stoßen.

Und dann war er plötzlich da. Lärmend und alles auf merkwürdige Weise real werden lassend.

Ein Rettungshubschrauber bretterte durch das Tal, knapp unter der Wolkendecke höllenlärmte er an ihnen vorbei, wurde langsamer und begann den fraglichen Abschnitt abzusuchen, blieb in der Luft stehen, sank etwas ab, veränderte die Suchposition, blieb wieder stehen. Das Tal war hier zu schmal, um ganz runterzugehen.

Kornmaier und Bruni waren kurz stehengeblieben.

»Ich kann das alles gar nicht glauben.«

Dem konnte Kornmaier nichts hinzufügen, also ließ er es.

Nach einer halben Gedenkminute setzten sie sich wieder in Bewegung.

Der Weg führte jetzt um den Berg herum, aus dem Tal heraus, kroch schmal auf halber Berghöhe den Fels entlang, um dann in Serpentinen hinab und dem Städtchen Zams zuzustreben. Das schmerzlaute Knattern des Helikopters verdämmerte hinter der Kurve.

Kornmaier hörte Schritte hinter sich. Josef schloss auf.

Unter seiner Sonnenbräune lag das Grau des Schreckens.

»Und?«

»Nichts.«

Einen Moment stand die kleine Gruppe ratlos herum.

»Dann auf ins Tal.« Kornmaier markierte einen Start. Ließ Bruni wieder den Vortritt, nickte ihr zu, deutete eine Verbeugung und ein Lächeln an.

Und brav lief Bruni los und klöppelte mit ihren Stöcken ins Tal hinunter. Kornmaier war gar nicht erst losgelaufen.

»Johanna ist vorhin an mir vorbei.«

»Waas?«

»Ich bin mir ziemlich sicher. Der Gang.«

»Herrschaft. Das ist ja … ich muss mit Hubi telefonieren. Hat's hier schon a Netz?«

»Hab's noch nicht probiert. Und noch was: Ich hab ungewöhnliche Spuren gefunden.«

»Ungewöhnliche was?«

Der Lärm des mit Tempo aus dem Tal fegenden Hubschraubers ließ Kornmaiers Stimme verschwinden.

Also schrie er jetzt aus Leibeskräften: »Ungewöhnliche Spuren! So, als sei jemand abgerutscht. Zeig ich dir nachher. Hab's fotografiert.«

»Okay.« Josef war sich nicht ganz sicher, ob er richtig gehört hatte, hob aber vorsichtshalber einen Daumen und verschob alles weitere auf die Ankunft in Zams.

Johanna hatte ihre Fäuste geballt. Sie konzentrierte sich nur darauf, mit den Knöcheln der Mittelfinger sachte aneinanderzustoßen. Immer wieder. Im gleichen Tempo, im gleichen Rhythmus, während in aller Stille das Wasser in ihren Bergstiefeln stieg. Sie wusste jetzt, warum jemand diesen Billig-Poncho weggeworfen hatte. Nein, sie wusste das nicht wirklich, weil sie mit ganz anderen Dingen beschäftigt war. Gerade war sie sehr, sehr wütend. Und sie wollte nicht vor Wut schreien, auf keinen Fall, und das konnte gerade schnell mal passieren. Dämliche Bruni, dämliche Laura.

Aber die würden sie nicht wirklich aufhalten, das waren doch nur kleine Verzögerungen auf Johannas Zielgeraden. Randerscheinungen, sozusagen. Langsam öffnete Johanna ihre klammen Hände.

Spätestens im Tal würde sie Kornmaier wohl erwischen.

Jetzt knirschten Schritte auf dem Schotter des Pfades.

Eine fremde Wandergruppe tauchte auf, ging im Gänsemarsch an ihr vorbei, die Blicke auf den Boden gerichtet, und Johanna schloss sich ihr verstohlen und lautlos an.

Auf der ersten Bank, die in Sicht kam und dem ermatteten Wanderer Erholung bot, saßen Gerlinde, Detti und inzwischen auch Bruni.

Schicksalsgemeinschaft. Burgfrieden. Und erst jetzt realisierte Bruni, dass sie ein Doppelzimmer gebucht hatten, das ging nicht mehr. Das musste sie noch ändern.

»Habt ihr das auch gehört? Vorhin?« Brunis Blick streifte Gerlinde, die ziemlich erschöpft aussah. Ein wenig abwesend wirkte. Die Jugend schwächelte, das war ja mal wieder typisch.

Keiner reagierte.

»Den Schrei, mein ich.«

»Den Schrei meiner Blasen? Meinst du den?« Detti blickte zu Bruni herüber. Zu seiner eigenen Überraschung hatte ihn doch eine gewisse Erschöpfung friedlich gestimmt. Und es war nicht mal eine körperliche Erschöpfung, diesen Wortzusammenhang wollte er angesichts der heutigen mickrigen Herausforderung nicht genannt wissen, mehr das mit Bruni und Kornmaier und diese ganze vergurkte Wanderung, das hatte ihn erschöpft, auch wenn er es so nie bezeichnet hätte. Seine Füße waren jetzt wieder in schlechterer Verfassung, aber er war einfach nur froh, sitzen zu können und nicht streiten zu müssen. Und so, von sehr weit außen betrachtet, konnte man schon sagen: Seine Wut war auf dem fünfstündigen Abstieg zermürbt worden.

»Jemand ist wohl abgestürzt.« Pause. »Ihr habt also nichts gehört?«

Stille. Und in diese Stille hinein Gerlindes Stimme: »Gerald will mich heiraten. Das hat er mir vorhin gesagt.«

Sie lächelte. »Ich kann es noch gar nicht glauben.« Dann wandte sie sich Bruni zu. »Nicht sehr romantisch, bei dem Wetter, oder?«

»Ach.« Mehr konnte Bruni nicht sagen.

»Ja, kein Kniefall, nichts.« Gerlinde beugte sich nach vorn und strich Wassertropfen von ihrem Regenzeug. »Dabei hab ich so lange drauf gewartet. So lange.«

Gerlinde legte den Kopf in den Nacken. Es hatte aufgehört zu regnen.

»Ich bin so glücklich.« Dann begann sie zu schluchzen.

15 Uhr: Ankunft der Restgruppe in Zams, im *Hotel Jägerhof*.

Kornmaier hatte keine Energie, um zu prüfen, ob es sich wohl um das erste Haus am Platz handelte, bezweifelte es aber aus Gründen, deren Ausführung jetzt definitiv zu weit führen würde. Ein Einzelzimmer und der phänomenale Luxus, Wäsche waschen zu lassen, das reichte völlig.

Noch stand die Gruppe unschlüssig vor der Rezeption herum. Wo zum Henker waren Gerald und Laura?

Gerlinde hatte nur gelächelt. »Ach, der Gerald, der muss das erst mal verarbeiten, das mit dem Heiratsantrag.«

Sie hatte ihre Hände von sich gestreckt und ihre leeren Ringfinger betrachtet, immer abwechselnd. »Der ist vielleicht einen anderen Weg gegangen, dem war das doch eh zu viel Abgrund.«

Dann hatte sie zuversichtlich in die Runde geblickt.

Und ja, es gab einen anderen Weg. Über die Silberscharte und die Alfuzalm, aber viel länger war das als direkt nach Zams. Für Gerlinde wurde die Silberscharte zum Silberstreif.

»Eben, viel länger, deswegen ist er noch nicht da.« Gerlinde war sich sicher. »Der kommt noch.«

Und wieder hatte sie gelächelt, hatte kurz an ihr Brautkleid gedacht und daran, wie sie begonnen hatte, Kindernamen auszusprechen. Na ja, geflüstert hatte sie die. Namen, die sie bisher nur gedacht hatte in stillen Stunden, in denen sie nur heimlich geweint hatte, um Gerald nicht unter Druck zu setzen.

Maximilian, Lena, Titus, Hermine, Lorenzo, Meghan und Harry. Gerald würde aussuchen dürfen.

Und dann war Gerlinde auf ihr Zimmer. Der Rest blieb zurück und behielt seine Zweifel an Geralds Auftauchen für sich.

»Heiratsantrag?« Kornmaier sah Bruni fragend an. »Bei dem Wetter?« Er kannte sich mit Heiratsanträgen nicht aus, aber dass das irgendwie mit einigem romantischen Tamtam zu erfolgen hatte, davon hatte sogar er schon gehört.

»Ja, hat sie jedenfalls gesagt.« Bruni war glücklich. Schon wieder hatte Kornmaier sie etwas gefragt. Er legte Wert auf ihr Urteil. Bezog sie ein.

Zeit, demonstrativ ein Einzelzimmer zu bestellen. Dass Detti sich darüber wunderte, wunderte sie. Wie beschränkt war der eigentlich?

Und dann waren Detti und Bruni auf ungelenken Beinen in verschiedene Richtungen abgezogen.

Abendessen um 19 Uhr. Nur Kornmaier und Josef standen noch zusammen. Laura? Wo war die?

Und, auch nicht zu verachten, so als mögliches Problem, wo war Johanna? Eine unkontrollierte Irre, im schlimmsten Falle schon im Hotel.

Josef hatte mit Hubi und der Bergrettung telefoniert. Um zehn Uhr hatte Hubi in Johannas Zimmer gelinst, und da war sie schon weg gewesen. Kein Zettel, kein Nichts. Johanna samt Wanderschuhen und Rucksack auf und davon. Aber wohin?

Bei der Bergrettung gab es keine Neuigkeiten, die Wärmebildkamera hatte nichts ergeben, gesehen hatte man auch nichts, man brauchte präzisere Angaben bezüglich der Absturzstelle.

»Johanna muss schon lange in Zams sein.« Kornmaiers Blick streifte Josef, der einfach grundkaputt aussah.

Je länger er darüber nachdachte, desto gewisser wurde ihm das. Ja, klar, im Grunde konnte man keinem Zeugen trauen, das wusste er nur allzu gut. Aber das war im Grunde, zumindest bei ihm selbst, nicht möglich, um nicht zu sagen: ausgeschlossen. Er hatte Johanna ganz sicher gesehen.

»Und was wird jetzt?« Kornmaiers Frage war klar, er meinte die Wanderung.

»Tja.« Josef hatte beide Hände in die Hüfte gestemmt, den Kopf in den Nacken gelegt, als würde gleich von oben der liebe Gott die richtige Antwort heruntersenden.

Kornmaier war sich sicher: »Ich wandere so oder so weiter.« Er hatte eine Mission, die ihm eine verantwortungslose Therapeutin verordnet hatte. Wie verantwortungslos das Ganze war, hatte er sich allerdings noch nicht richtig klargemacht.

»Also eigentlich …« *Abbrechen* schrie es im Josef'schen Kopf. Jetzt! »Ich krieg jetzt erst mal raus, wo Laura und Gerald sind.« Josef griff nach seinem Handy. Das mit dem Abbruch der Wanderung würde er später verkünden. Beim Abendessen.

Kornmaier hielt Josef zurück.

»Übrigens: Ich hab Fotos gemacht.«

»Fotos?« Düster wanderte Josefs Blick durch das Foyer, was war jetzt zu tun?

»Von der Absturzstelle.«

»Absturzstelle?«

»Na, die Stelle mit der komischen Spur.«

»Sauber.« Wollte er das wirklich wissen?

Fremd war das hier. Keine blauen Fluten, die tintenblau über ihr in steter Dünung wogten. Aber auch kein Strand. Keine Kieselsteine, die unter ihren Füßen davonrutschten und die Sohlen kitzelten.

Ganz anders war hier alles. Beunruhigend, und doch begleitet von einem sonderbaren Gefühl von Aufbruch.

Johanna lag auf dem Bett und versuchte, in der Dunkelheit die Konturen ihres Zimmers zu erkennen. Ein kleiner blauer Lichtpunkt signalisierte die Funktionsbereitschaft des Fernsehgerätes.

Sie hatte geduscht und dann am Fenster stehend beobachtet, wie sich der graue Tag in grauer Dämmerung verlor. An der Rezeption hatte sie den Namen ihrer Großmutter angegeben. *Almuth Jaschek.*

Die richtige Pose, der richtige Blick hatten verhindert, dass der Hotelangestellte ihren Ausweis sehen wollte, bezahlt hatte sie gleich, in bar.

Jetzt hatte sie die Minibar geplündert. Ein Paar Schokoriegel, zwei Bier, Erdnüsse, Gummibärchen. Sie war eine Lernende. Sie musste lernen abzuwarten, den richtigen Moment abzupassen. Nichts zu forcieren. Dann würde schon alles so kommen, wie sie es wollte.

Ihr Blick wanderte zu dem blauen Punkt. Nein, nicht, wie sie es wollte, so wie es sein musste. Von höherer Macht vorherbestimmt, und sie würde dieser Macht folgen.

Johanna schaute auf ihr Handy: 22:38. Um Mitternacht würde sie sich auf die Suche machen. In irgendeinem der dreiundsechzig Zimmer dieses riesigen Kastens musste Kornmaier ja sein.

Er würde dann schon schlafen.

Johanna lächelte und hätte man dieses Lächeln sehen können, wäre man auch bei strahlendem Sonnenschein unsicher gewesen, was es zu bedeuten hatte.

Noch im Foyer hatten Josef und Kornmaier die Fotos gesichtet.

»Wir brauchen das auf einem größeren Bildschirm.« Josef hatte die Augen zugekniffen und die Fotos vergeblich groß gezogen. »Die Bergrettung kann die gut brauchen, vielleicht sehen die was.«

Der Einbruch der Kommunikationsmedien in ihre abgeschiedene Wanderwelt – nach zwei Tagen Felsen und Schotter – war seltsam fremd. So, als habe man sich zwei Tage lang etwas vorgemacht, eine Weltflucht betrieben, die einem

Ausflug nach Disneyland nicht unähnlich war. Gebahnte Wege zwischen Zivilisationsluxus. Gern hätte Kornmaier länger darüber nachgedacht, aber jetzt war keine Zeit dafür.

»So, Josef, jetzt gibt es eine sogenannte *Charmeoffensive,* zugucken und lernen.« Kornmaier hoffte, dass Josef etwas von Ironie verstand.

Er ging zur Rezeption, an der im unvermeidlichen Dirndl Frau Maria Stangel thronte. Ende fünfzig, blond, von zu vielen Diäten vorzeitig verhärmt. Sie saß da, begleitet von der Aura der autoritären Dirigentin, deren Wohlwollen sich der Gast durch ausreichend Servilität erbuckeln konnte.

»Gnädige Frau, Sie können jetzt Leben retten.«

Maria Stangel hob die Augenbrauen.

»Wie kann ich Ihnen helfen?«

Dienstleistungsdeutsch, das konnte schwierig werden.

»Zwei Menschenleben können Sie retten, wenn nicht gar drei.« Kornmaier hatte seinen Dackelblick für besondere Gelegenheiten aufgesetzt. Seine Stirn furchten horizontale James-Dean-Falten. Zufrieden sah er, wie Maria Stangels rechter Mundwinkel sich etwas anhob.

»Das dritte Menschenleben ist übrigens das meine.« Kornmaier hatte seine rechte Hand auf sein Herz gelegt und sich leicht verneigt. Als er wieder aufsah, hatte sich auch der zweite Mundwinkel angehoben.

»Sie müssen mir schon sagen, wie ich zu dieser Rettung beitragen kann.«

»Ich brauche Ihren Computer.« Blick halten, an einen Dackel denken, Hand am Herzen liegen lassen. Die entstehende Pause nicht unterbrechen.

»Ich weiß nicht, ich glaube …« Maria Stangel krauste ihre Stirn zum Abbild der Sorge.

Kornmaier ließ seine Hand sinken. Nun blickte er ernst, gefasst, seriös.

»Frau Stangel, es geht wirklich um Leben oder Tod. Die vermissten Wanderer, ich habe Fotos von der Absturzstelle, aber die sind zu klein auf dem Handy.«

»Ach so, na ja … ich bleibe aber dabei.«

»Selbstverständlich.«

Ihm würde noch irgendetwas einfallen müssen, um die Stangel-Maria vom Computer wegzukriegen, er musste rausfinden, ob Johanna eingecheckt hatte.

Dieser dämliche Datenschutz.

Detti hatte geduscht und gehofft, dass sich die Blasenpflaster lösen würden. Aussichtslos, das Zeug klebte wie irre und würde die lose Haut mit abreißen. Vor dem Spiegel betrachtete er seinen drahtigen Leib, jeder Muskel war zu sehen, kein Gramm Fett. Ein bisschen fremd wirkte sein alter Kopf auf diesem jugendlichen Körper. Die Sonne hatte bei seinen endlosen Fahrradfahrten ganze Verrunzelungsarbeit geleistet, er sah im Grunde aus wie ein Gärtner mit schlechter Laune.

Detti versuchte ein Lächeln und gab es gleich wieder auf. Dann spannte er seine Bauchmuskeln an und zählte die Muskeln seines Sixpacks durch, so wie ein Kind seine Playmobilfiguren durchzählt, mit dem Zeigefinger.

Da hatte Bruni sich doch tatsächlich ein Einzelzimmer genommen, was sollte das dusslige Gehabe.

Detti drehte sich zur Seite. Seine Bauchpartie war erstklassig.

Im Grunde hatte ihn Bruni erneut düpiert mit ihrer Einzelzimmer-Aktion. Wieso kriegte er keine Wut mehr? Wo war die hin?

Er durfte alles, nur nicht an Kornmaier denken. Detti atmete tief ein. Versuchte, Kornmaiers verhasste Fresse durch das Gesicht von Johanna zu ersetzen, lieblich, schön, abweisend und lockend. Nicht aus Interesse dachte er an sie, ganz bestimmt nicht, nur eben so. Nur um sich im Grunde nicht zu vergessen, also wenn er Kornmaier begegnen würde, also mit Wut und so. Da würden alle aber mal gucken, wenn sich Detti vergessen würde.

Und wieso war da bei all diesen Gedanken so ein bleicher Widerschein, der im Raum lag, ein Widerschein, der an Gerald erinnerte?

Also er war ja nun wirklich nicht mit Gerald zu vergleichen. Und wie zur Abwehr wurde er wütend. Gerade hatte er noch gedacht, das mit der Wut sei erledigt. So konnte man sich irren. Automatisch hob Detti die rechte Hand und ließ sie zu Übungszwecken mit zwei ausgestreckten Fingern zwischen seinen Augen und denen seines Spiegelbildes hin- und herwandern.

Auf dem großen Bildschirm des Rezeptioncomputers tauchten Kornmaiers Fotos auf.

Felsen in nassem Grau, mickrige Tannen, die sich wundersam in schmalen Felsspalten aufrecht hielten.

Auf dem neunten Foto dann etwas Blaues. Winzig.

»Was ist das da?« Kornmaier lehnte sich zurück, Josef rückte näher ran. Maria Stangel platzierte ihr Dirndl-Dekolleté zwischen den Männern, um besser sehen zu können.

»Kann alles und nichts sein.«

»Nämlich?«

»Abfall, eine blaue Jacke, ein Helm.« Josef zog sich vom Bildschirm zurück. Dann murmelte er noch mal, wie zur Sicherheit: »Oder Abfall.«

»Das ist, wenn Sie's wissen wollen«, Maria Stangel zückte eine Lupe, »das ist«, jetzt hing sie zwischen den Stühlen wie eine stürzende Balletttänzerin, ein Bein in die Luft nach hinten gestreckt, »das ist: ein Schuh.«

Zufrieden legte sie die Lupe auf den Tisch und richtete sich auf. Ganz offensichtlich wusste die Stangel-Maria nicht, was sie da gerade gesagt hatte.

»Ich ruf die Bergrettung an.« Josef hatte sich abrupt erhoben, er musste sich bewegen, lief jetzt auf und ab, versenkte die linke Hand in seinem Haarschopf, wie um sich an selbigem aus dem Sumpf des Schreckens zu ziehen, und telefonierte.

»Laura hat blaue Schuhe.«

Kornmaier war sitzen geblieben und versuchte, mit den Augen an irgendetwas Halt zu finden. Er starrte auf ein gelbes Post-it, das am unteren Rand des Monitors klebte. *Bus kommt um 19 Uhr.* Dazu ein betrübt blickendes Smiley. Im Jetzt bleiben, nicht in alte Matti-Welten abrutschen.

»Oh, das bedeutet …«, die Stimme Maria Stangels hinter ihm verstummte.

Theo, jetzt, jetzt ist die Gelegenheit. Er legte sein Gesicht in beide Hände. Theaterdonner, hoffentlich mit Wirkung. *Kaltblütig, bleib kaltblütig, Theo.*

Und wieder Frau Stangels Stimme: »Kann ich etwas für

Sie tun?« Schlechtes Gewissen und Dienstleistungsbereitschaft. die perfekte Kombination für seine Idee.

»Ja, das können Sie. Wären Sie so nett, einen Schnaps, den könnte ich jetzt …«

»Selbstverständlich, für den anderen Herrn auch?«

Ohne auf die Antwort zu warten und zu sich selbst sprechend, die Stanglerin: »Natürlich, für den anderen Herrn auch.« Weg war sie.

In Windeseile schloss Kornmaier das Fenster mit den Fotos. Darunter tauchte die Seite mit den heute angereisten Gästen auf. In der Kategorie *Einzelzimmer* waren das:

Ernst Säuberling. *Was für ein Name.*

Waltraud Waldsegger.

Almuth Jaschek.

Drei ältere Herrschaften offensichtlich, Johanna hatte nicht eingecheckt. Ihr Zimmer war noch unbelegt. Wenigstens etwas.

Goldgelb türmten sich Spaghetti, bekrönt mit geschreddertem toten Tier und Petersilie, es sah köstlich aus, und es war köstlich.

Kurz dachte man an Laura, die jetzt etwas über artgerechte Tierhaltung gemurmelt hätte, und noch kürzer stellte man sich die Frage: Wo war Laura?

Dann widmete man sich wieder dem Essen. Die Frage über den Verbleib von Gerald verbot sich, solange es keine Antwort gab, war ja alles offen. Gleich konnte er zur Tür reinkommen.

Detti hatte überlegt, allein zu essen, fürchtete aber, dass das als Flucht ausgelegt werden könnte. Flucht vor Kornmaier. Aber als er angekommen war, fehlten Kornmaier und Josef. Nur Bruni und Gerlinde saßen schon da. Brunis Haare sträubten sich kampfeslustig.

Er würde sie erst mal ignorieren. Das waren bestimmt die Wechseljahre, dass die so durchdrehte. Sinnkrise und so. Detti war stolz auf seine weise Milde und dachte an Johanna, diesmal mit trotzigem Interesse. Er fühlte mit plötzlicher Intensität und Klarheit die Bereitschaft, eine Affäre anzufangen, mit Johanna. Schon, um Bruni zu ärgern, eigentlich nur deshalb. Irgendwie musste er an Johannas Telefonnummer kommen.

Alle hatten sie pflichtbewusst Kohlenhydrate bestellt.

Und aßen sie, drehten Gabeln, versuchten, nicht zu kleckern, vermieden, sich anzusehen. Ein jeder aus anderen Gründen.

»Gerald kommt noch.« In das schweigende Kauen hinein hatte Gerlinde das gesagt. »Ganz bestimmt.« Ihr Blick irrte über den Tisch, fand keinen Halt. »Der hat ja Angst, also Höhenangst.«

Bruni nickte ihr zu. Sie hob ihre Gabel wie einen dozierenden Finger. »Der kommt noch, mach dir keine Sorgen.«

Wieder Schweigen. In der Ferne war das unheilvolle Schrubbern eines Hubschraubers zu hören.

Und dann kamen Josef und Kornmaier. Frisch geduscht, beide mit dem Gefühl, einen Schlag ins Genick erhalten zu haben. Da saß der kümmerliche Wandergruppenrest und wartete auf Nachrichten. Antworten, Auskünfte. Irgendetwas.

»Wir wissen noch nichts Genaues.« Josef setzte sich zwischen Gerlinde und Detti und sah sich nach einer Bedienung um.

»Aber ein bisschen was Ungenaues?« Detti fragte das kauend und ignorierte Kornmaier, der sich zu seiner Linken niederließ.

»Das Ungenaue ist extrem ungenau.« Josef stellte fest, dass er Detti nicht mochte. Gar nicht. »Es wird gesucht.«

Josef bekam die Speisekarte gereicht.

»Auch die Alternativroute über die Silberscharte wird geprüft.« Er nickte Gerlinde zu.

»Und dann noch was. Die Wanderung ist beendet.«

Detti ließ seine Gabel sinken.

»Und warum *das* jetzt?« Detti spürte, wie Kornmaier neben ihm Luft holte. In letzter Sekunde konnte Detti sich bremsen, *Klappe* zu sagen. Der Kornmaier war bei allem scheinbaren Gleichmut seltsam unberechenbar.

»Ich hab für die Überquerung bezahlt, für zwei Personen!«

Bruni lief hier auf seine Kosten, hatte sie daran schon mal gedacht?

»Für Bruni zahl ich ja auch!«

Brunis Blick hing ausdruckslos über dem Tisch.

Dann: »Du bist so ein Arsch, Detlev.«

Bruni war aufgestanden. Sie fühlte sich sicher, Kornmaier war ja da.

»So ein richtig ekelhaftes, ignorantes, widerliches Riesenarschloch.« Sie ging ein paar Schritte weg, kehrte zurück, nahm ihren Teller, wandte sich Detti noch mal zu. »Ich lass mich scheiden.« Tusch, Abgang. Vorhang.

So fühlte sich das also an, einfach großartig.

Stolz, erhaben, befreiend.

Fehlte nur noch Kornmaier, er würde ihr jetzt nachgehen, das würde er doch?

Dann war der Anruf gekommen. Die Bergrettung. Josef hatte sein Besteck zur Seite gelegt, war aus dem Restaurant gestürzt, die linke Hand wieder im Schopf. Umsonst.

Umsonst das Hoffen der letzten Stunden, umsonst das Darüber-Nachdenken, was man alles hätte anders machen können, sollen, müssen. Umsonst.

Man hatte Laura wohl gefunden. Ihre Jacke lag ganz unten, am Grund der Schlucht.

Sehr schwierig zu bergen. Und nein, Gerald hatte man noch nicht gesichtet. Weder in der Schlucht noch auf der Alternativroute über die Silberscharte. Man würde die Suche abbrechen, es wurde zu dunkel, die Wolken sanken tiefer und tiefer und umhüllten den Unglücksberg wie eine Tarnkappe.

00:00 Uhr. Es war an der Zeit.

Johanna hatte ihre Zimmertür geöffnet, war auf den Flur getreten und hatte gelauscht. Stille.

Ein Bewegungsmelder tauchte den Flur in helles Licht. In irgendeinem Zimmer lag Kornmaier und atmete. Man wusste ja nie, wie lange einer noch atmete. Ganz schnell konnte es vorbei sein. Kam ja öfter vor.

Aber in welchem der dreiundsechzig Zimmer atmete der Kornmaier. Einundsechzig falsche Türen. Einundsechzig vergebliche Versuche.

Klack, Notbeleuchtung. Regungslos im Flur stehend hatte Johanna gehofft, kraft eines Energiestromes, Kornmaier finden zu können. War aber nicht. Kein halber Energiestrom.

Sie musste runter zur Rezeption.

Im leeren Fahrstuhl sah sie in den Spiegel. Merkwürdigerweise fiel es ihr schwer, sich zu sehen, eine Fremde musste ihr im Weg stehen, eine Fremde, an der sie nicht vorbeigucken konnte.

Mit einem leichten Surren kam der Lift zum Stillstand. Unwillkürlich hatte Johanna ihre Hand an den Hals gelegt, so als wolle sie sich schützen. Wovor?

Auch das Foyer lag still, die Rezeption verwaist. Wieder blieb Johanna stehen, wieder lauschte sie.

In der Ferne war eine Stimme zu hören, so als würde jemand telefonieren. Schnell hinter die Rezeption, schnell vor den Computer setzen, schnell nach Kornmaier suchen. Johannas Blick versuchte, einen Ansatzpunkt zu finden. Wo war der gestrige Tag? Ein Zurückpfeil? Ein Kalender? Johanna klickte im Kalender auf den gestrigen Tag. Und tatsächlich, da knallte ihr Kornmaiers Name entgegen. Kornmaier, Theophil: Zimmer 46. *Zimmer 46. Zimmer 46.*

Dann Schritte, ganz nah. Eine Stimme. Der mit dem Telefon. Gerade trötete er in die Einsamkeit des Foyers: »Na ja, jede Menge Piefkes heute, aber harmlos.«

Die Nachtbesetzung war auf- und Johanna abgetaucht. Unter den Rezeptionstisch.

»Ich mach mal Schluss, schlaf gut mein Butzi. Schmatzer, Bussi.« Beine in dicken Kniestrümpfen und Lederhosen tauchten auf, eine Hand griff nach dem Stuhl. Kühlen Blicks registrierte Johanna Lederarmbänder am Handgelenk.

»Ich dich auch, mein Rehlein, mein Zuckermäulchen.«

Beine drehten wieder ab.

»Butzi-Mausi, jetzt wirklich nicht. Ich kann hier nicht weg.« Jetzt verharrte die Stimme vor der Rezeption, klang tiefer, leiser. »Wirklich nicht, wenn mich jemand ... Zuckerle, du kleine Sau.«

Langsames Entfernen des Besitzers der Stimme, beschwörendes Murmeln.

»Butzi, jetzt hör mal auf ...«, und mit dem Klappen einer Tür verstummte die Stimme des pflichtsäumigen Rezeptionisten Jonas Schallinger.

Johanna kroch unter dem Tisch hervor. Ihr Blick streifte das Klappmesser, mit dem der Schallinger Jonas sich vorhin noch die Fingernägel gesäubert hatte. Schön war es, das Messer, mit einem fein geschnitzten Hirschhorngriff. Johanna nahm es, klappte es zusammen und steckte es in ihre Tasche.

Zimmer 46. Das war leicht gewesen.

Man hatte sich in einem kleinen Gastraum versammelt, die Tür geschlossen, ein Seelsorger war eingetroffen. Ein kleiner dicker Herr mit Goldrandbrille, der eine staatstragend freundliche Miene machte.

»Gerald, ist was mit Gerald?« Gerlindes Stimmlage war in einen schrillen Diskant gekippt, der Kornmaier unerwartet in den Ohren schmerzte.

»Nein, nein. Mit Laura.«

»Ach, mit Laura.«

Dann hatte Josef die schlechte Nachricht überbracht. Bruni reagierte als Erste.

»Wie kann denn das sein, das glaub ich nicht.« Sie war aufgestanden. »Ich glaub das nicht. Wieso denn?« Bruni begann auf und ab zu gehen. »Wieso denn? Glaub ich nicht.« Sie wandte sich an Josef. »Sicher?«

»Sicher.«

»Ich glaub das nicht.« Bruni fing an, um den Tisch herumzutigern. Gab mit beiden Händen Detti einen Hieb auf den Rücken, so dass der fast mit dem Gesicht auf den Tisch aufschlug.

»Und du sagst gar nichts, was? Gar nichts sagst du.«

»Was soll ich denn …«

»Mitgefühl, du Blödmann.« Und weiter ging Brunis Wanderung um den Tisch. »Ich glaub das nicht. So jung. So unglücklich und keine Chance«, Bruni war wieder bei Detti angelangt, der sich wappnete und seinen Körper versteifte, »keine Chance, sie selbst zu werden in ihrem Leben.«

Kurz blieb Bruni hinter Detti stehen, der mit allem rechnete. »Völlig verkorkst war doch das arme Mädchen.« Bruni besah sich einen Moment Dettis Rücken und unterdrückte ihr Verlangen, ihn noch mal zu schubsen.

»Aber das kümmert ja keinen hier.«

»Wir verstehen …« Salbungsvoll hob der Seelsorger, der gar kein Seelsorger war, sondern Pfarrer der hiesigen Gemeinde ohne Zusatzausbildung, an und kam nicht weit.

»Ach ja? Sie haben die Laura doch gar nicht gekannt.«

Bruni ging zur Tür, öffnete sie, drehte sich um.

»Ein Unfall war das nicht.« *Peng* war sie draußen.

Ein Unfall war das nicht. Ausgesprochen klang es wie eine Wahrheit. Eine endgültige.

»Das glaub ich auch.« Gerlinde hatte einen Bierdeckel

in kleine, faserige Quadrate gerissen und akkurat aufeinandergestapelt.

»Die hat sich umgebracht.«

Johannas Fingernägel liebkosten die Zimmertür von Kornmaier. In großen Bögen fuhren ihre Nägel über die Tür, von links nach rechts, von unten nach oben, wurden sachte lauter, schabten kreuz und quer, eindringlicher und fordernder. Er hörte nichts. Schlief wohl wie ein Stein.

Johanna ließ einen Moment ab. Lauschte. Nichts. Sie ärgerte sich. Wieso machte der nicht auf?

Sie begann zu klopfen. Ihre Fingerknöchel trafen exakt auf das Holz, ein harter klarer Ton, den musste er hören.

Nichts.

Ihre Fäuste ballten sich, nahmen Anlauf, einmal, zweimal. Nichts.

Für einen Moment ließ Johanna die Arme hängen, blickte grimmig auf diese stoisch verschlossene Tür, bekam eine Wut, warum machte er das? Warum demütigte er sie so?

Sie zog das Messer aus ihrer Tasche, das mit dem hübschen Hirschhorngriff, klappte es auf und ritzte ein großes Kreuz auf die Tür des Zimmers 46.

Es fühlte sich richtig an.

Währenddessen floss Kornmaier der Schweiß in Strömen den müden Leib hinab. Genau das hatte er gebraucht. Die vom Abstieg müde Muskulatur weichkochen. So wie nach einem Boxkampf, da hatte er das auch immer gemacht.

Er saß vornübergebeugt, die Unterarme auf den Knien

abgestützt und versuchte, den Tag zu vergessen. Vergeblich.

Das Schuldgefühl, das da aufgetaucht war. Hatte er Matti wirklich geschubst? Der ganze Tag war von dem Gedanken überlagert worden, die Stanglerin, die Fotos, alles von ihm durch eine gummiartige Masse an Furcht wahrgenommen. Er musste unbedingt an etwas anderes denken.

Das war kein Unfall. Bruni war sich so sicher, und irgendwie traf ihr Satz auf einen feinen Widerhall in Kornmaiers labyrinthischen Instinktkatakomben.

Für einen Moment blickte er auf.

Die Zirbensauna war inzwischen leer. Und in den Tiefen seines Alarmsystems meldete sich etwas, ein feines rotes Signal, an, aus, an, aus. Ein Signal, das schwach durch den Nebel aus Irritation, Schuldgefühl und so etwas wie Arglosigkeit leuchtete.

Ja, gut, die Arglosigkeit war wohl so etwas wie ein Nichtsehen-Wollen, ein Lasst-mich-in-Ruhe-ich-habe-anderes-zu-tun.

Kornmaier erhob sich, Zeit für den letzten Tauchgang im Eisbrunnen. An einen Wal denkend, lärmend, wurde sein Tauchgang von den Fliesen des Bades zurückgeworfen, verstärkt, ein kindlicher Heidenlärm und wie immer bedauerte Kornmaier es, keine Wasserfontäne hinzukriegen.

Im Krach, den er veranstaltete, war das Klappen einer Tür fast untergegangen. Ein trockenes, kurzes Geräusch.

Zuverlässig arbeiteten Kornmaiers Labyrinthe und Alarmsysteme für ihn, irgendjemand musste ja aufpassen. Raus aus dem Wasser, rein in den Bademantel, leise, horchend, lauschend. Wieso musste er plötzlich an Johanna denken? Unerquicklich, das. Mit der war was. Ihm fiel wieder das Wort *Wahnsinn* ein.

Hallo, er würde doch jetzt nicht *Hallo* sagen, nein, das doch jetzt sicher nicht. *Hallo*, wie in einem dieser dämlichen Krimis, wo der Held mal besser nicht *Hallo* gesagt hätte, sondern sich hübsch fein angeschlichen hätte. *Hallo*, das war ja wie ein »Hier bin ich, hier, jetzt kannst du schießen«.

Kornmaier blieb stehen, hatte die Bademantelärmel hochgekrempelt, bereit, für was auch immer da war, das sich irgendwo versteckt hielt, still hinter irgendeiner Säule stand, still auf ihn wartete.

Und während er leise voranschritt, lautlos, die Arme gehoben, Führhand, Schlaghand, Kopf und Rücken eine weiche Kraftlinie, und sich wunderte, wieso er plötzlich so ein Johanna-Drama antizipierte, da hörte er etwas. Ein Atmen, deutlich.

Und dann: ein Murmeln. Seine Arme sanken nach unten. Es wurde gemurmelt, Murmeln, der ultimative Ausdruck höchster Harmlosigkeit.

Hier unten also, hier in der Saunawelt des Jägerhofs, da lauerte sie nicht, die Bedrohung, hier blinkte es ganz vergeblich, dieses rote Signal, an, aus, an, aus, das galt jemand anderem.

Hier unten, vorsichtig hatte Kornmaier die Tür geöffnet, hier unten also, da war nur der Schallinger Jonas und holte sich, mit Mausi am Telefon, einen runter.

ZAMS – BRAUNSCHWEIGER HÜTTE

6. Juli

»Der Gerald, der kommt noch.« Gerlindes Stimme war fest und brach nur hinten ein wenig ab, so als würde plötzlich etwas auf den Stimmbändern sitzen, etwas Lästiges.

»Ja, Gerlinde, der kommt noch.« Brunis Löffel verharrte in ihrem Müsli, und alles, was sie denken konnte, war: *Der ist tot, der Gerald.* »Der kommt noch, Gerlinde, sollst es mal sehen.«

Die Wanderung war abgesagt, aber alle wollten weiter über die Berge. Schon Gerlindes wegen. Die konnte man jetzt nicht allein lassen.

Detti hatte bezahlt, Bruni wollte Kornmaier nicht aus den Augen verlieren, Kornmaier hatte eine Mission, und Gerlinde? Was wollte Gerlinde? Es war, als könne sie mit dem Weiterwandern wie in einer Beschwörung etwas verhindern, bannen, aufhalten, nicht hereinbrechen lassen.

Sie musste wandern, sonst würde Gerald wirklich etwas passieren. So war das.

Sauber gewaschen lagen Jägerzäune, Keramikfrösche und Sonnenkollektoren des Städtchens Zams in der Morgensonne.

Kornmaier hatte inzwischen alle Prinzipien fahren lassen. Alles zu Fuß, ja, alles zu Fuß.

Gemütlich ließ er sich von der Venet-Bergbahn auf den Krahberg gondeln, presste kurz die Lippen aufeinander, wenn die Kabine an den Stützpfeilern ins Schwanken geriet, ein Gefühl wie im Fahrstuhl, dachte kurz daran, wie schnell das Leben zu Ende sein konnte, auch an einem sonnigen Tag, und blickte zurück, auf die andere Seite von Zams, dorthin, wo gestern wie in einer Parallelwelt etwas Furchtbares geschehen war.

Zum winzigen Ameisenpfad war der gestrige Weg geworden, und darunter stürzte die Felswand senkrecht ins Nichts, ein schroffer Spalt, einer Wunde gleich, im Berg klaffend.

Ihm war danach, sich von Laura zu verabschieden, eine Rose auf ihr Grab zu werfen, eine Kerze anzuzünden, diesem kurzen unglücklichen Leben Ehre zu erweisen, aber man hatte ja noch nicht mal ihre Leiche bergen können.

Er legte eine Hand an die Glasscheibe der Kabine als letzten Gruß und ließ sie dort liegen.

Jetzt nicht, Kornmaier, jetzt nicht … wie oft würde er sich noch ausbremsen wollen und, noch wichtiger, können?

Man hatte beschlossen, den Panoramaweg zu laufen, ein einfacher Höhenweg auf der Südflanke des Venetberges. Später würde es noch den Aufstieg zur Braunschweiger Hütte geben, und man hatte bei der Erwähnung der Worte *Trittsicherheit, Seilsicherung, Schwindelfreiheit* entschieden, den Tag ruhig zu beginnen.

Und Josef? Hatte sich in sein Schicksal gefügt, nur noch bis zur Braunschweiger Hütte, er würde die kleine Truppe erbarmungslos zusammenhalten, keinen aus den Augen lassen, kurz tauchte die Vision eines Dompteurs auf, der eine Schar Kindergartenkinder auf Speed sicher über eine sechsspurige Autobahn bugsieren wollte.

In Gedanken versunken trottete das Grüppchen hintereinander den lieblichen Pfad entlang, schmal und allüberall von blühenden Bergwiesen umgeben, wichtelartig standen Tannen herum und wollten hier an der Baumgrenze einfach nicht größer werden, und weiter unten bimmelten Kühe durch die Wanderprospektkulisse.

Im Süden flockten Wolken wie von einer Katze zerpflückte Watte über den Berggipfeln, staffelten sich in die fernsten Fernen, schwebten mit zartgrauen Bäuchen hoch über den schneebedeckten Bergspitzen.

Keiner guckte hin.

Gerald würde der Weg gefallen, schön gerade. Gerlinde wusste nicht, in welcher Welt sie jetzt war. Es musste viele geben, und das war eben eine davon.

Maximilian, Lena, Titus, Hermine, Lorenzo, Meghan und Harry.

Gerald war ein niedliches Kind gewesen. Sie hatte Kinderfotos gesehen. Ein kleiner Maximilian, Titus, Lorenzo, Harry mit dem Gesicht von Gerald. Das würde sehr goldig sein. Sehr, sehr goldig. Wie sie sich nach Kindern sehnte. Ein Mädchen und ein Junge.

Maximilian, Lena, Titus, Hermine, Lorenzo, Meghan und Harry.

Ein Schwarm blauer Fliegen stieg von einem Kuhfladen auf und umsummte kurz Gerlindes Stirn.

Bruni setzte ihre Stöcke heute mit Bedacht auf den Wegrand, links ein bisschen höher als rechts, sacht stieg die Bergflanke nach links an, sacht fiel sie nach rechts ab.

Der Gerald, der war tot, es ging gar nicht anders. Wie Gerlinde das wohl verkraften würde, gar nicht würde sie das verkraften, die würde zusammenbrechen wie von der Axt getroffen.

Vor ihr ging Kornmaier, hinter ihr Josef, ganz vorn humpelte Detti. Vom Ehrgeiz zerfressen, dieser, dieser Empathiewicht.

Wieso schaffte sie es nicht, den Kornmaier in ein Gespräch zu verwickeln, das gab's doch nicht, sie würde es heute noch mal versuchen, sie würde ihn nach Rilke fragen, was er von dem hielt, genau so würde sie es machen.

Für einem Moment realisierte sie die Absurdität, diese Wanderung fortzusetzen. Sie dachte an Laura. Das schlechte Gewissen streifte die Peripherie ihrer Wahrnehmung. Sie hätte sich kümmern müssen, aufpassen, wenn das wirklich Selbstmord gewesen war, aber Bruni hatte nichts getan.

Und auch jetzt kippte ihre Aufmerksamkeit weg von Laura, hin zu Kornmaier. Versonnen ruhte ihr Blick einen Moment auf Kornmaiers Rücken. Rilke, genau.

Das weite Tal, das sich vor Kornmaier erstreckte und hinter der Bergflanke im blauen Irgendwo verlor, sah sie nicht.

Ein Kreuz war auf seiner Hotelzimmertür aufgetaucht. Sofort hatte er an Johanna gedacht.

Er war noch den ganzen Hotelflur abgelaufen, hatte auf

jede Tür geguckt, nach weiteren Kreuzen gesucht. Nichts. Dann war er runter, zur Rezeption. Zum Glück hatte der Schallinger Jonas ihn vorhin nicht bemerkt.

Freundlich blickte er Kornmaier entgegen, freundlich versuchte er, Auskunft zu geben. *Datenschutz, leider.* Dieser gottverdammte Datenschutz.

Ob er wenigstens sagen könne, ob gestern eine auffallend hübsche junge Frau eingecheckt habe. Auch das tat ihm leid. Seine Schicht habe erst um 21 Uhr begonnen. Aber ob er, Kornmaier, ein sehr hübsches Messer mit Hirschhorngriff gesehen habe, das sei verschwunden, und falls er irgendwo etwas fände …

Jetzt blickte Kornmaier unwillkürlich zurück, so fing das also an, wenn man einen Verfolgungswahn entwickelte. Fragend hob Josef die Augenbrauen.

Kornmaier schüttelte nur den Kopf und blickte wieder nach vorn, hatte aber nicht verhindern können, den schmachtenden Blick Brunis zu registrieren. Höchste Zeit, sich zurückfallen zu lassen, dann konnte er in aller Ruhe der Entwicklung eines Verfolgungswahns Raum geben.

Theo, echt mal, du bist doch wegen was ganz anderem unterwegs. Matti …

Kornmaier blieb stehen. »Ich geb mal das Schlusslicht.« Ein *Oh* von Bruni, ein *Ist recht* von Josef. Hinten laufen, denken können, Ruhe haben.

Laura war abgestürzt. *Abgestürzt.* Das Wort dehnte sich rätselhaft in Kornmaiers Kopf, als könnte er die Bedeutung nicht begreifen, *abgestürzt.* Als wäre es ein Fremdwort, das er würde nachschlagen müssen. *Abgestürzt.* Ein Wort, aus Hieroglyphen zusammengesetzt.

Und da war eine Ahnung, wenn er das Wort begreifen würde, wäre es aus mit seiner Selbstbeherrschung. Dann würde er wie ein Kind auf dem Weg zusammenbrechen, und die Klagelaute eines Zehnjährigen würden in den kulissenblauen Himmel aufsteigen. Untröstbar.

Nachholen, was er damals nicht gemacht hatte, nicht machen konnte. Damals, als Matti im Nebel verschwunden war, mitgerissen von einem mutwilligen Felsen.

So war es doch gewesen, das mit dem Felsen? Und wenn nicht? Warum hatte er denn damals sofort die Wucht einer Schuld gespürt, die ihm nicht gestatten würde zu weinen?

Einem Schuldigen stand es nicht zu, Trost im Austoben eines Schmerzes zu finden.

Erstarrt war er damals stehengeblieben und hatte gleich gefühlt, seine Eltern würden auch verschwinden, ohne ihn noch einmal anzusehen. Ihre Trauer war zu groß. Oder vermuteten sie, wussten sie, dass er Matti gestoßen hatte?

Sie hatten ihn weiter umsorgt, aber die Verbindung war gekappt worden. Damals schon hatte er es gefühlt, ohne es benennen zu können. Damals. Da war er doch nur noch ein …

»Was halten Sie denn von Rilke, Herr Kornmaier?«

Sehr kleine Pause. Luft holen.

»Bruni, Herrgott noch mal, können Sie mich nicht mal eine Sekunde in Ruhe lassen?«

Ungefilterter Kornmaier. Ganz der falsche Moment, ihn anzusprechen.

Bruni war ein paar Schritte zurückgewichen und hatte es nur kurz gewagt, in das sonderbar aufgelöste Gesicht von Kornmaier zu schauen.

Auch später hätte sie nicht in Worte fassen können, wie er ausgesehen hatte, eins war jedenfalls glasklar. Sie ging ihm irre auf den Geist!

Hätte sie sich unter einen Schmelzwasser führenden Wasserfall gestellt, wäre das gegen die Abfuhr Kornmaiers ein Witz gewesen.

Vorn war man stehengeblieben, hatte zurückgeschaut, verwirrt, der ruhige Herr Kornmaier war gerade explodiert. Mysteriös. In Josef keimte die Sorge, nun auch seinen letzten zurechnungsfähigen Mitwanderer zu verlieren.

Jausenstation Larcher Alm.

Die vom Wetter grau gewordenen Holzbänke waren so grau wie die Stimmung des Trüppleins.

Während die Sonne weiter ungerührt vom weiß-blauen Himmel strahlte, ein Bretterweg den Wanderern über die moorige Galflunalm den Weg bereitet hatte und man jetzt Apfelstrudel mit Sprühsahne verzehrte, watete ein jeder in seinem ganz persönlichen Gedankenmorast herum.

Und er ließ sich nicht vermeiden, der Gedanke, was wohl Johanna mit der Sahne wieder veranstaltet hätte.

Zumindest Detti dachte darüber nach.

»Wo Madame Alpenkalender wohl abgeblieben ist?«

Josef hob den Kopf. Er hatte stumm den Strudel in sich hineingeschaufelt. Sah mitgenommen aus.

»Falls irgendjemand irgendwas bemerkt, was wie Johanna aussieht, unbedingt sofort Bescheid geben. Sofort!«

Dann ließ er den Kopf wieder sinken, im Stillen zählte er noch mal nach, wie viele Stunden es noch bis zur Braunschweiger Hütte waren.

Er hatte die Gruppe überschätzt bei der Planung, vielleicht auch, weil ihm die Sache über den Kopf gewachsen war. Sich zur Katastrophe entwickelt hatte.

Noch drei Stunden ins Tal, eine Stunde Busfahrt von Wenns nach Mittelberg und dann der Aufstieg zur Hütte, mindestens drei Stunden, wahrscheinlich vier.

Noch acht Stunden, in denen alles Mögliche passieren konnte.

»Leute«, Josef setzte sich gerade hin, »Leute, bis zur Braunschweiger Hütte, da bleiben wir zusammen, keine Alleingänge.«

Sein Blick ruhte auf Detti.

»Versteh ich zwar nicht, aber bitte …«, Detti hatte definitiv auf der Wanderung herausgefunden, dass das Befühlen seiner Oberschenkelmuskulatur einen beruhigenden Effekt auf ihn hatte. Und so befühlte und betastete er seine Beine mit beiden Händen und fand so den dringend notwendigen Trost.

Kornmaier war angeeckt. Überall Drahtseilsicherungen, nur seine eigenen Nerven waren inzwischen spinnwebfein. Eine Dünnhäutigkeit hatte sich seiner bemächtigt, der er nicht mehr Herr wurde. Lauras Absturz hatte eine Entwicklung in Gang gesetzt, die unumkehrbar schien, sich selbstständig gemacht hatte und ihm unheimlich war. Unheimlich, da zunehmend unbeeinflussbar.

Hatte er Matti …?

Matti, mein Matti …

Bevor er in die Jausenstation gegangen war, hatte er sich schnell bei Bruni entschuldigt und war dann vor ihrem verstörten Gesichtsausdruck geflohen. Genervtes Mitleid, gab es das? Kornmaier konnte man das heute fragen, und er hätte bejaht.

Jetzt saß er in der Hütte und trank Johannisbeerschorle. Einen Moment mal keinen sehen, keine Bruni und keinen Detti; der mit seinem An-den-Beinen-Rumgefühle, der hatte ja auch nicht mehr alle Latten am Zaun.

Sonne schien auf honigfarbene Holztische. Fliegen summten gegen Fensterscheiben. In der Küche wurde hantiert. Töpfe klapperten, Gesprächsfetzen waren zu hören, überall wurde gelebt, wenn man sich das mal überlegte.

Überall Hoffnungen, Ängste, Langeweile und Zahnarztbesuche. Verlorene Schlüssel, Beulen im Auto und Schlafstörungen. Kornmaier besah sich die Anstrengungen der Fliegen und sah sie doch nicht. Ein milder Zustand des Gerade-nichts-Wollens gönnte ihm eine Pause.

Bis er hochschreckte. An seine müden Trommelfelle lehnten sich Worte, die ihn alarmierten. Von jetzt auf gleich. Puls rauf. Alarm an.

Mega-Schnitte. Heißer Feger. Kaliber.

Mit drei Schritten war Kornmaier am Tresen.

»Hallo?«

Ein junger Mann tauchte auf, in Krachlederner und mit wildem Schopf.

»Hat hier heute eine besonders«, er stockte, suchte nach dem richtigen Wort, »eine besonders attraktive Frau gerastet? Jung?« Kornmaier versuchte, tiefenentspannt zu wirken und sich auch so zu fühlen. »Eine Megaschnitte«, Pause, »namens Johanna?«

Er hätte auch sagen können: eine Wahnsinnige, möglicherweise mit einem hübschen Messerchen bewaffnet und möglicherweise eine, die harmlose Lauras in tiefe Schluchten stürzte. Unbewiesen, nur so ein Gefühl, doch ohne länger darüber nachgedacht zu haben, fühlte es sich richtig an.

Eine Irre war das, die nachts durchs Hotel schlich und Hoteltüren mit Kreuzen verzierte. Nein, bitte präzise bleiben, *seine* Hotelzimmertür mit einem Kreuz verziert hatte, da war er sicher.

Vor allem: Was zum Henker wollte sie von ihm?

»Ludi, kimm amoi her do.« Ludi tauchte auf. Krachlederne, wilder Schopf, man hätte beide verwechseln können.

Kornmaier wiederholte seine Frage.

»Freili. A ganz a Scheene.« Er griff in seine Hosentasche. »Schau amol.«

Auf seinem Handybildschirm tauchte ein Foto auf. Johanna, Arm in Arm mit Ludi. Das Lächeln entrückt, sie schien da und doch nicht da.

»Wann war das?« Verfolgungswahn, nimm mich in deine Arme. Kornmaier widerstand dem Impuls, sich in der Hütte umzusehen.

»Na, so um zehn.« Versonnen lag Ludis Blick auf seinem Handydisplay.

Jetzt war es elf.

»Hat sie gesagt, wo sie hinwill?«

»Ja, was Komisches hat sie g'sagt.« Ludi II nickte.

»*Klar Schiff machen* hat's wolln«, Ludi I hob die Schultern. »Auf der Braunschweiger Hütten.«

»Ach, du Scheiße.« Kornmaier dankte, zahlte und ließ die beiden Ludis in ihren Leben zurück, wobei noch unklar war, ob diese Leben wohl irgendwann dem der Stubenfliegen gleichen würden. Konnte ja schnell mal so kommen, wenn man nicht aufpasste, zack, war die Lebensuhr abgelaufen.

Wie das wohl passiert war? Sie hatte es nicht kommen sehen, hatte nicht damit gerechnet. Besser als jeder Orgasmus. Sie wollte nichts anderes mehr. Konnte sich nicht vorstellen, jemals wieder etwas anderes zu wollen.

Sie würde dem Meer entkommen. Aus der Brandung waren schlappe Wellen geworden, die nur noch müde an ihren Füßen leckten, kraftlos war dieses Meer geworden, kraftlos verendete es an dem Gestade ihrer neuen Existenz. Etwas Größeres lag jetzt vor ihr, epochal, ein Paradigmenwechsel. Johannas Finger umklammerten das Hirschhornmesser, während der Postbus die Bundesstraße entlangsauste, Kurs Braunschweiger Hütte. Einem Mantra gleich formten Johannas Lippen das eine Wort: Kornmaier.

In Kornmaiers Ohren rauschte nichts, kein halbes Klingeln. Dass Johanna so intensiv mit ihm befasst war, blieb im Verborgenen.

»Josef, hör mal.« Kornmaier hatte sich im Bus neben Josef auf den Sitz fallen lassen, schwer wie ein Stein. »Ich habe schlechte Neuigkeiten.«

»Es geht noch schlechter? Dein Ernst?« Josef hatte eine Hand auf die Sitzlehne vor ihm gelegt und trommelte mit seinen Fingern das Lied der Ungeduld.

Noch drei Stunden und Martin würde ihn ablösen. Noch drei Stunden, in denen keiner abstürzen durfte.

»Ja, noch schlechter.« Kornmaier blickte auf Josefs Hand. »Johanna wird auf der Braunschweiger Hütte sein.«

»Was?« Immer tiefere Abgründe taten sich auf, und Josef hatte Sorge, demnächst Höhenangst zu bekommen.

Wenn eine Welt zusammenbricht, dann fühlte sich das also so an. Bruni wäre gern im Weltall verschwunden, oder ähnlich, wäre jedenfalls nie wieder aufgetaucht. Nie wieder hätte sie Kornmaier treffen müssen, seine Präsenz spüren, seine Schritte, seine Stimme hören.

Vergessen, wie ging das? Alles konnte sie vergessen, Schlüssel, Adressen, Gesichter, Namen, aber das hier, das mit Kornmaier, sie ächzte unter der Last der Erinnerung, das hatte sich eingebrannt, wie Milch in einen Topf.

Das war mal sicher, da würde sie noch im Altersheim was von haben, gerade wenn sie die Kerzen auf ihrem Geburtstagskuchen auspusten würde, verziert mit einer Neunzig aus Zuckerguss, würde ihr, mit dem Handkantenschlag der Erinnerung, der Tag versaut werden.

Sie war ein Nichts, eine übergewichtige alte Frau ohne Zukunft, eine, die gerade mal gut genug war, Unkraut zu jäten. Auf keinen Fall etwas anderes.

Brunis Blick richtete sich nach vorn, an den Mitwanderern vorbei, hier ging das Pitztal zu Ende, und nur noch ein breiter Schotterweg mäanderte dem sich wuchtig aus dem Tal erhebenden Bergmassiv mit Mittags-, Grab- und Karleskogel entgegen. Grabkogel. Wie passend.

Irgendwo da oben lag die Braunschweiger Hütte, und sie hatte keine Ahnung, wie sie den Anstieg in ihrer jetzigen Verfassung schaffen sollte.

Meghan und *Harry,* das war am schönsten, woher hatte sie diese Namen, wenn es ihr doch einfiele, aber da waren irgendwie Erinnerungslücken, alles irgendwie zu viel.

Gerald, wie er da immer in seinem Zimmer gesessen hatte, so konzentriert, so ganz bei der Sache, das war schön gewesen, sie hatte den Haushalt geschmissen, ihm den Rücken frei gehalten, und er war fleißig gewesen, noch ein Ehering an den Finger und Meghan und Harry, denen sie abends etwas vorlesen würde. Mehr brauchte sie nicht, mehr wollte sie nicht.

Wo blieb Gerald?

Keine Nachricht von ihm, unverständlich. Erst der Heiratsantrag, und jetzt machte er sich rar. Gerlindes Hände umschlossen das Drahtseil fester, das ihr bei der Kletterei durch ein Felsenmeer trostvoll half.

»Alles klar?« Josef war hochgeschreckt. Einen merkwürdig hohlen Ton hatte Gerlinde gerade von sich gegeben, so als würde eine Frau in einer Séance mit einem Mal mit der Stimme eines Mannes sprechen.

»Gerlinde?«

Sie antwortete nicht, zog sich höher und höher, war ihrem nächtlichen Albtraum begegnet, der sie anfiel, wie ein Tiger die Gazelle anfällt, und der ihr vom Band der Erinnerung immer wieder aufs Neue abgespielt wurde.

Gerald am Abgrund, Gerald wie ein Fisch an Land, atemlos, nach Luft ringend vor Angst, mit den Armen rudernd, seine Augen kugelrund wie in einem Comic, sie musste ihn retten, aber wie, er stürzte ja schon, strauchelte, von einer Sekunde zur anderen gefror sein Gesicht zur kalkigen Maske, Munchs *Schrei* war ihm ins Gesicht gekrochen, er begriff die Unabwendbarkeit, griff ins Leere und stürzte und stürzte …

»Ach«, Gerlinde war stehengeblieben, »ich«, sie setzte sich, »ich mach mal ’ne Pause.«

Josef sah auf den Rest der Gruppe, der sich vor ihm brav am Seil emporzog, höher und höher, bloß nicht aus den Augen lassen, diese Wundertüte an Katastrophen.

»Stopp!«

Mit blutroten Pfeilen war hier der E5 markiert worden. Alle paar Meter markierten weiß-rote Zeichen den Steig und ließen den Wanderer auf dem rechten Weg bleiben.

Das Grüpplein verharrte, eine gewisse Gottergebenheit entströmte ihm, die nichts mehr mit dem munteren Auftakt der Wanderung vor zwei Tagen zu tun hatte.

Mit Gerlindes Fassung war es vorbei.

»Wo ist Gerald? Sagt es mir! Ihr wisst doch was! Zum Kotzen find ich euch alle, wie ihr da rumkriecht, ihr Scheiß-Scheißhauspisser …« Gerlinde saß mit dem Rücken an der Felswand, die Beine von sich gestreckt. »Ihr seid ja keine Menschen, Würmer seid ihr!« Gerlinde begann, mit dem Hinterkopf gegen den Felsen zu schlagen.

»Nein und nein und nein und nein!« Josef war in zwei Schritten bei Gerlinde und hielt ihren Kopf fest. Fester als nötig. Etwas wie Panik hatte ihn erfasst. Panik von einer unentrinnbaren Intensität, die er nur aus lebensbedrohlichen Situationen am Berg kannte. So wie damals, er im Biwak an der senkrechten Wand und dazu Gewitter. Irgendetwas, irgendjemand hatte etwas dagegen, dass er die Truppe heil nach oben brachte.

Da prüfte ihn doch jemand. Er sollte seine Lizenz verlieren, ein Komplott, wahrscheinlich der Rieder-Schorschi, der falsche Hund. Dabei wollte er doch nur seine eigene Bergschule, bald, ganz bald.

»Aua!« Gerlinde jaulte mit diesem vorwurfsvollen Unterton, den Josef wirklich hasste.

Er ließ Gerlinde los.

Ach, jetzt dann doch »Aua«. Bleede Kua, bleede.

Josef richtete sich auf.

»Jetzt reißt euch hier mal alle zusammen. Ich hab so die Schnauze voll. Ihr seid die Schlimmsten, mit Abstand, mit Riesenabstand! Die Schlimmsten! Am liebsten …! Wenn ich könnte …!«

Er verstummte. Einen Moment war es still. Keiner rührte sich. Nur ein leichter Wind war zu hören, der tröstend den Berg umfing, als würde er ihn liebkosen.

Und wieder musste Kornmaier an die Ewigkeit denken.

Was für eine absurde Situation. Wo war er da reingeraten.

Vorn murmelte Detti vernehmlich »hysterisch«, wagte es aber nicht, sich in Bewegung zu setzen.

Er sah, wie sich Gerlinde an den Hinterkopf griff, ihre Hand wieder löste, sah ihr Erstaunen, und wie sie dann mit einem gewissen Ingrimm ihre blutige Hand in die Luft hielt. Sah, wie sie ihre Hand drehte und wendete, drehte und wendete. Ja, da konnte sie mal staunen, wo das jetzt wohl herkam, das Blut.

Detti schnaubte. Irgendwie war ihm aber doch komisch. So was wie eine kleine Schwäche war ihm in die Beine geraten. Blut, es war das Blut. Schon wenn er sich beim Rasieren schnitt … Detti konzentrierte sich auf die Farbe des

Drahtseils, ein stumpfes Granitgrau, sehr hübsch, so ein Grau, ganz ähnlich wie, ja, wie was …

»Detti-Hase, du bist ja ganz blass.« Flöten nannte man das wohl, Bruni flötete. Die falsche Schlange. Wenn sich die Welt nicht so lästig drehen würde, könnte er ihr jetzt eine reinhauen. Mit vollem Recht! Seelische Grausamkeit und so.

Und dann das noch: Ihm knickten die Beine weg.

Josefs Stimme geriet in den Dunstkreis von Dettis schwankender Welt.

»So, jetzt. Aus. Ende. Rettungshubschrauber. Alle. Einer nach dem anderen.« Josef stützte sich mit beiden Armen gegen den Felsen, den Rücken zum Tal, löste sich, ging einen Schritt nach links, drehte um, lief einen Schritt zurück. Und dann: »Ruhe im Karton.«

Zog sein Handy raus, begann zu tippen, starrte auf das Display. Kein Empfang. Gegen jede Vernunft schüttelte Josef sein störrisches Telefon. Eine Hand legte sich auf seine Schulter. Kornmaier stand plötzlich neben ihm.

»Ich schlage vor, wir gehen einfach zurück. Zumal Johanna oben sein wird.«

Ein »WAAAAS?« erfasste die Gruppe. Gerlinde und Detti mehr nach innen gewandt, Bruni schrie es heraus. »WAAAAS?«

Jetzt würde sie zugucken müssen, wie sich Johanna und Kornmaier abbusselten. Sich Blicke zuwarfen, Johanna war sich ja für nichts zu schade, wahrscheinlich würde sie Kornmaier beim Essen auf den Schoß steigen.

Allerdings, wieso wollte er dann zurück? Und wieder warf das Leben Bruni zwischen die Mühlsteine ihrer Hoffnungen, der Enttäuschungen und des Selbsthasses.

Lahm sagte sie also: »Zurück ist gut, ich bin dafür.«

»Auf keinen Fall zurück!«

Kornmaier drehte sich um. Detti lehnte immer noch am Felsen, die eingeknickten Beine wurden ihm inzwischen unbequem.

»Klar, Herr Detti«, Kornmaier ließ inzwischen keine Gelegenheit ungenutzt, Detti eine reinzuwürgen, so mürbe hatte ihn inzwischen die Wanderung gemacht, »klar, Sie haben ja für die ganze Strecke bezahlt.«

»Genau!« Detti fühlte eine wohltuende Wut in sich aufsteigen, die den Schwindel verdrängte. Er stand vorsichtig auf, prüfte, ob es schon ging. »Ich habe bezahlt und ich …«

»Ach, halt doch deinen Mund«, Bruni klang unendlich müde. »Sei doch einfach mal still.«

Und in diese Stille hinein hörte man ein Flüstern. Gerlinde flüsterte. »Gerald, wo bist du?«

Und dann hörte man noch etwas. Von weiter weg. Aber nicht so richtig weit weg, irgendwie schon dichter dran. Ein Donnergrollen rollte durch das Tal heran.

Die Braunschweiger Hütte lag winzig zwischen Geröll, das in Jahrtausenden von den umstehenden Berggipfeln hinabgestürzt und hier, in diesem Hochkessel, zum Liegen gekommen war.

Verharschte Schneefelder ruhten wie nasse Leichentücher zwischen dem Steingrau der Felsen. Wurden tagsüber zu sulzigem Matsch und erstarrten in kalten Nächten wieder. Wanderer begaben sich auf gefährliches Terrain, wenn sie die Schneefelder nicht umrundeten.

Johanna stand in der Gaststube und wartete. Wartete

und beobachtete die letzten Meter des Pfades, der zur Hütte führte. Wo blieb die Gruppe, wo blieb Kornmaier. Ein kurzes Gewitter war über die Hütte hinweggefegt, hatte Regen horizontal gegen die Fensterscheiben geschlagen und das Glas blind werden lassen. Jetzt rannen die Tropfen langsam die Scheiben herab, hinterließen kleine Spuren, und Johanna überlegte, das Fenster zu öffnen, um es zu trocknen. Sie drehte sich um. Natürlich. Natürlich wurde sie beobachtet. Sie war ja schön und ein Geschenk. Mechanisch lächelte sie dem Wirt zu, mechanisch bewegte sie ihre Zehen in den Hüttenschuhen. Irgendwie war es besser, nicht aufzufallen.

Wann kam er denn, wo blieb er bloß?

Jetzt hauchte Johanna gegen die Fensterscheibe und beobachtete, wie sich der feine Niederschlag wieder auflöste wie von Geisterhand und wie hinter der Scheibe ein grauer Himmel über schneebedeckten Gipfeln sichtbar wurde, Gipfel, die abweisend über der Hütte aufragten und von denen beständig klamme Kälte herabkroch.

Und dann war es so weit. Die Gruppe tauchte auf, und mit ihr: Kornmaier. Fast wurde Johanna ein wenig schwindelig. Nur das Hirschhornmesserchen gab ihr Halt. Verlässlich war das, alles würde gut werden.

Josef hatte schon wieder versagt. Das Gewitter nicht bemerkt, wie es da heranrauschte, und bevor einer seine Regenjacke rausgezerrt hatte, war der Regen im Grunde schon wieder vorbei. Zumindest die Gemüter hatte er abkühlen können.

Ein Blitzschlag in das Stahlseil, das wäre es doch jetzt

gewesen, für einen winzigen Moment hatte sich Josef das gewünscht, hatte beobachtet, wie die Gruppe hektisch versuchte, die Rucksackverschlüsse zu öffnen, an Schnallen herumzog, Jackenärmel nicht fand und Reißverschlüsse nicht zubekam.

Alle mit einem Schlag tot. Herrlich. Er auch. Das nahm er in Kauf.

Dann hatte Josef nur dagestanden und wusste, er hatte es nicht anders verdient. Umkehren war keine Option. Matthias wartete oben. Er konnte sie deutlich spüren, die Eiseskälte, die seinen Körper unbeweglich werden ließ und sich in seinen Knochen ausbreitete. Vielleicht sollte er zum Floristen umsatteln, nein, zum Gärtner. Warme Gewächshäuser tauchten vor seinem geistigen Auge auf. Jemand stieß ihn an. Kornmaier.

»Zieh mal was an.«

Ja, was anziehen. Wie ferngesteuert zog Josef seine Regenjacke heraus, zog sie an, deutete dann schlapp mit der Hand Richtung Braunschweiger Hütte.

»Pack' ma's.«

Schweigend setzte sich das unselige Häuflein in Bewegung, schweigend absolvierte man die letzte Stunde des Anstieges. Nur mühsam ging es mit den ausgekühlten Körpern voran, und Kornmaier fand heraus, dass es ganz blöd gewesen war, mit Wollhandschuhen in die Berge zu gehen. Zumal wenn man versuchte, sich damit an einem Drahtseil entlangzuhangeln.

Er war einfach saumäßig schlecht ausgerüstet. Mittelalterlich. Und alles nur der Ästhetik wegen. Eitel, er war eitel. Ein eitler Fatzke, der versucht hatte, sein Lebensunglück in

Schach zu halten, indem er sich über andere erhob, Dünkel, ja, er pflegte einen Dünkel, und er hatte anderen in die Fresse gehauen, und er hatte sich in die Fresse hauen lassen, sich abhärten wollen gegen das Leben und seine Zumutungen, nichts spüren wollen, er hatte gehofft, dass seine Seele Schwielen bekommen würde, so wie eine Hand Schwielen bekam, wenn man nur oft genug Holz hackte.

Aber seine Seele wollte keine Schwielen bekommen, sie lag immer gehäutet da und tat weh, ein schmerzhaftes Grundrauschen in seinem Leben.

Für einen Moment hatte Kornmaier den Wunsch, sich in die Tiefe zu stürzen. Vor Wut. Das würde diese Scheißdrecks-Seele endlich zum Schweigen bringen.

Anscheinend hatte er ein Geräusch von sich gegeben, denn Josef hatte sich umgedreht. »Geht's?«

»Alles prima.«

Nie zuvor hatte sich Kornmaier so deprimiert gefühlt.

Eine Stunde später waren sie angekommen. Man war in die Hütte gestolpert, hatte Trockenraum, Matratzenlager, sanitäre Einrichtungen am Rande der gerade vorhandenen Ressourcen wahrgenommen, Nudeln gegessen, ein wenig das Grau des eigenen Seins mit dem Grau vor der Hütte verglichen und war dann zu Bett gegangen.

Abends.

Irgendetwas stimmte nicht. Diesmal war die Kornmaier'sche Signalleuchte recht früh angegangen. Eine Melange aus Tristesse und Überwachheit summte unentrinnbar und andauernd in ihm, und wäre er zu Hause, hätte er jetzt den Fernseher eingeschaltet und in fremden Welten versucht, sich selbst abzuschalten. Tierfilme. Junge Füchse, die im Spiel einen Abhang herunterkullerten, aufgesperrte Schnäbel von jungen Dohlen. Kornmaier stand im Flur und lauschte. Es musste nach Mitternacht sein. Aus den Zimmern drangen die Geräusche der Schlafenden. Ein Knacken hinter ihm hatte ihn stocken lassen.

Er war stehengeblieben. Da war jemand. Bewegte sich nicht, so wie er sich nicht bewegte. Kornmaier machte einen sachten Schritt nach vorn, blieb stehen, lauschte. Warum drehte er nicht seinen Kopf? Etwas lähmte ihn. *Dreh doch den Kopf. Dreh ihn doch!*

Langsam wandte sich Kornmaier um. Der Flur hinter ihm lag leer da. Kornmaier starrte in das Halbdunkel, seine Signallampe blinkte immer noch auf vollen Touren, keine Entwarnung, irgendwo war etwas, wartete auf ihn, bedrohte ihn. Vor ihm, die Gefahr musste vor ihm liegen. Fäuste hoch, Führhand, Schlaghand, Schritt für Schritt den Flur entlang, leise, den Dielenboden möglichst nicht knarren lassen, das Rot der Signalleuchte flutete den Flur, Verfolgungswahn, in hundertprozentiger Ausprägung, er war ja irre, nicht ganz dicht, da, wo der Flur abknickte, ganz auf die andere Seite gehen, Überraschungsangriff vermeiden, wahnsinnig war er, hoffentlich sah ihn keiner, um die Ecke schauen, das Halbdunkel mit allen Sinnen ausleuchten, Kornmaier blieb abrupt stehen.

Da war etwas. Lag auf dem Boden, gehörte dort nicht hin. Lauerte ihm auf. Stellte sich tot.

Kornmaier ließ die Fäuste sinken.

Da hatte wohl einer keinen Schlafplatz bekommen, lag

einfach im Flur, zusammengerollt. Kornmaier zögerte, er hatte ja nicht alle Tassen im Schrank, *völlig überspannt, mein Lieber, demnächst seh ich Geister, jetzt geh hin und sieh nach.*

Kornmaier trat näher, lauschte. Kein Geräusch zu hören. Noch näher heran. Noch näher. Funzeliges Licht. Aus dem Erdgeschoss Geräusche, jemand war auf der Treppe, kam herauf, war hinter ihm, näherte sich, ging vorbei. Der Wirt war neben ihm aufgetaucht, schaute überrascht und hob die Leiche auf. Vier Rucksäcke wuchtete er hoch und blickte fragend auf Kornmaier. »Brauchst was?«

»Nein, nein.« Und immer noch blinkte die Signallampe. Wollte nicht aufhören.

»Sagen Sie mal, wo könnte man sich bei euch verstecken, wenn man sich verstecken wollen würde?«

»Verstecken?«

Er dachte an Johanna.

Das hatte die Gruppe als Erstes gemacht, als sie angekommen war. Loisl, den Wirt, gefragt, ob die hier sei, und ein Foto von Johanna gezeigt. Und ja, das sei sie, aber wo jetzt genau, gerade sei sie noch da gewesen. Und seitdem, seit sechs Uhr nachmittags, war sie verschwunden gewesen. Johanna. Ihr galt die Signallampe, es gab keinen anderen Grund.

»Höchstens hinten, bei dem Schneemobil.«

Loisl hatte die Rucksäcke an die Wand gestellt.

»Auf der Ladefläche, da ist a Plane drüber, vielleicht da.«

»Zeigen Sie's mir?«

Der Wirt warf einen Blick auf seine Uhr.

»Jetzt?«

»Jetzt.«

Loisl zögerte, aber es war, als könne er die Energie der Kornmaier'schen Signallampe spüren.

»Kimm.«

Draußen war die Temperatur unter null gefallen. Totenstille umgab die Hütte. Der Wind der Ewigkeit, der sonst von den Bergen beständig herabstrich, ruhte.

Zitternd glitt der Schein der Taschenlampe über graue Felsen, Holzplanken und wies endlich auf das Schloss zum Schuppen. Loisl drückte die Klinke herunter und wunderte sich über seine eigene Zögerlichkeit. Irgendwie hatte ihn der Kornmaier angesteckt, womit auch immer. Da stand das Gefährt, obendrauf die Plane, glatt und dunkelgrün. Unter der Plane lag etwas. Etwas, das Loisl da nicht hingelegt hatte. Das war mal sicher.

Beide standen und guckten. Unentschlossen.

»Ich hab da nichts drunterglegt.« Loisl flüsterte.

Und Kornmaier, ebenso leise: »Sie hat ein Messer.«

Ab jetzt Zeichensprache. Ein Deuten zum Fußende, ein Kopfnicken, Loisl runter zum Fußende, mit dem Licht auf der Plane bleibend, die sperrige Abdeckung mit spitzen Fingern fassend. Kornmaier am Kopfende, den Daumen hebend, wartend, dass Johannas Kopf sichtbar wurde und dann etwas geschah. Kornmaier sah also zu, wie das Verschwinden der Plane immer mehr Johanna freilegte. Kornmaier wunderte sich, dass die so fest schlief.

Aber es war ja immerhin eine Irre, die da lag, eine, die vorgab, nichts zu merken, eine ganz normale Wahnsinnige eben.

Etwas stimmte nicht.

Johanna starrte Kornmaier an und starrte doch an ihm vorbei. Er verstand nicht gleich, suchte ihren Blick, konnte ihn nicht halten. Und dann erst sah er es.

In ihrer perfekten Brust steckte unübersehbar ein Messer mit Hirschhorngriff, Johanna, das Geschenk an die Männerwelt, war tot.

BRAUNSCHWEIGER HÜTTE – ZWIESELSTEIN

7. Juli

Langsam wurden die Konturen der Berggipfel sichtbar, standen dunkel im ersten Morgengrauen gen Osten. Klamme Kälte tränkte die Luft. Und als ein erstes zartes Rosa die Bergkonturen scharfstellte, war unverkennbar aus Richtung Ötztal das Nahen eines Hubschraubers zu hören.

Kornmaier war aufgewacht. Musste sich kurz orientieren. Er lag in der Gaststube auf einer Bank und fror. Sein Blick fiel auf einen Kaugummi, der unter der Tischplatte klebte. Ein bisschen hatte Johanna wie eine Madonna ausgesehen. Alles Berechnende war aus ihrem Gesicht gewichen und zurückgeblieben war nur ein friedvolles Antlitz voller Schönheit.

Kornmaiers Blick wanderte von dem Kaugummi auf ein Bonbonpapierchen auf dem Holzboden. Staubflusen hatten sich unter dem Tischfuß gesammelt.

Wahrscheinlich war Johannas Schönheit schon in der Leichenstarre verblasst.

Und er, er hatte wider besseres Wissen und gegen alle Vernunft einen Zettel aus Johannas Jackentasche gezogen, während unablässig ein »Nichts anfassen« in seinem Kopf dröhnte.

Eine Nachricht, die ihm wie für ihn geschrieben schien. Keinen ging die was an, nur ihn.

Jetzt zog er das Stück Papier aus seiner Tasche, noch war die Stube leer, in der Hütte war es schon zu hören, das Getrampel derer, die noch nichts ahnten und bald die Gaststube mit Frühstückshunger fluten würden.

Kornmaier hatte sich aufgesetzt, faltete den Zettel auseinander und hatte recht. In Kinderhandschrift hatte Johanna da etwas hingekrakelt. Und ja: nur für ihn.

Es war leicht gewesen. Leicht und schrecklich. Nur stehen und warten, im Dunkeln stehen und warten. Starren und warten. Beobachten, wie das Tageslicht unter der Türschwelle verdämmert. Stehen und spüren, wie die Kälte den Körper hinaufklettert, einer frostigen Schlingpflanze gleich.

Die Kälte willkommen heißen, anders würde es nicht gehen. Das Gefühl der Taubheit in den Füßen, angenehm. Sie würde kommen, es blieb ihr ja nichts übrig. Berechenbar, die Gute.

Verstecken, das ging jetzt nicht mehr. Vorbei. Aus die Maus. Unhörbar murmelt es, unhörbar formen Lippen diese Worte: »Aus die Maus. Aus …«

Verstummen, warten, lauschen. Jemand kommt, es kann nur sie sein, wer sonst. Die Tür öffnet sich, knarrt, immer noch Tageslicht draußen. Wolken von Atemluft vor ihrem Mund.

Wie lange noch, nicht mehr lange.

Und was für ein Glück, ein Messer hat sie dabei, legt es auf die Ladefläche des Schneemobils. Holt eine Plane, dreht der Gefahr, die da steht, den Rücken zu, sieht nichts, hört nichts, greift die Plane, sieht nicht den Schatten, der das Mes-

ser nimmt, hört nicht das trockene Geräusch, mit dem das Messer den Besitzer tauscht, zerrt die Plane hinter sich her, die bockt und trotzt, wuchtet sie über das Mobil, klettert auf die Ladefläche und will schon an der Plane ziehen, wo ist das Messer, tastet, sucht, wo ist es, sie braucht es doch, muss sich doch schützen, tastet, dreht sich hierhin, dreht sich dorthin, und im Drehen steht da plötzlich ein Schatten, der zusticht.

Johanna gibt ein Geräusch von sich, es klingt nach Überraschung und Empörung, und bevor es noch etwas anderes werden kann, ist Johanna tot, kippt schlapp um wie ein nasser Sack, und hat es geschafft, das mit dem Leben und all seinen Katastrophen.

Und weiß nicht mal, wem sie das zu verdanken hat.

Martin hatte übernommen, gleich bei der Ankunft, und Josef war raus. Hatte mit knappen Worten diesen elenden Haufen an Martin übergeben. Martin, der ihm kein Wort glaubte und sicher war, dass Josef übertrieb. Er liebte Herausforderungen und hatte das ganze Sozialpädagogen- und Eso-Deutsch drauf, das es in Krisensituationen so brauchte. Zusammengetragen beim Lesen auf dem Klo. Da lagen sie herum, die Zeitschriften seiner Freundin.

Auch er hatte einen Vollbart, nur mehr so in die blonde Richtung, und in seinen Augen stand Unternehmungslust. Er würde dem Josef mal zeigen, wie man das machte.

Aufgeräumt hatte er die Wanderer begrüßt, jeden mit Handschlag und jedem hatte er dabei zugezwinkert. Dieses Zwinkern war nur auf verhaltenes Echo gestoßen, genauso wie seine aufgeräumte Stimmung beim Abendessen. *Was war denn das für einer.*

Als am nächsten Morgen Johannas Tod verkündet wurde, telefonierte Martin eine Minute später mit dem Reiseveranstalter. Aus. Ende. Vorhang.

Irgendwie fühlte er sich betrogen.

Er hatte es versucht, wirklich. Aber jetzt war es endgültig vorbei mit der Schnapsidee. Die Sollenhauer konnte ihn mal. Johanna war ermordet worden, und ihr merkwürdiger Brief erschien Kornmaier wie ein Auftrag. Er hätte gar nicht sagen können, wieso, es war einfach so.

Er saß vor der Stube, in der die Wanderer befragt wurden, und wartete. Wanderer mit substanziellen Alibis durften aufbrechen, die Aufstiege zur Hütte waren gesperrt worden. Wieder faltete er den Zettel auseinander.

»kornmaier = geborgenheit, nichts anderes mehr.«

Hier waren Zeilen verwischt, Wasser war da auf das Papier geraten. »und wenn ich sterben sollte: Gerald, das war …« Nicht wirklich jetzt, auch da Wasser, Tränen?

Was für ein kryptisches Zeug.

Kornmaier kaute an dem Text herum wie auf einem zähen Kaubonbon, demnächst würde ihm eine Füllung herausfallen. *Geborgenheit?* Was für ein Quatsch.

Was hatte sie gesehen? Was war mit Gerald passiert? Er war also wirklich tot?

Kornmaier fühlte sich merkwürdig angerührt.

Er = Geborgenheit? Meinte sie den Moment bei der Hütte? Hatte sie da etwas entdeckt, wonach sie immer gesucht hatte? Kitsch-Kram einer Durchgeknallten, anders konnte es nicht sein.

Und doch hatte ihn der kleine Zettel merkwürdig verpflichtet. Er war es Johanna auf schräge Weise schuldig, herauszufinden, was geschehen war. Wen hatte Johanna mit Gerald gesehen? Und vor allem, was hatte sie gesehen? War Gerald gestoßen worden? Und wieder: von wem? Warum? Und wenn es so war, wieso hatte Johanna das nicht bei der ersten Gelegenheit, in Zams, gemeldet?

Die Stubentür öffnete sich, man war nach dem Alphabet vorgegangen. Karlsson kam raus, Kornmaier ging rein.

Hatte er eigentlich ein Alibi?

Es würde keine gottverdammte Urkunde geben. Dettis Hände glitten über seine Oberschenkel, rauf, runter, rauf, runter. Er würde allein weiterwandern, und am Schluss: keine Urkunde.

Martin hatte milde den Kopf geschüttelt. »Ist ja keiner dabei, der das kontrollieren kann.« Dann hatte ihn Martin mit mitleidiger Erbarmungslosigkeit gemustert. »Nachher fährst' mit dem Bus.«

Diese Unterstellung war dermaßen impertinent, Detti musste intensiv an die tote Johanna denken, um nicht ausfallend zu werden.

Johanna. Tot. Konnte nicht sein.

Plötzlich fühlte er es deutlich. Sie war seine Fahrkarte in die Freiheit gewesen. Sie hätte ihm die Kraft gegeben, weg von Bruni.

Detti hatte sich umgedreht, wo war sie eigentlich, die Bruni. Irgendwo offensichtlich. Nur nicht hier. Weg von Bruni. Das würde er doch wohl schaffen.

Detti hatte das Befühlen seiner Beine seit gestern Abend auf die Waden ausgedehnt. Das waren mal Muskeln, großartig. Und irgendwo saß ja hier ein Mörder rum. Detti wechselte von der rechten auf die linke Wade. Spannte an, entspannte, befühlte, betastete.

In der Hütte. Unter ihnen, ganz und gar harmlos aussehend, ein Mörder. Mann, Mann, Mann, da hatte jemand Nerven. Johanna hätte ihm neuen Schwung gegeben. Er hätte noch mal sein Leben neu beginnen können.

Und was glotzten die da drüben so blöd? Detti hielt inne, registrierte die Blicke vom Nachbartisch, die redeten doch über ihn, eindeutig.

In Detti kroch Wut hoch. Dämliches Jungvolk, unterschätzt wurde er, dauernd, sollten sich doch alle mal wundern. Früher oder später.

Tränen flossen, und das Wiegen des Oberkörpers schien ihr immer neuen Schwung zu geben. Schwung zu weinen, Schwung, Geräusche von sich zu geben, wie ein Tier in der Falle. Gerlinde saß auf einer kleinen Bank neben der Eingangstür. *Aufgelöst* nannte man das wohl.

Zögernd war Kornmaier stehengeblieben, irgendetwas musste man wohl machen? Er blieb seltsam unberührt. Als bräuchte er seine Reserven für sich selbst. Gerlinde hatte ihn nicht bemerkt, die Augen geschlossen, war sie in ihrer Welt versunken, die abgrundtief traurig oder verzweifelt oder beides war. Oder noch etwas anderes?

Immer noch stand Kornmaier da, und schon wieder geschah es. Schon wieder war da ein Zettel. Hatte Gerlindes Jackentasche verlassen, als sie ein Taschentuch hervorgezogen hatte. War zu Boden gefallen, lag dort aufreizend und wollte aufgehoben werden. Kornmaiers Blick wechselte zwischen dem Zettel und Gerlindes geschlossenen Augen.

Sich umsehen, den Zettel aufheben und leise davonschleichen, eine fließende Bewegung, die Heimlichkeit beschämte Kornmaier, irgendwie war inzwischen einiges egal geworden. Als wäre hier oben die Zivilisation in weite Ferne gerückt und damit auch jede Moral.

Er musste einfach mehr wissen, suchte nach jedem Hinweis. Wahrscheinlich war er ungerecht, traute den Polizisten und der Gemütlichkeit ihres ländlichen Dialektes nichts zu.

Dieser Mord war fast eine persönliche Kränkung. Jemand hatte es gewagt, in seiner Nähe ein Verbrechen zu begehen. Es musste jemand aus der Gruppe sein, das machte es nicht besser.

Erst der kleine Zettel aus Johannas Jackentasche und jetzt dieses zweite Fundstück, das er Gerlinde geklaut hatte. Vielleicht würde es zur Aufklärung beitragen.

Im leeren Waschraum faltete er das Briefchen auseinander. Er kannte das Papier, er kannte die Schrift. Das war der Rest zum Rest. Dem Rest eines Briefes, den er auf dem Abstieg nach Zams gefunden hatte.

Vorsichtig fingerte er nach dem schon vergessenen Papierchen in seiner Jackentasche. Dann lauschte er. Stille. Vorsichtig legte er die beiden Stücke zusammen und begann zu lesen.

Liebe Johanna,
du wirst dich vielleicht wundern, dass ich dir schreibe. Du bist die tollste Frau, die mir je begegnet ist. Und jetzt muss ich dich schon wieder verlassen, weil du

nicht mehr mitdarfst. Du musst wissen, ich trenne mich von Gerlinde, ich muss nur noch den richtigen Zeitpunkt finden. Also ganz bald.

Ich hab mich in dich verliebt, jetzt ist es raus.

Bitte, bitte ruf mich an, ich weiß es, ich kann dich glücklich machen, und wenn du mich noch nicht liebst, oder nur wenig, dann lern mich bitte kennen! Ich werde dich nicht enttäuschen.

In tiefer und aufrichtiger Liebe
Gerald

»So ein Arsch.« Kornmaier hatte es geflüstert.

»So ein mieser Arsch.« Hatte der nicht noch nach der Memminger Hütte, und da hatte er den Brief ja spätestens geschrieben, hatte er da nicht Gerlinde einen Heiratsantrag gemacht? Warum? Wozu? Kornmaier blickte aus dem Fenster. Grau und kühl lag draußen der Morgen, und er wollte nur eins, diese elende Königsetappe hinter sich bringen, nichts sehen, nichts hören, die gottverdammte Gruppe vergessen, er war irgendwie gescheitert, gestrandet, ein Gefühl der Sinnlosigkeit legte ihre schweren Hände auf seine Schultern. *Am Arsch, Theo, am Arsch.*

Und während Kornmaier in dem trist gefliesten Raum in die triste Welt hinausstarrte, flackerte ein Gedanke vorüber, so wie ein taumelndes Glühwürmchen durch einen Wald irrlichtert.

Gerlinde. Was, wenn Gerlinde Gerald? Im Affekt? Wäre ja nachvollziehbar.

Der Brief hatte seinen Besitzer gewechselt auf dem Weg runter nach Zams. Und Johanna war da gewesen, irgendwo, in einer der Gruppen versteckt, die da diesen endlosen Weg heruntereierten, wem hatte Gerlinde den Brief entrissen, Johanna? Oder Gerald hatte ihn doch nicht Johanna hingelegt und hatte ihn noch bei sich getragen, oder Gerlinde hatte Johanna den Brief noch auf der Hütte geklaut, ihn dann Gerald gezeigt, und er wollte ihr den Brief entreißen, und dann war er gestürzt. Oder, oder, oder ... Er musste das mit Josef besprechen.

Fahl fiel das Tageslicht in die sanitären Räume. Hinter Kornmaier ging die Tür, jemand kam herein. Zeit, zu gehen, diesen Ort endgültig zu verlassen, über das Rettenbachjoch, allein.

Zu lange hatte er vermieden, an Matti zu denken, an Matti und seine Schuld, das war alles so vergeigt. Die paar Tage, die noch blieben bis Meran, wollte er für sich sein.

Die anderen würden sich über das Pitztaler Jöchl schleppen, attraktiver, wohl aber auch schwerer. Einmal würde die Gruppe noch gemeinsam gehen, dann blieb es jedem selbst überlassen, ob er weiterwanderte. Der Reiseveranstalter hatte tatsächlich die Wanderung für beendet erklärt, Martins Einsatz war kurz gewesen, und nur Detti hatte das Wort *Rückerstattung* gemurmelt, aber ohne rechten Elan.

Kornmaier wandte sich zum Gehen, faltete sorgfältig Geralds Brief zusammen und verstaute ihn in den Tiefen seiner Hosentasche. Unsicher, was mit diesem Wissen geschehen sollte.

Irgendwann waren Gerlindes Tränen versiegt. Sie hatte aufgehört, sich zu wiegen, war zum Stillstand gekommen. So, wie ihre Gedanken. Gerald.

Johanna war es nur recht geschehen, und Gerald. Dem auch. Gerlindes Hand tastete in ihrer Jacke nach einem Taschentuch. Da war keins. Sie öffnete die Augen, es lag vor ihr, auf dem Boden. Ihre Hand fuhr wieder und wieder in ihre Jackentasche.

Sie war aufgestanden, drehte alle Taschen um, suchte, schüttelte die ganze Jacke, nichts, der Brief war weg. Irgendjemand hatte ihn gefunden, aufgehoben, mitgenommen. Heimlich.

Gerald und Johanna. Gerlinde schlug mit der Faust gegen die Wand. In der Hölle sollten die schmoren.

Er durfte los. Ein ganzes Matratzenlager hatte ihm ein Alibi gegeben. Irgendwie hatte jeder eins, wahrscheinlich, weil keiner wirklich auf den anderen geachtet hatte. Der Todeszeitpunkt lag vermutlich gegen 19 Uhr.

Alleinsein, das war alles, was jetzt zählte, durchatmen, bei sich sein. Und über die Zettel nachdenken. Auf dieser Wanderung musste es Hinweise geben. Irgendeinen Vorfall. Wen hatte Johanna gesehen, wer hatte Geralds Brief in zwei Teile gerissen, irgendwo dort lag die Lösung. In Ruhe denken, systematisch.

Kornmaier umrundete ein Schneefeld, die Wegmarkierung war nicht zu erkennen, und er fürchtete, durch die Eiskruste zu brechen und sich zwischen zwei Felsen die Knöchel zu verstauchen. Das hätte noch gefehlt.

Konzentriert stieg er über das Geröll hinweg, drehte sich um und wunderte sich über die schnell kleiner gewordene Hütte. Keiner zu sehen, nur auf der rechten, steil aufsteigenden Bergflanke bewegte sich auf halber Höhe ein kleiner Zug von Wanderern, auf dem Weg zum Pitztaler Jöchl, winzig und aufgereiht wie auf einer Perlenschnur.

Der Himmel war von einem gleichmäßig stumpfen Grau, das keine Wetterveränderung verhieß. Kornmaier fluchte. Einige Steine lagen instabil und kippelten, wenn er auf sie trat. Er blieb stehen und taxierte den Aufstieg. Sah kurz aus, dieser Aufstieg. Machbar.

Und es sah nach Kletterei aus. Kornmaier befestigte seine Wanderstöcke am Rucksack und begann mit dem Anstieg. In kurzen Serpentinen ging es höher und höher, wurde der Pfad schmaler und schmaler, Drahtseile und Metallketten machten dem mit Höhenskepsis versehenen Wanderer Mut, und es war einfach am klügsten, den Abgrund zu ignorieren.

Konzentriert griff er nach den Sicherungen, stieg Stufe um Stufe und merkte, dass er so und hier und jetzt nicht denken konnte. Später, er würde es oben machen, wenn er mit dem Abstieg begann.

Höher und höher ging es. Gras fristete am Wegesrand und zwischen den Felsen ein kümmerliches Dasein. Er war allein. So richtig.

Matti tauchte auf.

Matti, wie er sich mit fünf unter den Weihnachtsbaum gelegt hatte mit den Worten *Hier bleibe ich für immer* und dort immerhin zwei Stunden liegengeblieben war.

Matti bei der Einschulung, der statt einer Schultüte unbedingt sein Feuerwehrauto tragen wollte. Matti, der …

Kornmaier blieb stehen, musste sich ausruhen.

Warum waren sie heute so nah, diese Felsen. Unfreundlich wirkten sie, scharfkantig.

Ein Berg bestand eben aus Felsen. Viele hatten sich vor Zeiten gelöst, viele konnten sich noch lösen, warum nicht heute, dann wäre er bei Matti, ob Matti inzwischen gewachsen war, Unsinn, so klein wie immer würde er sein, anschauen würde er ihn, ob er wohl vorwurfsvoll blicken würde, weil er, Kornmaier, einfach weitergelebt hatte? Weil er überlebt hatte? Ihm nicht gefolgt war?

Ob man seine Verletzungen noch sehen würde? Das Loch im Schädel, das Blut, das aus den Ohren gelaufen war, die zerschlagenen Knochen, die abgerissene Hand … Stopp!

Kornmaier richtete sich auf. Laut hatte er das gerufen: *Stopp.* Nicht hier, nicht jetzt, hier war doch gar kein Platz für Trauer, ein falscher Schritt und er würde abstürzen.

Vorn waren schon erste Anzeichen der Zivilisation zu sehen.

Die Umkehrstation einer Kabinenbahn, Zäune, ein Gerüstturm aus Stahl, Vorboten einer vom Skitourismus verwüsteten Landschaft.

Nur noch ein paar Meter Weg, ungesichert, schräg abfallend zum Abgrund hin, und Kornmaier wusste: Das würde er nicht schaffen. Er schwankte. Alles schwankte.

Vorsichtig setzte er sich, vorsichtig nahm er den Rucksack ab. Stöcke vom Rucksack lösen, auf Länge bringen, die zitternden Hände wie von außen betrachten, die gehörten nicht zu ihm, das war nicht er, das konnte er nicht sein.

Das Geräusch eines Steinschlags in der Ferne wie durch eine Wand hören, nur ein Geräusch, nichts weiter. Ein Rieseln neben ihm, Kies rutschte an ihm vorbei, was, wenn der ganze Weg abrutschte, *Matti, alles nur deinetwegen.*

Ein neuer kleiner Fluss an Kieseln rieselte an Kornmaier vorbei, kam auf dem Pfad zum Stillstand, staute sich.

Matti, ich lebe immer noch, Matti, kleiner bleicher Bruder, holst du mich jetzt, hört das dann auf mit der Schuld?

Das Leben, der ganze Schlamassel, all das Schöne, nicht für dich, Matti, nicht für dich. Zertrümmert, zerschlagen, vernichtet.

Viel zu früh.

Kornmaier wusste, er musste jetzt irgendwie diese paar Schritte gehen, etwas in ihm wollte bersten, er weinte und durfte nicht weinen, jetzt, aufstehen, Stöcke links und rechts, geradeaus, schnell, kontrolliert schnell, loslaufen, die Verzweiflung als Kraftquelle, laufen, links, rechts, links, rechts, weiterlaufen, links, rechts, links, rechts, Leben, was war Leben, links, rechts, links, rechts, er war nur ein Ansammlung von Schuld, und seine Eltern hatten ihn vergessen, nein, nicht wieder das, doch: wieder das, Matti war gestorben, und seine Eltern mit, hatten ihn am Rand des Abgrundes liegenlassen mit seinen zehn Jahren und nie wieder aufgehoben. Nie wieder aufgehoben.

Kornmaier bekam keine Luft, atmete Kälte und Nässe ein. Mit dem Gesicht voran lag er im Schnee, hatte den Pfad am Abgrund hinter sich gelassen, war automatisch weitergelaufen, tränenblind, bis er im Schnee gestürzt war.

Er wollte sich umdrehen, auf den Rücken, versuchte es, so wie er sich unzählige Male in seinem Bett umgedreht hatte, nach seinem Albtraum. Es gelang nicht. Der Rucksack. Bleigrau der Himmel über ihm, und der verdammte Rucksack.

Der berühmte Tropfen.

Kornmaier brüllte. Wut war da, von der er bis dahin nicht gewusst hatte. Der Scheißdrecks-Rucksack. Seine Scheißdrecks-Eltern. Scheißdrecks-Matti.

Kornmaier verharrte, nahm seinen schweren Atem wahr, nein, Matti hätte das nicht gewollt. Hätte nicht gewollt, dass Theo von der Schuld zu leben, zu Boden gedrückt wurde. Matti wäre gekommen und hätte gesagt: *Leb für mich mit, mach was draus*, das hätte er gesagt.

»Das hättest du gesagt, Matti, kleiner Matti …« Es flüsterte aus Kornmaier, seine Wangen waren nass vom Schnee, von Tränen, Kälte kroch in seinen Körper.

»Leb für mich mit, mach was draus.« Für einen Moment meinte Kornmaier, sein Bruder stünde neben ihm. Er schloss die Augen. Bewegte sich nicht, so sollte es bleiben, nicht fortgehen sollte sein Bruder. »Leb für mich mit.«

»Hab ich dich gestoßen, Matti? Hab ich das getan?« Kornmaier fuhr sich mit der Hand übers Gesicht, dann drehte er sich zur Seite, zog die Beine an und weinte die Tränen, die er sich mit zehn verboten hatte.

Der Tod Johannas hatte das Grüpplein auf merkwürdige Weise befriedet. Vielleicht, weil ein jeder von ihnen Halt suchte. Eine vorsichtige Höflichkeit war eingekehrt, die diesen Wunsch bemänteln sollte. Detti hob einen Stock auf, der Bruni aus der Hand gefallen war, Bruni schob Detti beim Frühstück den Brotkorb zu, Gerlinde hatte sich für ihre gestrige Ansage, es hier in der Gruppe nicht mit Menschen zu tun zu haben, entschuldigt, und nur Josef war kommentarlos abgetaucht. Alles in allem: Waffenstillstand.

Martin war enttäuscht, gern hätte er Josef eines Besseren belehrt, wäre noch bis Meran gewandert, hätte gezeigt, mit welcher Sozialkompetenz er die Gruppe zu handhaben gewusst hätte. Zumal diese drei Gestalten hier doch wirklich harmlos wirkten.

»Pitztaler Jöchl. Dreitausend Meter, stolz könnt ihr auf euch sein, nachher.« Martin guckte in leere Gesichter. »Spirituell gibt das einen ganz großen Input.« Er machte eine Pause, ließ seine Worte wirken.

Bruni richtete sich in ihren Stockschlaufen ein.

»Hier geht's lang, oder?« Sie lief los.

Die anderen folgten, Martin hatte den deutlichen Eindruck, überflüssig zu sein.

Sich ausweinen. War das möglich? Kornmaier glaubte nicht daran. Schneeschmelze hatte eingesetzt. Eis zerrann zu Wassertropfen und verlor seine Schärfe, bedeckte nass und grau den Altschnee.

Kornmaier hatte sich aufgesetzt, benommen fühlte er sich und eiskalt war ihm. Seine Klamotten waren durchgeweicht, eine gute Funktionsjacke hätte … aber den Gedanken wollte er nicht jetzt auch noch zu Ende denken.

Weiter unten, Richtung Süden, war am Fuße der Bergflanke ein Parkplatz zu sehen, Zweckbauten standen da winzig herum, eine Landschaft wie in einem Tagebau. Eine breite Zufahrtsstraße führte durch das schnurgerade Rettenbachtal, kurvte weiter hinten in Serpentinen hinab und verlor sich in der Ferne.

Aufstehen, sortieren, wie jetzt weiter. *Mach was draus.*

Kornmaier merkte auf. Ein Geräusch hinter ihm, Schritte. Er drehte sich um. Josef tauchte auf. Er sah erschöpft aus, kaputt. Er stutzte, als er Kornmaier sah. Fing sich wieder.

»Du hier?«

Beide hatten keine Lust zu reden, wollten allein sein. Josef zog seine Regenjacke aus dem Rucksack.

»So geht's hier runter.« Setzte sich auf die Regenjacke, warf Kornmaier einen auffordernden Blick zu und rutschte wie auf einem Schlitten den endlosen Abhang hinunter. Ein, zwei Minuten stand Kornmaier da, beobachtete, wie Josef in rasender Fahrt nach unten sauste, schnell kleiner wurde, und tat es ihm dann nach.

Das hätte Matti gefallen. Kornmaier bremste und bremste, das Tempo war dennoch halsbrecherisch, er konnte nicht anders, ein breites Grinsen breitete sich auf seinem Gesicht aus. Ja, das hätte Matti gefallen. *Mach was draus.*

Seine Sinne waren wie mit einer Rasierklinge geschärft. Überklar sah er, wie sich seine Bergschuhe durch den Schneesulz frästen, fühlte den flatternden Regenponcho, die nassen Klamotten, fühlte das Beißen der Kälte in den Fingern, die schneidende Kälte auf den Wangen, und er fühlte eine Lebendigkeit, die ihm fast fremd war. Alles war ein Jetzt, und das Jetzt gönnte ihm die Freude an diesem Zu-Tal-Rasen. Nicht mehr, nicht weniger.

Unten stand Josef und blickte hoch. Bergführergewohnheit. Würde das Schäfchen heil unten landen? Ganz schön schnell war er unterwegs, der Kornmaier.

»Funktionsklamotten, Korni. Rat ich dir.« Er blickte auf

den durchnässten Kornmaier herunter, der angekommen war und gerade versuchte, seinen kalten Leib hochzustemmen.

»Jaha! Nächstes Mal.« Es würde kein nächstes Mal geben, so einen Quatsch würde er nicht noch mal machen.

Jetzt stand Kornmaier. Auf dem traurigsten Parkplatz der Welt, aber er selbst war nicht traurig, er war einfach hellwach. Kurz zögerte er.

»Josef, gehst du ein paar Meter mit mir? Würde gern mit dir was besprechen.«

»Ein paar Meter, brauch a biss'l a Ruh.« Josef blickte auf Kornmaier, der sich umzog, ein paar trockene Sachen hatte er noch. Guck an.

»Hast du mal Sport gemacht?«

Kornmaier wusste, was Josef meinte.

»Reste, Josef, traurige Reste.«

Die trockene Kleidung, die Bewegung, langsam kehrte Wärme in die Kornmaier'schen Knochen zurück. Ein Eisbad hatte er da genommen, und etwas hatte sich verändert, er konnte noch gar nicht sagen, was. Der Weg durch das Rettenbachtal würde sich ganz schön ziehen.

»Josef, ich hab da zwei Zettel gefunden.« Kornmaier warf einen Seitenblick auf Josef. Noch ging es auf der Straße dahin, noch konnten sie nebeneinander laufen. »Und es wäre mir lieb, wenn du mir ausreden könntest, dass wir einen Mörder in unserer Gruppe haben.«

Kurz stockte Josef. »Einen was?«

»Einen Mörder. Einen, der vielleicht Gerald und Johanna auf dem Gewissen hat.«

»Bleedsinn.« Josef sprach zu sich selbst. Das hatte ihm jetzt noch gefehlt. Der Kornmaier.

»Und wieso Zettel?«

Also erzählte der Kornmaier. Alles, was er wusste. Warm wurde ihm unterdessen vom Wandern und so einem vagen Gefühl, gerettet zu sein. Wobei man sich bei so einem Gefühl ja schnell mal täuschen konnte. Jedenfalls: Sein Körper funktionierte wieder. Folgte jetzt Josef auf dem Weg hinab nach Zwieselstein. Graugrün zog die Bergwelt wie eine traurige Kulisse vorbei.

Dann war er fertig mit Erzählen. Josef schwieg erst mal. Ging vor Kornmaier auf dem schmalen Pfad, der sich im Auf und Ab am Fuße der Äußeren schwarzen Schneid und des Gratl dahinzog. Drehte sich nicht um.

»Dahinten, das ist der hohe Söldenkogl. Über dem Städtchen Sölden, logisch.«

Was war mit Josef los?

»Weißt du, Korni, des Bergführen, des ist mein Leben, des lass ich mir von keinem kaputt machen.«

»Will doch auch keiner!« Hatte Josef überhaupt zugehört? Kornmaier war enttäuscht, Josef interessierte das null. Einen Versuch wollte er noch machen.

»Gerlinde, könntest du dir vorstellen, dass die …«

»Klar, warum nicht, sehr wahrscheinlich.«

Josef war stehengeblieben.

Der Himmel hatte sich verändert. Graue Wolkenfetzen zogen dahin, kalte Windböen zerrten an den Kapuzen der Wanderer.

»Ach, du Scheiße.«

Kornmaier folgte Josefs Blick. Fünfhundert Meter hinten ihnen waren sie aufgetaucht: Gerlinde, Bruni, Detti und Martin. Kornmaier war versucht zu blinzeln.

Da war sie wieder, die Signalleuchte, warf hin und wieder wie ein Leuchtturm ein warmes Rot in all das Graugrün der Wiesen, bis hinauf zu den Berggipfeln, und warnte ihn. Was denn noch? Was sollte noch passieren?

Da war etwas, etwas, das er übersehen hatte, etwas, das er gehört hatte, ohne es zuordnen zu können. Aber was? Fragezeichen formierten sich zu einer langen Reihe, hielten sich an den Händen. Fragezeichenpolka.

»Die kann ich jetzt gar nicht brauchen.« Josef stand immer noch da. Hager war er geworden auf der Wanderung, unten den Wangenknochen waren Mulden entstanden. Und für einen Moment fragte sich Kornmaier, worauf Josef wartete.

Sie hatten aufgehorcht, hatten die Kraxelei hinab vom Pitztaler Jöchl für einen Moment unterbrochen. Jemand hatte geschrien, eher gebrüllt, ein Mann. Sehr weit weg, schlecht zu orten. Sie hatten dagestanden, gelauscht und hatten, ein jeder für sich, den Eindruck, auf dem Tiefpunkt der Tour angekommen zu sein. Nichts mit Dreitausender-Euphorie. Ganz oben waren sie ganz unten. Bis auf Martin.

Martin hatte sein Handy gezückt und die Bergwacht alarmiert. Hubschraubereinsatz.

Jetzt saß der Nachhall dieses Schreis allen in den Knochen. Existenziell war der gewesen und hätte er eine Farbe gehabt, so wäre er Bleigrau gewesen, und nun hatte dieses Bleigrau ihre eigenen Existenzen gestreift.

»Um den Rasen tut es mir leid.« Bruni hatte zu Dettis

Rucksack gesprochen. »Den wirst du verkommen lassen, ohne mich.«

Und Detti hatte sich umgedreht. Da stand sie, seine ungeliebte Ehefrau, die ihn einst mitgerissen hatte, wie ein Herbststurm ein Blatt mitreißt, in roten Wanderleggings und einem türkisfarbenen Anorak, der sie umspannte, wie eine Plane ein Bierfass umspannt.

»Wieso ...«

»Scheidung, Detti, die Scheidung, ich wollte es nur noch mal gesagt haben.«

Sie hatte sich an ihm vorbeigequetscht, konzentrierte sich auf den Abstieg und fragte sich, wo eigentlich Kornmaier abgeblieben war.

Wie weit man abstürzen konnte. Nein, tief, wie tief man abstürzen konnte. Johannas Tod hatte ihr gutgetan. Nie hätte sie das von sich gedacht. Ihre eigene Grundanständigkeit war ihr doch ins Gesicht geschrieben. Immer hatte sie richtig gehandelt. So wie man es ihr beigebracht hatte. Und dann diese Wut. Und alles aus den Fugen. Munchs *Schrei*. Gerald und wie er stürzt. Sein Brief an Johanna. Diese Schlange, diese miese Schlampe. Es war gut, dass die tot war, es war richtig. Die Welt brauchte solche Menschen nicht.

Gerlinde wollte etwas dagegen tun, gegen ihr eigenes Gesicht, das wie aus Beton war, sie konnte es gar nicht mehr bewegen. Ob sie noch sprechen konnte, wenn sie es wollen würde?

Gerlinde stand da und hörte, wie Bruni über ihren Garten redete, warum erzählte die hier oben was vom Rasen zu Hause?

Gerlinde begann, mit beiden Händen Leben in ihr Gesicht zu kneten, es ging nicht, blieb starr. Geralds Heiratsantrag, erbärmlich. Unterste Schublade. Sie knetete und knetete. Seine Diplomarbeit, die war also plötzlich fertig, was sollte der Scheiß.

Jetzt sagte Martin etwas, Martin, auch so eine Gestalt, was wusste der schon. Seine Worte beschrieben um Gerlinde einen Bogen, zerfaserten in der kühlen Bergluft.

Gerald war abgestürzt und hatte Gerlindes Leben gleich mit hinuntergerissen. So fühlte es sich an. Er war doch abgestürzt, oder doch nicht? Nur ein Traum, oder doch nicht? Sie musste aufhören, an diese Dinge zu denken, wollte lieber diesen bleigrauen Schrei in der Ferne beantworten. Aber ihr Gesicht ließ sich immer noch nicht bewegen, also blieb sie stumm.

»Hubschraubereinsatz, die Bergrettung kommt gleich.«

Martins Worte, ausgesprochen unter der Sonne eigener Effizienz, waren unkommentiert verhallt, und ihm war bewusst geworden, dass er keine Strategie kannte für den Fall, das fünfte Rad am Wagen zu sein.

Gerlinde sah aus, als wäre sie auf Drogen. Vielleicht war sie auf Drogen. Das machte sie unberechenbar. Und Bruni, die hatte gerade so eine ungelenke Energie, mit der sie abstieg, wegrutschte, mit den Wanderstöcken hastig Halt suchte, ein unkontrolliertes Vorwärts und Abwärts. Nur Detti schien einigermaßen beieinander, Sportler, wenn auch von verbittertem Ehrgeiz.

Langsam bekam Martin eine Vorstellung davon, was Josef gemeint hatte. Und nun begann auch er, die Zeit auszurechnen, die er mit dieser Gruppe bis Zwieselstein noch unterwegs sein musste. Sein Blick wanderte über die scharfgezeichnete Bergkette Richtung Süden, ein Wind war aufgekommen. Noch circa vier Stunden.

Detti war noch ein bisschen stehengeblieben. Hatte Bruni hinterhergeschaut. Hölzern waren ihre Bewegungen. Sie wollte also wirklich die Scheidung. Bitte sehr, da würde sie noch mal drüber nachdenken, wo wollte sie denn dann hin, mit welchem Geld wollte sie eine Wohnung mieten? War doch Unsinn. Und doch fühlte Detti eine Wut, und die kam ihm gerade recht.

Sein Blick wanderte nach rechts, dorthin, wo der Weg durch das Rettenbachtal führen würde, suchte, und fand schließlich. Unten leuchtete sandkorngroß im Grau die rote Regenjacke von Josef. Na also. Da war es doch. Das Dreamteam der Selbstgerechten: Josef und Kornmaier. Und mit Letzterem hatte er noch eine Rechnung offen.

»Ich kann die jetzt echt nicht …« Immer noch stand Josef da. Sah der Gruppe entgegen. Dachte nach, war irgendwo, sah aus, als würde er einen Gedanken fassen wollen, der ihm aber immer wieder entwischte.

»Ich hau ab.« Kornmaier sagte das zu sich selbst und zu Josef.

»Naa, naa.« Josef schaute immer noch auf das herannahende Unheil. »Du bleibst mal da.«

Josefs Stimme klang fremd. Und der Ton, unangenehm. Kornmaiers Systeme traten sofort auf die Bremse. Selbst wenn er es anders gewollt hätte, seine Systeme siegten immer. Da konnte etwas noch so sinnvoll sein, wenn das System bockte, waren alle Vernunftvorrichtungen abgemeldet. *Du bleibst mal da.* Indiskutabel.

Kornmaier wollte sich zum Gehen wenden. Jetzt winkte Bruni. Detti auch, Martin auch. Vielleicht etwas Wichtiges. In Gottes Namen also.

Kornmaier setzte sich auf einen Stein und besah sich das Pulsen seiner Signalleuchte. Wem galt es?

Auf der anderen Seite des Tales fuhr gerade ein Auto die Serpentinen herunter. Kurvte lautlos durch die Spitzkehren, schmutzig weiß wie der Schneesulz auf dem Rettenbachjoch. Da würde er jetzt gern drin sitzen, in dem Wagen. Stattdessen tanzten Fragezeichen die Bergstraße herunter.

Fragenzeichen-Cancan.

Er blickte nicht durch und hatte doch das Gefühl, etwas zu wissen. Eine Bemerkung, der er keine Bedeutung geschenkt hatte. Etwas, das Bruni zu ihm gesagt hatte, beim Frühstück. Er würde sie vielleicht noch mal fragen müssen. Heute Morgen hatte er nur halb hingehört, Bruni nervte mit einer Dauer-Servilität, die ihn reizte. Und sie glaubte immer noch, dass er dichtete, ob er das mal geraderücken sollte?

Wieder riss eine Windbö an seinem Anorak, begann seinen Körper auszukühlen. Und kurz schoben sich zwischen all die Fragezeichen, die gegenüber auf der Asphaltstraße ihre dürren Beinchen warfen, die Worte: *Funktionsjacke, Softshell, winddicht.*

Kornmaier seufzte, drehte den Kopf und sah sie kommen. Worauf wartete Josef?

Kornmaier steckte die Beine aus und sah auf kleine Bergblümchen, die im Wind zitterten. Aber das hatte gar nicht Bruni gesagt, das war Gerlinde gewesen, oder noch ein anderer? Sie hatte für einen winzigen Moment für Irritation gesorgt, aber er hatte nicht richtig hingehört, und jetzt lag die Bemerkung hinter seinem Gedächtnishorizont und ließ sich nicht mehr blicken.

Wenn er mal annahm, Gerlinde hatte Johannas Brief gefunden, wie und wo auch immer, und wusste, dass der Heiratsantrag nur ein Wofür-auch-immer war und eben alles, nur nicht ernst gemeint. Kornmaier versuchte, durch festes Beißen auf die Unterlippe sein Gedächtnis zu aktivieren. Und Josef wartete vielleicht, weil er die anderen nicht mit Gerlinde allein lassen wollte.

Gerlinde wusste, dass die anderen es gehört hatten. Wusste, dass bei ihnen irgendwann der Groschen fallen würde. Sagte man das eigentlich noch? Der Groschen fällt, ob wohl inzwischen der Cent fiel? Was zum Teufel hatte sie gesagt?

Langsam stand Kornmaier auf. Die rote Signallampe blinkte inzwischen in kürzeren Abständen.

Das würde aber bedeuten, dass sie die ganze Gruppe noch abmurksen musste. Fünf Leute in vier Stunden, auf einem relativ harmlosen Weg. Das war aberwitzig.

»Das ist aberwitzig, Josef.«

Josef hörte nicht gleich.

»Josef!«

»Ja?«

»Gerlinde also doch?«

»Gerlinde?«

Kornmaier zögerte.

»Wieso wartest du auf die Gruppe?«

»Ja, ja, ich warte auf Gerlinde.«

Dann waren sie da. Martin, Bruni, Detti, Gerlinde. Jetzt hieß es, stark zu sein. Augen zu und durch.

Kornmaier musste irgendwie eine Gelegenheit finden, mit Bruni zu sprechen. Er hatte abgewartet, bis sie neben ihm war. Hatte ihr zugelächelt. Verbindlich. Wenn er sich etwas vorzuwerfen hatte, dann, ein falscher Fuffziger zu sein.

»Na, Bruni, die Dreitausend gut geschafft?«

Überrascht war sie stehen geblieben. Wusste nicht, wie ihr geschah. Kornmaier sprach mit ihr. Einfach so.

»Äh …«, und schon verstummte sie wieder.

Kornmaier vollführte eine kleine Drehung zum Weg, begann zu laufen, sah sie dabei an, lud sie ganz offensichtlich ein, mit ihm ein Stück zu gehen. Lächelte. Blickte wieder ernst, *mit dem Lächeln nicht übertreiben, Theo.* Legte den Kopf ein wenig schief und begann die als Smalltalk getarnte Befragung.

»Nach all den Ereignissen ist so ein Anstieg ja nicht ohne.«

Kurzer Check, wo die anderen waren. Er durfte niemanden aus den Augen verlieren.

»Ja, das mit Johanna.« Und Bruni konnte nicht anders, fühlte, dass es ihr kein bisschen leidtat, dass sie nur geschockt war, dass es quasi in ihrem Beisein passiert war, aber dass es passiert war – nur gerecht.

»Ja, Bruni, das mit Johanna. Und das mit Laura und dass Gerald verschwunden ist.« Jetzt würde er die Kurve zu Gerlinde kriegen. Ein feiner Regenschleier hing jetzt in der kalten Bergluft, und kurz dachte Kornmaier an sein Regencape.

»Ja, die arme Gerlinde.« Bruni ärgerte sich, konnte sie denn keinen klugen Satz rausbringen?

Jetzt, Theo, jetzt.

»Gerlinde, die hat doch heute beim Frühstück, was hat sie da noch mal gesagt?«

»Was sie da gesagt hat?« Bruni kämpfte mit dem Eindruck, sie sei ein Papagei.

»Ja, Gerlinde hat was erzählt, aber was?«

Und dann sagte Bruni den Satz, auf den er gewartet hatte. Den Satz, an den am Ende noch ein ganz anderer immer wieder würde denken müssen.

Und jetzt konnte Kornmaier endlich handeln.

Er hatte am Morgen die Karte konsultiert. Ab dem Parkplatz ewig nach Nordosten, dann ewig nach Südosten, dann nach Südwesten und dann einen steilen Waldpfad hinab in ein winziges Tal nach Zwieselstein. Hier war die beste Gelegenheit, jemanden um die Ecke zu bringen. Gefährlich, das dort zu tun, aber Menschen, die den Bezug zur Realität verloren hatten, die machten so was. Verzweiflungstat nannte man das wohl, und Josef war mit Gerlinde allein. Und schon weit voraus.

Kornmaier hatte nicht aufgepasst, hatte sich zu sehr auf Bruni konzentriert, drehte sich jetzt um. Wo war Martin?

Weit zurückgefallen, Kornmaier konnte keine Zeit mehr verlieren, konnte jetzt etwas richtig machen, etwas verhindern.

»Bruni, bitte sorgen Sie dafür, dass Martin meinen Rucksack mitnimmt.« Warf seinen Rucksack ab, und ohne weiter auf Bruni zu achten, begann er im Wolfstrab zu laufen. Zum Glück ging es bergab.

Links vorbei an der Gaislachalm, weiter unten keiner zu sehen. Aus dem Regennebel war ein feiner Sprühregen geworden, der den Pfad rutschig machte.

Kornmaier fluchte. Wieso hatte er Gerlinde mit Josef ziehen lassen.

Zuhören, Denken und Gucken waren offensichtlich zu viel in seinem Alter.

Diese Harmlosigkeit, die Aktion mit den Vögeln und dem Nest. Der Ausraster auf dem Weg zur Braunschweiger Hütte.

Kornmaier traute seinem Schuhprofil nicht so recht, aber er musste noch Geschwindigkeit zulegen.

Jetzt lag der Wald vor ihm, die Baumgrenze war erreicht. Der Sprühregen war in einen feinen Landregen übergegangen, dämmrig war es hier unten im Wald, steil und nackt ragten Felswände auf. Felswände, die immer wieder Felsbrocken gebaren und zu Tal poltern ließen, Felswände, die für Steinschlag sorgten, reichlich Steinschlag und reichlich Steine, die einem ganz überraschend auf den Kopf fallen konnten.

Er musste Gerlinde und Josef einholen. Wollte etwas gutmachen, aber das war Kornmaier nicht so richtig bewusst, er fühlte nur etwas. Und dieses Etwas trieb ihn vorwärts, ließ ihn geschickt werden, verlieh ihm eine Geschmeidigkeit, die er schon fast vergessen hatte.

Wo zum Teufel waren die beiden. Kornmaier rannte,

rutschte, fing sich an Bäumen ab, nasse Baumwurzeln auf dem Weg boten Abschussrampen für einen stuntmäßigen Sturz.

Er fluchte, war hochkonzentriert, sah wieder alles überklar, so wie vorhin bei der Schlittenpartie. Jedes Blatt, jeden Stein, jeden vertrockneten Ast, jede Spitzkehre und wer Johanna auf dem Gewissen hatte, das auch.

Und dann, dann kamen sie in Sicht, endlich.

Kornmaier war verrückt geworden, Bruni war sich sicher. Mitten im Gespräch war er verrückt geworden, einem Gespräch, das sie so herbeigesehnt hatte. Gerade hatten sie sich so angeregt unterhalten, endlich. Gerade hatte er ihr mal zugehört, endlich. Und dann das. Auf und davon.

Ein bisschen über die Wanderung hatten sie gesprochen und Bruni hatte heimlich geschnuppert, ein Mann, der nicht nach durchgeschwitzter Funktionskleidung stank, wundervoll, und sie hatten natürlich über Laura und Johanna geredet und über die arme Gerlinde und wo Gerald wohl abgeblieben war.

Bruni hatte Kornmaiers Präsenz um sich herum gespürt wie einen warmen Mantel, und über das Frühstück redeten sie, und wer da was gesagt hatte, und sie hatte noch ein paarmal die Nasenflügel gebläht und wirklich, der Mann roch einfach gut. Und Bruni hatte eifrig erzählt und war stolz, alles noch so genau zu wissen, und wollte ein wenig lustig sein, da, wo Kornmaier heute Morgen auf Durchzug geschaltet hatte, war sie präsent gewesen. Und konnte also en détail …

Bruni seufzte, wieso war er jetzt so losgestürzt?

Sprühregen, sie hasste Sprühregen. Martin und Detti schlossen auf.

»Wo issa denn hin, unser Held?« Dettis Bergschuh berührte leicht Kornmaiers Rucksack. »Und was ist das für eine interessante Hinterlassenschaft?«

Bruni wirkte abwesend. Zurückgelassen im Grau dieser Welt stand sie da. Grau war alles um sie herum, Berge, Himmel und alles dazwischen auch.

»Martin, den möchtest du bitte mitnehmen.« Bruni deutete auf Kornmaiers Rucksack.

»Aha?« Und wieder leistete Martin Abbitte, Josef hatte recht gehabt. Ein Haufen Irrer. Der Rucksack sah aus wie aus einem Heimatmuseum geklaut.

»Und wo ist der rechtmäßige Eigentümer jetzt hin?« Martin spähte den Weg hinunter, der Regen hüllte inzwischen alles in einen feinen Nebel, ließ Dinge und Menschen in der Ferne verschwinden und Konturen unscharf werden.

»Keine Ahnung, er wirkte irgendwie ein bisschen panisch, oder so.« Bruni wusste es nicht besser in Worte zu fassen.

»Panisch?« Unwillkürlich blickten alle die Bergflanke zur Rechten hoch. Nichts. Kein Erdrutsch in Sicht.

»Alarmiert. Ja, das trifft es besser: alarmiert.« Bruni nickte sich selbst zu. Das war das Wort.

Widerwillig bückte sich Martin, hob das Museumsstück von der Erde und schulterte es.

»Aha, alarmiert also.« Martin setzte sich in Bewegung. Er würde Josef eine Runde ausgeben in Zwieselstein.

Hundert Meter, ungefähr.

»Hey!« Kornmaier schrie, versuchte zu dosieren, nicht

so zu schreien, dass es misstrauisch machte, mehr so ein »Hey« im Sinne von »Bleibt doch mal stehen, wollen wir nicht ein Stück zusammen gehen«, so ein »Hey« sollte es sein. Und tatsächlich blieben Gerlinde und Josef stehen.

Jetzt nicht überdrehen, ganz Kornmaier bleiben.

Näher ran, sachte, da stand ja eine tickende Zeitbombe auf dem schmalen Pfad. Irgendwie die Bombe entschärfen. Zumindest bis Zwieselstein.

»Hey«, *was jetzt, Kornmaier, was jetzt,* »ich war mir nicht sicher, ob das noch der richtige Weg ist hier.«

Josef kniff die Augen ein wenig zusammen.

»Wo ist denn dein Rucksack?«

Gerlinde hatte den Kopf schräggelegt, prüfend musterte sie Kornmaier.

»Ja, der Rucksack«, Kornmaier öffnete die Arme ein wenig, »perdu, den Abhang runter, blöd.« Das musste reichen. »Jehn wa mal.« Er fiel ins Berlinern.

»Ja, pack' ma's.«

Und unablässig fiel dieser ewig gleiche Schleierregen vom Himmel, und zumindest einer in dem Trio ahnte nicht, dass in zehn Minuten die Bombe explodieren würde.

»War ja klar, die ganze Zeit schon«, Detti trompetete seine Gedanken in die trübe Bergwelt, »der hat doch nicht alle Latten am Zaun, der ›Herr‹ Kornmaier.«

Hintereinander stapften Martin, Detti und Bruni den E5 entlang. In Gedanken versunken, mechanisch die Füße setzend, das Ende dieser Wanderung herbeisehnend.

»Was machst du eigentlich hier hinten, alter Mann?«

Bruni hob die Stimme. »Gehörst du nicht nach ganz vorn? Machst du schlapp, oder was?«

Martin schloss die Augen ein wenig länger als nötig. Es war doch wirklich … er stolperte, fing sich gerade noch. Gern hätte er etwas gesagt wie: *Fragt einen Berg und er wird euch antworten,* aber das war ja hier Perlen vor die Säue.

So blieb es bei einem »Jetzt reißt euch mal für die letzten Meter zusammen, Herrschaftszeiten, sakra«.

Und so schwiegen sie wieder, und Detti wurde klar, dass er keine Gelegenheit mehr bekäme, Kornmaier eine reinzuwürgen, was ihm unangenehmerweise ganz recht war.

»Geht's schon mal weiter.«

Josef war stehengeblieben, scherte aus und verschwand hinter einem Felsen.

Kornmaier hatte den Alarmmodus keine Sekunde verlassen, er brauchte keine Signallampe mehr, rechnete jede Minute mit irgendetwas, von dem er nicht wusste, wie es aussehen würde.

Jetzt geriet die Ordnung der kleinen Gruppe durcheinander, und so ein Die-Ordnung-Verlassen konnte der Auslöser werden. Der Auslöser, gleich zwei Leute loszuwerden, sehr praktisch, sehr abgebrüht, eiskalt.

Wassertropfen hingen vieltausendfach an den vertrockneten Zweigen des Unterholzes und über den Weg wankten Käfer. Was, wenn er falschlag? Kornmaier wünschte sich für einen Moment, dass dies hier nicht seine Zeit wäre, ein kleiner Sprung vor oder zurück, ein Tag würde ja schon reichen, dann wäre er mit einer anderen Gruppe gewandert, und er hätte sich nur über ständiges Gequatsche ärgern müssen und über sonst nichts.

Kornmaier winkte mit einer kleinen Verbeugung Gerlinde an sich vorbei.

»Ladies first.« Nein, er war sich für keine Floskel zu schade, so weit war es also gekommen. Er musste ja keine Welle machen, nur aufpassen, wachsam bleiben.

Steil ging es hier herunter neben dem Pfad, sehr steil. Ein kräftiger Stoß mit dem Wanderstock, und ade.

Kornmaier drehte sich um, wo blieb Josef? Noch nicht zu sehen.

Und da beschloss Kornmaier, doch eine Welle zu machen: »Gerlinde, Moment mal.«

Und wieder war sie da, diese Überklarheit, als wäre er, durch eine Glaswand hindurch, ganz in der realen Welt angekommen.

Eine Stoffmaus baumelte an Gerlindes Rucksack und ließ im Regen die Ohren hängen. Er registrierte Gerlindes Regenjacke, die hier und da schon aufgegeben hatte, regendicht zu sein. Dunkle Flecken waren entstanden. *Billig, nie billig kaufen*. Was einem durch den Kopf ging in so einer Situation.

Gerlinde hatte nicht reagiert. Vielleicht hatte sie ihn nicht gehört unter ihrer Kapuze.

Kornmaier streckte die Hand aus und legte sie auf Gerlindes Schulter.

Sie blieb stehen, drehte sich um.

»Gerlinde, ich sag es nur einmal. Keine Fragen. Rennen Sie los. Holen Sie die Polizei. Sofort.«

Er blickte in das leere Gesicht einer überforderten Wanderin, einer Frau, die in den letzten Tagen den Halt in der Welt verloren hatte und noch nicht wusste, wie es weitergehen würde.

»Was?«

»Hauen Sie ab, verdammt noch mal.«

»Aber …«

Kornmaier begann, Gerlinde zu schubsen, vielleicht verstand sie das besser. »Los, los, los …« Mit jedem »los« gab es einen Schubs gegen die Schulter. Die Maus geriet ins Schwanken.

»Na, sagen Sie mal …« Empörung und Verärgerung wanderten über Gerlindes Gesicht, Unverständnis breitete sich aus, ihr Blick ging jetzt an Kornmaier vorbei, blieb an Josef hängen, der den Weg entlangkam, irgendwie mit einer merkwürdigen Energie, und immer noch verstand sie nicht, sie sah das Messer in Josefs Hand und immer noch verstand sie nicht.

»Weg, hau ab.« Kornmaier hatte gebrüllt.

Und zögernd drehte Gerlinde ab, wurde schneller, stolperte, blickte zurück, sah, wie sich Josef und Kornmaier gegenüberstanden, und begann zu rennen. Gleich, gleich würde Josef da sein und sie töten, sie wusste gar nicht warum, was hatte sie denn getan?

Waren das ihre Schritte oder waren das schon die von Josef? Den ganzen Weg herunter ins Tal hatte sie den deutlichen Eindruck, gleich würde ihr ein Messer in den Rücken gerammt werden.

Kornmaiers Messer ruhte gemütlich in seinem Rucksack. Wo, verflucht noch mal, blieben die anderen.

»Du weißt es.« Keine Frage, eine Feststellung.

»Ja.« Kornmaier belauerte Josef. Kurz musste er an das erste Treffen denken, den ersten Blickkontakt, das erste Kräftemessen.

Und ja, wie damals versuchten sie, einander zu lesen, und damals, da war das ein »Was ist das für ein armer Irrer, der gesiezt werden will« und ein »Was ist denn das für ein Abziehbild eines Bergführers«.

Nun stand er da, der Josef.

Er pendelte ein bisschen, vor und zurück, Spielbein, Standbein, vor und zurück, so als wolle er Anlauf nehmen, vor und zurück, rechtes Bein, linkes Bein, Kornmaier fixierend, vielleicht dachte der etwas, vielleicht auch nicht. Der war ja gut beisammen, Korni, aber alt, viel älter als er, ein Stadtbewohner, ein Stubenhocker.

Vor, zurück.

Vor, zurück.

Kleine Scheinattacke, einmal mit dem Messer nach vorn in die Luft, kleiner Ausfallschritt nach vorn. Ja, da weicht er zurück, Korni, komm, zeig mal, was du kannst, du hältst mich nicht auf, keiner hält mich auf, keiner.

»Du auch nicht.« Josef hatte laut gesprochen. War ihm also draufgekommen, der Kornmaier.

Korni, komm, greif an, gib mir einen Grund, dich abzustechen. Das wird schwer, er mochte den, aber jetzt war er schon so weit gekommen, jetzt war schon alles vergeigt, es konnte nicht schlimmer werden, nur besser, er würde alles vergessen, wie einen bösen Traum, den konnte man doch auch vergessen.

Vor, zurück.

Vor, zurück. Ausfallschritt.

Ein böser Traum, mehr nicht.

Komm, Korni, greif mich an. Notwehr, es wäre Notwehr. So wie ja alles im Grunde Notwehr gewesen war, das mit Johanna. Notwehr. Sie hätte ihn angeschwärzt und dann ade, ade eigene Bergführerschule, und eine Schlampe war sie eh. Eine Megaschlampe.

Vor, zurück.

Vor, zurück.

Jetzt mach schon, Korni, los. Attacke.

»Was jetzt, was is', trau dich, Korni.«

Da waren doch Stimmen hinter ihm, waren das Stimmen, das durften keine Stimmen sein.

Josef hatte den Kopf gedreht und plötzlich, ganz überraschend, hörte er es, das Rauschen seines Blutes in den Ohren.

Dieser Kornmaier war tatsächlich wahnsinnig geworden, ganz offensichtlich. Martin war abrupt stehengeblieben. Ungefähr dreißig Meter weiter hatte gerade Kornmaier Josef mit einem ordentlichen Ast umgenietet.

Jetzt krabbelte Josef auf allen vieren den Pfad entlang, krabbelte auf die Gruppe zu, versuchte, neben dem Weg etwas vom Steilhang zu angeln, angelte und angelte, fluchte. Kornmaier hinterher, sich auf Josefs Rücken kniend, seine Arme packend, nach hinten drehend, Josefs Wutschrei, oder waren es Schmerzen oder war es beides.

Keiner in dem Grüppchen rührte sich.

»Hallo?« Das war alles, was Martin herausbrachte.

Josef hatte kein bisschen übertrieben, diese Gruppe war … ihm fiel kein passendes Wort ein.

»Darf man erfahren, was ihr hier macht?«

»Wonach sieht es denn aus?« Kornmaier hatte alle Mühe, Josef unter Kontrolle zu halten.

»Also«, immer noch rang Martin um Fassung. »Josef, ist alles okay bei dir?«

Und da gab Josef auf.

Er drehte den Kopf zur Seite, legte ihn auf der Erde ab, blickte auf die kleinen Pflanzen am Wegesrand, die unter den Regentropfen unablässig erbebten, und wünschte sich, nie wieder aufstehen zu müssen.

ZWIESELSTEIN – MOOS IM PASSEIERTAL – MERAN

8. Juli

Kornmaier hatte die Schnauze voll. Busfahrten, Gondelbahnen, Abkürzungen, Wanderungen im Tal statt über »ausgesetzte« Wege mit Seilsicherungen, alles, alles, alles herzlich willkommen.

Eine solide Alpenüberquerung hatte er sich ohne solche Annehmlichkeiten gedacht. Was er hier machte, war Schmuh.

Beim Anstieg zum Timmelsjoch hatte es geschneit, und Kornmaier konnte konstatieren, wenn er sich intensiv vorstellte, mit nackten Füßen durch Schlamm zu laufen, wurde das in den Wanderschuhen zwischen Wollsocken und Zehen herumquatschende Wasser erträglicher.

Oben angekommen, setzte er sich kühlen Herzens in den nächsten Bus, genug war genug.

Hauchzart lag am nächsten Morgen Schnee auf den Bergen, auf halber Höhe zogen graue Wolkengespinste Richtung Osten, und wieder sorgte klamme Kälte dafür, dass Kornmaier jeden Reißverschluss schloss, den er zu fassen kriegte. Handschuhe an, Mütze auf. Es reichte, es reichte so was von.

An diesem Gedanken hatte sich seit gestern nichts geändert. Er würde bis St. Leonhard wandern und von dort, ganz gemütlich, an der Passer entlang die fünfzehn Kilometer nach Meran zurücklegen. Aus, Ende, keine Abgründe mehr, keine *Seilversicherungen*. Hatte er etwa doch Höhenangst?

Höhenskepsis, er einigte sich mit sich selbst auf den Begriff *Höhenskepsis*. Ja, das beschrieb es.

An der Passer begann dann das Wunder, sehr sacht, sehr langsam. Erste Apfelplantagen tauchten auf, säumten den Passerdammweg entlang dieses wilden Flusses, lieblicher und lieblicher wurde die Landschaft, die Luft wurde mild, und wenn er an einem Sportplatz vorbeikam, roch es nach gemähtem Rasen.

Kornmaier war dankbar für diesen wundervollen Spazierweg, dankbar für dieses sich so sanft verändernde Geradeaus, er musste nicht mal auf Wegweiser achten.

Es fühlte sich ein bisschen an, als würde er den Albtraum der vergangenen Tage aus seinen Knochen wandern können, mit jedem Schritt ließ er einen winzigen Teil davon auf dem festen Sandweg zurück.

Er legte Strecke zwischen sich und dem, was passiert war.

Türkisfarben und mit Schaumkronen geadelt, rauschte die Passer auf seiner Rechten Meran entgegen und er, er wünschte sich, ein bisschen Passer-Wasser würde durch seinen Kopf rauschen, damit da mal sauber gemacht würde und Ruhe einkehrte.

Leider vergebens.

Sein Kopf arbeitete wie verrückt, ließ alles, was geschehen war, wie in einer Waschtrommel rotieren, vermengte sich, sprang vor und zurück, erkannte Zusammenhänge, ließ zwischendrin Mattis Bild auftauchen. Der sanfte liebevolle Blick Mattis auf ihn, Theo, wie er da im Schnee gelegen hatte.

Nein, er hatte Matti nicht gestoßen, hatte nur das Schuldgefühl, überlebt zu haben, zum ersten Mal so deutlich wahrgenommen. So ein Gefühl konnte doch nur auf einer realen Schuld gründen. *Vermeintlich, Theo, vermeintlich.*

Er hatte sich in etwas hineingesteigert und dann diese Erleichterung und der Eindruck, Mattis Blick ruhe freundlich auf ihm. *Mach was draus …*

Hatte er etwas aus seinem Leben gemacht? Hatte er? Konnte man das so einfach sagen? Was waren denn die Kriterien?

In seinem Kopf sprang es herum, unkontrollierbar. Wie Josef gekämpft hatte, da auf dem Waldweg, es konnte so schnell gehen, dass man etwas Falsches tat, und da war es wieder, dieses Momenthafte des Lebens, ohne Gerald wäre gar nichts passiert, und Josef hätte glücklich seine Bergführerschule gegründet, glücklich und integer, und Kornmaier hätte es ihm wirklich gegönnt.

Detti, wie der immer an seinen Oberschenkeln herumfühlte, Laura, immer noch nicht gefunden, tatsächlich waren nur ihre Jacke und Schuhe aufgetaucht.

Was waren die Kriterien für ein gelungenes Leben? Wäre Matti zufrieden mit ihm? Matti …

Ja, da war etwas befriedet worden, zumindest im Moment. Aber Matti hatte ihm eine Aufgabe gestellt. Konnte er den Mut aufbringen, seinem Bruder zu sagen, *pass mal auf, ich hab mich jetzt lange genug mit dir … jetzt ist mal gut, ich mach jetzt mal nur noch für mich, für dich nicht auch noch …*

War es denn nie genug? War das Leben ein ewiges Herumgeschraube am Ich?

Bruni, so aus der Ferne betrachtet, sie war doch nicht etwa … Kornmaier war stehengeblieben und blickte auf den unermüdlichen Fluss, Bruni war doch nicht etwa verknallt gewesen? In ihn?

Er wusste ja, dass er da merkbefreit war. Hatte ihre Blicke bemerkt … aber, ach, wie schön die Passer rauschte, wie mild die Luft geworden war und die Berge, geschrumpft, Mittelgebirgsanmutung, wenn hier jemand zu bedauern war, dann der Josef. Alles nur wegen Gerald, im Grunde, fast.

In Meran ein Hotel nehmen, das erste Haus am Platz, klar, und was waren jetzt die Kriterien für ein gelungenes Leben? Er wusste es noch nicht.

Einen Tag in Cafés herumhängen, Zeitung lesen, Espresso trinken bis zum Herzkasper, Ingwerkekse, Whiskey, das würde er sich gönnen.

Klar, Bruni war verknallt gewesen, und er hatte mal wieder nichts gerafft. Zum Glück.

Kornmaier löste sich vom Anblick des Flusses, wanderte weiter, nahm ihn wahr, den Geruch nach frischgemähter Wiese.

Gerald, diese Pfeife, sprach man so über Tote? Nein, tat man nicht, aber er dachte ja auch nur. In der Schlucht nach Zams war er gefunden worden. Aber keine Laura weit und breit. Nur ihre Schuhe und ihre Jacke. Höchst seltsam.

Wie schön der Fluss rauschte, *komm liebes Wasser, ströme ein bisschen durch meine Gedanken, nimm sie mit.*

Josef im Knast.

Hätte er, Theo, irgendetwas verhindern können? Früher bemerken? Aber was?

Ein Haufen Irrer, von Beginn an.

Auf Fahrrädern kam Kornmaier eine zufrieden blickende Kleinfamilie entgegengeradelt. Ein juchzendes Dreijähriges auf dem Kindersitz. Kleine heile Welt.

Momentaufnahmen eines Lebens. Vergänglich.

Morgen schon ging der Vater fremd, das Kind bekam Neurodermitis, und die Mutter war Mütter-Terroristin, die ihren in einer Top-Konditorei hergestellten Geburtstagskuchen als selbstgemacht ausgab.

Ja, Kornmaier gab es zu, er war Teilzeitzyniker.

Hatte er auch so gejuchzt bis zu Mattis Tod? Bestimmt. Was, wenn er jetzt mal juchzen würde, es einfach mal probieren? Hier?

Nein, es würde sich noch eine Gelegenheit finden.

Mach was draus. Quatsch, er fühlte sich nicht nach Gejuchze. Punkt.

Deshalb hatte Josef so schlecht ausgesehen, so eingefallen, er war zum Mörder geworden, was für eine Wanderung, was für ein Scheiß.

Und Josef wollte es durchziehen, als wäre er in einer Parallelwelt seines Seins gelandet.

Vielleicht konnte man Totschlag draus machen?

Ein Wunder, dass Kornmaier noch Zeit für sich und Matti gefunden hatte. Aber hatte er das? Genug Zeit gehabt? Einen Anfang, er hatte einen Anfang gemacht. Und er war neugierig auf eine Welt, die nicht mehr durch eine Glasscheibe von ihm getrennt war.

Kornmaier registrierte, dass sich der Weg mit Spaziergängern füllte. Hundebesitzer, Radfahrer, alle ohne Rucksack, er schien sich einer Stadt zu nähern.

Meran.

JOSEF

Es hatte so kommen müssen.

Der blecherne Missklang gleich beim ersten Treffen, der bei Josef nur als ein müdes *Klack* verhallt war.

Zwei Pärchen, in Lebenslügen verstrickt, zwei an ihrem Sein leidende Frauen und Kornmaier.

Und Josef.

Josef, der es leid war, so unendlich leid war, diese immer gleichen Gruppen über immer gleiche Strecken zu zerren. Die Beflissenen, die Ehrgeizigen, die vermeintlich Lustigen, die Ängstlichen, die immer zu spät feststellten, dass sie nicht schwindelfrei waren, die Frauen, die ihn anbaggerten, so wie Tennislehrer und Skilehrer angebaggert wurden, und die er nur loswurde, indem er behauptete, schwul zu sein, was nicht der Fall war.

Seine eigene Bergschule.

Nur für Fortgeschrittene und nur schwierige Strecken, neue Strecken. Exklusiv, alles mega-exklusiv. Davon hatte Josef geträumt.

Und dann diese Gruppe. Alles dabei, was keiner dabeihaben wollte, nicht mal der gutmütigste Bergführer.

Und schließlich war es passiert. Gerald mit seiner Scheißhöhenangst und wie er an dem Felsen, der auf dem schmalen

Weg nach Zams lag, wie der da irgendwie vorbeisollte, ganz dicht am Abgrund, und wimmerte wie ein Fünfjähriger, und wie Josef sich angewidert abgewandt und nur gesagt hatte: »Jetzt reiß dich zusammen, du Memme«, und wie plötzlich Johanna dastand und guckte, und wie Gerald an dem Stein schon vorbei war, fast, und dann abgerutscht, der Trottel, Angst macht schwach, das wusste ja jeder, und weg war er, zack, in die Tiefe, und wie versteinert waren beide gewesen und hatten sich nicht gerührt, Johanna und Josef, und wie Johanna dann gesagt hatte: »Ein schöner Bergführer bist du.«

Und sie dann abgehauen, und er hatte immer noch dagestanden … und alles war zu viel gewesen, und wie er gewusst hatte, jetzt hatte Johanna ihn in der Hand. Und dass er sie aufhalten musste.

Und wie er sich umgedreht hatte und Johanna schon weg war, und wie er wusste, jetzt erst mal hier was inszenieren. Sich irgendwie retten. Und hoffen. Alle anlügen, die ganze Zeit.

Und für ein paar Stunden hatte er sich vormachen können, dass Johanna so irre wäre, dass sie gar nichts melden würde, die wollte irgendetwas anderes. Es passierte ja nichts. Keine Polizei tauchte auf, kein Anruf von der Bergschule, und wieso da jetzt Laura auch abgestürzt war, das verstand er nicht.

Und dann hatte Korni gesagt, Johanna sei auf der Braunschweiger Hütte. Megastress. Sie würde dort alles rausposaunen. Aber würde man ihr glauben, doch eher nicht? Oder doch? Oder wollte sie nur dieses andere, von dem er nicht wusste, was es sein könnte, früher oder später würde sie dann doch quatschen, sie musste ihn ja auf dem Kieker haben. Bestimmt sogar.

Gerlinde würde durchdrehen und sich in ihn verbeißen, wie sich ein Terrier in eine Wade verbeißt. Ade, eigene Bergschule. Er musste mit Johanna sprechen, bevor sie die ganze Hütte rebellisch machte.

Also erst mal das einzige Versteck suchen, da würde sie vielleicht aufkreuzen. Und dann war sie gekommen, und es war so logisch, so leicht gewesen. Eine Sekundenentscheidung. Ein Stoß mit dem Messer, und es war Ruhe.

Warum hatte sie das auch dabei, das Messer. Kein großer Unterschied zum Schweineschlachten bei den Großeltern. Weniger Geschrei im Grunde.

Und dann hatte er doch einen Fehler gemacht, völlig unnötig, blödes Gequatsche beim Frühstück. Da hatte er diesen Satz gesagt. Einen Satz, der sein ganzes Leben ruinierte: »Für eine schöne Frau nur das schönste Messer.«

Wie blöd konnte man sein. Er konnte das nicht wissen, das mit dem Hirschhornmesser. Nur Gerlinde und Bruni hatten komisch geguckt. Sonst keiner. Alle hatten weitergekaut und auf die Teller geguckt, als gäbe es da gerade den Wetterbericht zu sehen.

Gerlinde, vielleicht hatte sie auch mitgekriegt, wie er ihr Geralds Brief an Johanna in die Tasche geschmuggelt hatte, wäre gut gewesen, den bei ihr zu finden, sie war ja auch erstklassig zusammengebrochen, schönes Motiv, wo der wohl hin war, dieser Brief, vielleicht guckte Gerlinde nur deshalb so komisch, aber sicher war sicher, sie würde es eh besser haben, wenn sie mal tot war, jetzt, wo Gerald tot war, das würde sie doch gar nicht aushalten ohne diesen Loser, er würde im Grunde etwas Gutes tun für sie.

Es war nicht absehbar, wie lange Josef das noch durchdenken würde. Er hing irgendwie fest, so, als würde er sehr lange auf einer Cartbahn immer die gleichen Runden fahren.

Er drehte sich auf seinem Bett um und blickte gegen die Zellenwand, in die jemand eine winzige nackte Frau geritzt hatte. Er konnte nur hoffen, dass Korni seine Ankündigung wahrmachte und ihn vertreten würde.

Mildernde Umstände angesichts der Gruppendynamik und so.

GERLINDE

Und Gerlinde?

Gerlinde war unten im Tal nach Zwieselstein, aufgelöst und außer Atem, einem Einheimischen in die Arme gelaufen. Einem Zwieselsteiner, der mit seinem Jagdhund eine Abendrunde drehte, einem Jagdhund übrigens, der sich als jagduntauglich erwiesen hatte, weil: nicht schussfest.

Der Zwieselsteiner also hatte Gerlinde mitgenommen, ins nächste Gasthaus, und zwei Marillenschnäpse ausgegeben, die Polizei gerufen und befunden, dass Gerlinde doch gut in sein neugebautes Haus passen würde.

Seine Ex hatte ihn verlassen, weil er ihr zu ehrpusselig sei, und sie halte das keine Sekunde länger aus. Und Gerlinde hatten die Fürsorge und das Solide, das dieser Zwieselsteiner ausstrahlte, für ihn eingenommen und sie hatte beschlossen, noch ein paar Tage in einer Pension zu bleiben und sich den Holpinger-Peter genauer anzusehen.

Vier Jahre später gab es zwei Kinder mehr im Ort, allerdings, mit den Namen hatte sich Gerlinde nicht durchsetzen können, es gab jetzt einen Sebastian und einen Thomas und kein Mädchen.

Man konnte nicht alles haben.

BRUNI UND DETTI

Bruni stand unter Schock. Doppelschock. Die Gewalt da vor ihren Augen, Kornmaier mit dem Ast und der kämpfende Josef und alles. Existenziell, kein Spiel.

Einen schwachen Moment lang hatte sie sich an Detti geklammert. Und dann die Erkenntnis, dass Kornmaier sie nur ausgehorcht hatte, sonst gar nichts, er hatte sich gar nicht mit ihr unterhalten wollen. Gemein, einfach nur gemein.

Unten im Tal angekommen, hatte sie in den trüben Himmel geblickt und keine Ahnung gehabt, wie sie mit diesem Gefühl der Einsamkeit fertigwerden sollte. Ein neues Leben beginnen, das war die einzige Möglichkeit.

Für zehn Minuten hatte sie das Durcheinander mit der Polizei beobachtet, schon wieder ihren Personalausweis herausgewühlt, nichts verstanden, gar nichts, gefragt, ob sie gehen könne, Kornmaier keines Blickes mehr gewürdigt und war dann Richtung Hotel abgezogen.

»Bruni!« Detti hatte aufgeschlossen. Kornmaier fiel ihr ein. *Kann man nicht mal für zwei Minuten allein sein*, jetzt verstand sie den Satz.

»Was!« Es war mehr ein Ausruf Brunis als eine Frage. »Was willst du!«

Detti fühlte sich seltsam eingeschüchtert. Eben noch hatte sie sich an ihn geklammert und jetzt das.

»Meine Güte, ich will nur was fragen.« Detti hatte sich verschätzt. Wollte sich Bruni am Ende wirklich scheiden lassen?

»Frag und dann lass mich in Ruhe.« Brunis Stockeinsatz hatte sich verstärkt.

»Ja, also, gehst du mit mir noch bis Meran?«

Pause.

Detti hatte den Eindruck, dass Bruni ihn nicht gehört hatte.

»Ob du mit mir noch …«

»Ich bin nicht taub, Detti, ich …«

Pause.

Etwas arbeitete in Bruni.

Gleich würde es aus sein mit der Beherrschung, gleich. Ihre Schultern zuckten ein paarmal auf und ab.

»*Gehst du mit mir,* schreib das mal auf einen Zettel, Detti, mit »Ja«- und »Nein«-Kästchen. Ich kreuz dann das Richtige an.«

Bruni glich einem selbstaufgesetzten Holunder-Sekt. Gleich würde die Flasche explodieren. Sie war stehen geblieben.

»Gehst du mit mir!«, sie suchte nach Beherrschung, an etwas Trauriges denken, schnell.

»Gehst du mit mir«, eine Dampflok mit der leicht hysterischen Fracht eines Lachanfalls näherte sich. Unaufhaltsam.

Dann war es aus.

»Gehst du«, Bruni kreischte, »mit mir!« Ein langgezogenes »Aaaaaah« folgte. Den Kopf nach hinten geworfen, stieg der Schrei gen Himmel.

»Gehst du …«, noch mehr Kreischen, mit sich überschlagender Stimme, Tränen, die Sicht verschleiernd, der Bauch schmerzend, »… mit mir!«

Sie hatte sich nach vorn gebeugt, umklammerte nur noch einen Wanderstock mit beiden Händen, der andere war zu Boden gefallen.

»Ich kann nich' mehr, aufhören. Sofort.« Japsend ausgestoßene Worte.

Als würde Bruni jemand kitzeln. Detti schwankte zwischen Gekränktsein und Sorge um Brunis geistigen Zustand.

Versuche, zu sich zu kommen. Tiefe Atmer, Versuche, sich aufzurichten. Kopfschütteln. Die nassgraue Straße entlangschauen, das sah doch wirklich trist aus, das würde sie doch runterbringen können, so ein Anblick. Kicher-Geysire.

»Nee, Detti, wirklich nicht.« Sie schlüpfte in die Schlaufen ihrer Wanderstöcke, drehte sich kurz zu Detti: »Ganz, ganz sicher nicht.«

Bruni nahm ihre Wanderung wieder auf, blickte nicht zurück, ließ Detti dort in der Dämmerung stehen, fühlte sich leichter und zuversichtlicher und registrierte ganz nebenbei, dass sie vor ihm im Dorf sein würde.

Wenig später wanderte sie an einer Kirche vorbei.

»Die Gemeinde Sölden sucht unser ›Mädchen für alles‹, Organisation, leichte Bürotätigkeit …« Sie war jetzt nicht so direkt ein Mädchen, aber wenn sie was konnte, dann organisieren.

Und so kam es, dass Bruni in Sölden blieb, und in ihrer Funktion als Chorsängerin erst ein Jahr später, anlässlich Gerlindes Hochzeit, merkte, dass die auch dort geblieben war. Die eine frisch geschieden, die andere frisch verheiratet, alles hatte seine Zeit.

Detti war noch bis Meran gelaufen. Sein Leben hatte sich nicht verändert, nur dass ihm das Haus doch recht leer vorkam und der Garten rasch verwilderte, was ihn wunderte.

Über diverse Internetportale versuchte Detti dann, eine Frau zu finden, die für Ordnung in Haus und Garten sorgen sollte. Er hatte sich für das Profilfoto in seinem hautengen Rennrad-Dress vor den Flurspiegel gestellt und all seine Beinmuskeln ordentlich angespannt.

Er sah klasse aus.

Dass das mit der Frau nicht klappte, wunderte ihn ebenfalls.

KORNMAIER

9. Juli

Die Nebelfresser sind es gewesen.

Sie haben ganz oben gesessen, ganz still und stumm. Haben gewartet, eingehüllt in graue Wolkenkleider, und sie haben Geduld bewiesen.

Und dann ist es so weit. Da kommen welche. Endlich.

Ganz zart und sachte bringen sie die Kiesel ins Rutschen. Und im Rutschen ist schon ein kleines Kullern zu hören und aus dem Rutschen tönt ein Geräusch hervor, immer lauter und mächtiger, ein herrliches Poltern und Krachen.

Ein Felsbrocken springt zu Tal, übermütig und befreit von seinem langen Herumliegen, und die Sprünge werden weiter und höher, und der Fels dreht sich im Sprung und wird immer wilder in seinen Kapriolen, mit denen er den Berghang hinabbockt.

Und nun hebt sich der Felsen in die dünne Bergluft, schwebt, lauert über den Wanderern, entscheidet sich und streift sanft Gerald, Johanna und Josef, ganz so, als würde der Pate einen Todeskuss verteilen, mit einer gewissen freundlichen Unabwendbarkeit, und dann hängt der Fels noch ein bisschen über Laura herum, dreht dann ab, stürzt zu Boden, poltert weiter zu Tal und bleibt liegen, direkt vor einer Almhütte.

Im nächsten Moment schon sitzt ein kleiner Junge, er wird wohl so sieben Jahre alt sein, auf diesem Felsen und isst ein Eis.

Kornmaier erwachte aus diesem Traum und blickte auf die Stuckdecke des nicht ganz ersten Hauses am Platz. Der Sonnenschein eines Spätnachmittags tauchte sein Zimmer in mildes Licht. Vogelgezwitscher und leise Stimmen wehten aus dem verwunschenen Garten des *Hotels Laurin* zu ihm herauf.

Ein verrückter Traum, eine absurde Variante seines alten Albs.

Still lag er da, der Theophil Kornmaier, und ließ das wirken.

Und dann geschah etwas, was in den letzten Tagen der Wanderung kein einziges Mal von Herzen gekommen war.

Kornmaier lächelte.

EPILOG

Und Laura? Das ist aus nachvollziehbaren Gründen ein Geheimnis, nur so viel: An einem Ort, einem ganz und gar unbekannten Ort, gibt es eine Almhütte. Im Sommer kann man abends die Hände auf das noch sonnenwarme Holz legen und in die Ferne blicken. Dorthin, wo die Berge ihre Gipfel und Grate von der Abendsonne bescheinen lassen und der Himmel orangefarben wird.

Dort lebt Laura als Almbäuerin.

Sie hat ihre Wanderschuhe und ihre Regenjacke vor vielen, vielen Jahren in eine Schlucht geworfen, es tat ihr gut, barfuß an den Steinchen zu leiden und im Regen zu frieren, aber dann war es genug mit der Leiderei.

Man wird ihr vielleicht mal auf einer Hütte begegnen, aber keiner wird sie erkennen, weil sie inzwischen rund ist von Dampfnudeln und Kaiserschmarrn, die sie an hungrige Wanderer verkauft.

Vielleicht erkennt man sie daran, dass sie eine Aversion gegen Handys hat und keine Ladestation in ihrer Hütte anbietet, obwohl es Strom gibt.

Ja, daran vielleicht.

Sie gilt als verschollen, belasst es dabei.

DANKSAGUNG

Die Figur des Protagonisten Theophil Kornmaier wurde äußerlich wie auch hinsichtlich seiner Marotten angelehnt an die Facetten eines flüchtigen Bekannten und guten Freundes, eines gewissen Herrn Maier. Seinen Vornamen habe ich leider vergessen. Aber wenn er dies liest: Danke, Ralph!